Tod im Museum

John Mackenzies dritter Fall

Emma Goodwyn

Im Gegensatz zu den Schauplätzen
sind alle Personen und Ereignisse der Handlung rein fiktiv,
mögliche Ähnlichkeiten zu echten Personen und Geschehnissen
keinesfalls beabsichtigt.

Kapitel 1

Die kleinen gelben Augen schienen ihn boshaft anzustarren, während der massige Kopf des Tyrannosaurus Rex sich angriffslustig hin und her bewegte. Markiges Gebrüll erfüllte den halbdunklen Raum. John jedoch nahm von alledem nichts wahr. Regungslos starrte er auf die Szene, die sich zu Füßen des Sauriers abspielte. Dort kniete sein Vater. Vor ihm lag ein Mann, der ebenso tot war wie das gigantische Tier, von dem der Knochen stammte, den James Mackenzie in der Hand hielt.

Einige Tage zuvor

„Happy birthday, liebe Bella, happy birthday to you!", scholl es durch das Wohnzimmer der Hughes´. Mit glühenden Wangen blies Johns jüngste Nichte die zehn Kerzen auf ihrer Torte aus. Der gesamte Mackenzie-Clan applaudierte.

„Darf ich jetzt meine Geschenke auspacken?" Erwartungsvoll sah Bella ihre Mutter, Johns Schwester Maggie, an.

„Natürlich, Schatz."

„Zuerst meins! Oder vielmehr das von Andy und mir." Maureen Hughes, genannt Renie, drängte sich nach vorn zu ihrer kleinen Schwester. Sie hatte ein großes rechteckiges Paket in der Hand.

Begierig riss Bella das Papier auf. Zum Vorschein kam ein Physik-Experimentierkasten. Während Bella schon das nächste Geschenk in Empfang nahm, murmelte Maggie John zu, „Die Idee stammt sicher von Andy. Wahrscheinlich hofft er, dass das Kind damit unser spießiges Haus in die Luft sprengt."

John grinste. Seine Schwester und Renies Freund, Physikstudent und Punkmusiker aus Edinburgh, standen seit ihrer ersten Begegnung auf Kriegsfuß.

Während Bella eine Reitgerte auspackte, die offensichtlich weit mehr Anklang fand als der Physikkasten, zogen sich die beiden Geschwister in stummem Einverständnis in die Küche zurück.

„Ich sage dir, ich bin so froh, wenn die Ferien im September zu Ende sind." Maggie ließ sich auf einen Stuhl fallen. John, der ahnte, dass seine Schwester einmal wieder Dampf ablassen musste, setzte sich ebenfalls.

„Es ist wirklich anstrengend, alle drei Kinder zu Hause zu haben. Zu allem Überfluss war Alan die ganze letzte Woche auf Dienstreise und nächstes Wochenende muss er schon wieder weg. Ehrlich gesagt kommt mir mein Job momentan wie die reinste Erholung vor, im Vergleich zu dem, was zu Hause alles los ist – und das, obwohl wir mitten in einem wirklich verzwickten Ermittlungsverfahren wegen Produktpiraterie stecken."

Maggie arbeitete als Staatsanwältin, ihr Mann Alan war ein erfolgreicher Produzent von Datensicherheits-Software und häufig unterwegs.

„Bella ist ja noch die Pflegeleichteste. Sie hat ständig Verabredungen zum Spielen mit Freundinnen und nächste Woche ist sie ohnehin in einem Reitcamp. Tommy dagegen ist kaum aus seinem Zimmer zu kriegen. Entweder bedröhnt er das ganze Haus mit Alans alten Punkrock-Platten oder er hängt am Computer. Ich kann ihn gerade noch dazu bewegen, einmal die Woche ins Basketballtraining zu gehen. Und dann noch Renie…"

Sie schnaubte.

„Du kennst sie ja. Nicht nur, dass sie störrisch wie ein Maulesel ist, sie muss auch immer das letzte Wort behalten. Je länger sie hier ist, desto besser finde ich es, dass sie ihr Studium hier in London aufgibt und ein paar hundert Meilen nördlich von hier weitermachen will. Ich finde es zwar schade, dass sie die Anthropologie sausen lassen will, aber vielleicht passt Eventmanagement ja tatsächlich besser zu ihr. Soll sie doch in Edinburgh mit ihrem Andy glücklich werden. Obwohl ich keine Ahnung habe, was sie an diesem unerträglichen Kerl findet. Im Vergleich zu ihm hat sogar unser lieber Cousin ein gewinnendes Wesen."

Simon Whittington, Superintendent bei Scotland Yard und dank seiner Heirat mit der Ehrenwerten Patricia Armsworth Mitglied der besseren Gesellschaft, hatte John und seinen Geschwistern schon manchen Nerv geraubt.

John riss die Augen auf. „So schlimm, was?"

Maggie nickte grimmig. „Er ist arrogant, besserwisserisch, pathologisch unordentlich und gibt mir bei alledem ständig das Gefühl, eine engstirnige alte Kuh zu sein."

„Donnerwetter, Mum, das muss ja ein Arsch mit Ohren sein, von dem du da sprichst."

Maggie fuhr herum. Renie stand in der Tür.

„Äh, ja, ein neuer Kollege. In der Abteilung für Wirtschaftskriminalität. Wirklich unausstehlich, der Kerl." Maggie zwinkerte ihrem Bruder zu.

„Du wirst ihm schon zeigen, wo der Hammer hängt, Mum. John, Bella hat nach dir gefragt. Oder wahrscheinlich eher nach dem Geschenk, das du mitgebracht hast."

„Ich komme gleich, Renie."

„Alles klar. Nachher muss ich dir unbedingt von der Arbeit im Museum erzählen, John. Es ist fantastisch dort." Sie ging ins Wohnzimmer zurück.

Maggie schnitt eine Grimasse hinter ihrer Tochter her.

„Ich werde Dad auf ewig dankbar sein, dass er den beiden diesen Ferienjob im Museum besorgt hat. Die ersten Tage hier sind sie abends durch die Clubs gezogen, um nach Auftrittsmöglichkeiten für Andys Band Ausschau zu halten und ansonsten haben sie sich hier breitgemacht. Nun sind sie wenigstens tagsüber sinnvoll beschäftigt.“, sagte Maggie.

James Mackenzie war Kurator im Natural History Museum in London gewesen und verbrachte auch nach seiner Pensionierung noch zwei Tage die Woche dort. Insbesondere wenn es neue Funde an Dinosaurierknochen zu studieren gab, war er nicht zu halten.

„Arbeitet Renie in Dads Abteilung?“, erkundigte sich John.

Maggie schüttelte den Kopf.

„Sie durfte schon in verschiedene Bereiche hineinschnuppern. Mir war gar nicht klar, wie vielseitig die Arbeit im Museum tatsächlich ist. Es gibt dort sogar Wissenschaftler, die der Polizei bei der Aufklärung von Verbrechen helfen. Du kannst dir vorstellen, dass es Renie dort am allerbesten gefällt.“

John nickte grinsend.

„Darüber habe ich kürzlich einen Beitrag in der BBC gesehen. Es war ein Interview mit einem Experten aus der Insektenkunde, der erklärt hat, wie er den Todeszeitpunkt anhand des Madenbefalls der Leiche feststellen kann.“

Maggie schauderte.

„Genau solche Geschichten muss ich mir momentan öfter beim Abendessen anhören. Zugegebenermaßen hochinteressant, aber meistens ekelerregend. Wir müssen Renie davon abhalten, dass sie ihre Stories von Schmeißfliegen und Leichenteilen gleich beim Tee auftischt.“

Sie stand auf. „Jetzt, wo ich mich mal wieder richtig ausgeschimpft habe, geht’s mir gleich besser. Komm, Bruderherz, lass uns wieder zu den anderen gehen.“

Bella freute sich sichtlich über das dicke Pferdebuch, das John ihr mitgebracht hatte und auch über den bunten Papageientaucher aus Plüsch, den er vor wenigen Wochen in Schottland gekauft hatte.

„Der ist ja süß, John, danke. Ich nenne ihn Puffy.“

Johns Vater trat heran. „So, mein Mädchen. Hier habe ich noch ein letztes Geschenk für dich. Das ist etwas ganz Einmaliges. Ich hoffe, du magst es.“ Er überreichte ihr feierlich ein eingerolltes Stück Papier, das mit einer Schleife zusammengebunden war.

Kaum hatte Bella gelesen, was auf dem Papier stand, sprang sie auf und fiel ihrem Großvater um den Hals.

„Grandpa, das ist ja super! Wie viele Kinder darf ich einladen?“

„Nun ja, ich hatte so an acht bis zehn gedacht.“

„Toll! Mum, darf ich gleich Gillian anrufen? Das muss ich ihr sofort erzählen.“

„Gut, Schatz, aber mach nicht zu lange. Wir wollen dann den Geburtstagskuchen anschneiden.“

Schon war Bella in den Flur verschwunden.

„Was hast du ihr da geschenkt, Dad?“, fragte Maggie. „Davon wusste ich ja gar nichts.“

„Es sollte eine Überraschung sein. Ich habe nur Renie eingeweiht, weil wir sie dabei als Unterstützung brauchen.“

Renie sprang wie ein Gummiball auf und ab. „Das wird spitzenmäßig. Eine Nacht im Museum, stellt euch vor, nur für Bella und ihre Freundinnen. Mit Taschenlampen und Schlafsack und einer Extraführung durch die Dino-Abteilung mit dem besten Saurierkenner weit und breit: James Mackenzie.“ Strahlend hängte sie sich bei ihrem Großvater ein.

„Donnerwetter, Dad, das ist ja wirklich ein einmaliges Erlebnis für die Kinder. Da würde ich ja gern selbst dabei sein. Wieso gab es so etwas nicht, als wir noch klein waren?“, meinte David, der jüngste der drei Mackenzie-Geschwister.

„Damals waren die Zeiten noch anders.“, antwortete sein Vater. „Mittlerweile öffnet das Museum sich immer mehr und ermöglicht auch Blicke hinter die Kulissen. Übernachtungen im Museum gibt es schon seit einiger Zeit, aber das sind große Veranstaltungen, bei denen auch Vorträge stattfinden und Filmvorführungen. Dies hier wird aber etwas ganz Exklusives. Ich musste den Direktor ganz schön beknien, bis er mir die Genehmigung dafür gegeben hat. Es dürfen maximal zehn Kinder sein und es müssen außer mir mindestens noch zwei Erwachsene dabei sein.“

Er zwinkerte vergnügt. „Die Kinder werden nämlich direkt in der Saurierabteilung übernachten. Da ein Schlafsack für meine alten Knochen nicht so zuträglich ist, werde ich auf der Pritsche in meinem alten Büro nächtigen. Renie und Andy werden bei den Kindern bleiben und dafür sorgen, dass keiner auf nächtliche Streifzüge geht und etwas anstellt."

„Das ist wirklich eine großartige Idee von dir, Dad. Vielen Dank, dass du für Bella etwas so Außergewöhnliches auf die Beine gestellt hast." Maggie umarmte ihren Vater. „Hast du schon einen Termin ins Auge gefasst?"

„Ich würde nächsten Freitag vorschlagen. Da bin ich nämlich ohnehin den ganzen Tag im Museum und am Samstag auch, da wir die Eröffnung von zwei neuen Sonderausstellungen vorbereiten. Dann übernachte ich gleich in meinem alten Büro im Museum."

„Das passt wunderbar, da Bella danach ins Reitcamp fährt. Und nun lasst uns Tee trinken. Ich habe einen wunderbaren neuen Teeladen entdeckt und dort einige Sorten verkostet. Der Chamong Second Flush hat mir am besten geschmeckt. Er ist in der grünen Kanne. Für die, die keinen Darjeeling mögen, habe ich auch noch Assamtee und Lapsang Souchong da."

Johns Mutter, eine ausgewiesene Teekennerin, nickte anerkennend, nachdem sie probiert hatte. „Wo ist dieses neue Geschäft, Maggie? Dort möchte ich mich auch einmal umsehen."

„In der Warwick Street, Mum. Direkt neben einem uralten Schallplattenladen."

„Ah, den kenne ich. Weißt du noch, James, dort hast du mir vor langer Zeit eine Platte von Buddy Holly gekauft."

„Stimmt, Liebes. Es war *Raining in my heart,* das weiß ich noch genau. Das war, warte mal…" Er überlegte kurz. „Im Mai 1960."

„Du hast wirklich ein phänomenales Gedächtnis, James." Emmeline Mackenzie lächelte ihren Mann liebevoll an.

„In dem Schuppen war ich kürzlich mit Andy. Da haben wir eine uralte Scheibe von den Ramones gefunden. Das ist echt Kult, Leute.", ließ sich Tommy auf einmal vernehmen, der bisher schweigend seinen Kuchen in sich hineingeschaufelt hatte. „Soll ich sie euch vorspielen?"

„Vielleicht später. Wo ist Andy eigentlich?", wandte Maggie sich an ihre älteste Tochter.

Renie zuckte mit den Schultern. „Ein Freund aus Edinburgh ist heute in der Stadt und Andy ist zum Bahnhof gefahren, um sich mit ihm zu treffen. Allerdings wollte er nachmittags hier sein." Sie sah auf die Uhr und runzelte leicht die Stirn. „Ich rufe ihn schnell an und mache ihm ein bisschen Beine."

„Das ist doch nicht nötig, Liebes.“, warf Maggie hastig ein. „Bestimmt zeigt er seinem Freund die Stadt und hat die Zeit vergessen. Nun erzähl doch mal den anderen von deiner Arbeit im Museum.“

Renie lachte. „Okay. Also, es ist wirklich superinteressant. Ich durfte schon in verschiedenen Abteilungen mithelfen. Am besten hat es mir bei den forensischen Entomologen gefallen –

Sie fing einen finsteren Blick ihrer Mutter auf. „Aber davon erzähle ich beim Kuchenessen lieber nichts. Ganz toll war auch die Arbeit an der Ausstellung mit den neu entdeckten Spezies aus dem mittelamerikanischen Regenwald.“

„Renie hat an einigen der erklärenden Texte mitgearbeitet. Sie hat wirklich ein Talent, wissenschaftliche Inhalte leicht verständlich zu formulieren.“, meinte James Mackenzie anerkennend. „Und sie hat auch gleich ihre Erfahrungen aus der Arbeit für Tante Isabel in Schottland einsetzen können. Die Ausstellungseröffnung, die bald ansteht, wird nämlich eine sehr bedeutende Sache. Wir werden Funde herzeigen, die aus unseren eigenen Expeditionen stammen. Zum einen fantastische neue Tier- und Pflanzenarten aus dem Regenwald in Panama, zum anderen Saurierfunde aus Colorado und New Mexico. Wir bekommen dazu sogar erstmals seit längerem wieder königlichen Besuch.“ Er strahlte. „Rund um die Ausstellungseröffnung gibt es auch noch eine Reihe von Veranstaltungen für Gönner und Förderer des Museums. Da muss natürlich sehr viel organisiert werden. Unsere zuständigen Leute in der Verwaltung waren sehr angetan von Renies Fähigkeiten in diesem Bereich.“

Renie strahlte ob des Lobs. „Danke, Grandpa. Aber deine Idee für eine der nächsten Ausstellungen hätte ich ebenfalls toll gefunden, auch wenn sie der Verwaltungsrat abgelehnt hat.“

„Was hattest du vorgeschlagen, Dad?“, fragte David.

„Ich hätte es an der Zeit gefunden, einmal eine Dokumentation zum Thema Wissenschaftsbetrug zu machen.“

„Wissenschaftsbetrug? An was hast du dabei gedacht? An Fälle, wo Akademiker ihre Doktorarbeiten abgeschrieben haben? Oder an Studien, wo Mediziner im Auftrag der Pharmaindustrie ihre Ergebnisse gefälscht haben?“, erkundigte Alan sich interessiert.

„Auch so etwas ließe sich da thematisieren. In erster Linie wollte ich jedoch Geschichten zusammentragen, die eng mit den Themen des Museums zusammenhängen, also aus der Biologie, der Geologie, der

Paläontologie, der Anthropologie… Auch unser großartiges Museum war schließlich schon von Fälschungen betroffen. Und genau das ist es, was dem Verwaltungsrat nicht gefällt. Die wollen am liebsten nur die grandiosen Leistungen der Wissenschaft und insbesondere natürlich des Museums nach außen hin darstellen. Dass es auch bei renommierten Forschern so etwas wie Blauäugigkeit oder geradezu kriminellen Ehrgeiz gibt, soll schön unter den Teppich gekehrt werden."

Energisch schob James seinen Kuchenteller fort. „Ich muss zugeben, dass ich mich mit ein paar von den Herren in der Führungsetage ganz schön angelegt habe. Da habe ich mich nicht gerade beliebt gemacht. Aber schließlich ist es doch nicht unser Auftrag, uns selbst zu beweihräuchern. Wir wollen keine geistlosen Konsumenten, die leicht zu beeindrucken sind. Wir sollten doch einen Beitrag dazu leisten, dass unsere Besucher mündige und kritische Betrachter werden, die nicht auf jede sensationelle Meldung in der Regenbogenpresse oder wo auch immer hereinfallen!"

John musste schmunzeln, als sein Vater – für Temperamentsausbrüche sonst nicht gerade bekannt – sich immer mehr in Rage redete. Das Museum, das Forschen und insbesondere seine geliebten Dinosaurier – dafür lebte James Mackenzie. Während andere Kinder mit dem Märchen von den drei kleinen Schweinchen oder der Legende von Dick Whittingtons Katze in den Schlaf begleitet wurden, waren die Hauptrollen in den Gute-Nacht-Geschichten für die drei Mackenzie-Geschwister von Titanosauriern, Iguanodons und anderen kreidezeitlichen Kreaturen besetzt gewesen. Mehr als ein Familienurlaub hatte damals nach Dorset geführt, wo es an den Stränden und Steilküsten immer noch Fossilien zu finden gab. Ein besonders schöner Ammonit, den John damals gefunden hatte, ruhte als Briefbeschwerer bis heute auf seinem Schreibtisch.

„Hast recht, Grandpa. Ein Haufen von den Filmchen in sämtlichen Videoportalen im Internet sind Fakes und es gibt genügend unterbelichtete Typen, die das alles für bare Münze nehmen.", meldete Tommy sich wieder zu Wort.

Renie nickte. „Genau. Und so eine Ausstellung würde dem Ansehen des Museums mit Sicherheit nicht schaden. Schließlich sind die Betrügereien, denen die Forscher dort aufgesessen sind, schon Jahrzehnte her. Wir durften im zweiten Semester eine Exkursion ins Museum machen und uns die Schädelfragmente des Piltdown-

Menschen ansehen. Die Geschichte gehört zum Standardprogramm für Anthropologiestudenten."

„Was ist ein Piltdown-Mensch?", fragte Bella.

„Das größte wissenschaftliche Fiasko des Museums, mein Kind.", seufzte James Mackenzie. „Ein Amateurausgräber namens Charles Dawson brachte 1912 fünf Teile eines zerbrochenen Schädels und einen Unterkiefer zur Begutachtung ins Museum. Er gab an, dass er diese bei einer Grabung im Dörfchen Piltdown in Sussex geborgen hätte. Schon nach kurzer Zeit schaffte es dieser Fund in die Schlagzeilen. Die Spezialisten aus unserer Abteilung für Paläontologie schätzten das Alter der Knochen auf eine halbe Million Jahre und damit sogar älter als die Reste des berühmten Neandertalers aus Deutschland. Da der Schädel an einen modernen Menschen erinnerte, der Kiefer aber an einen Menschenaffen, wurde hier die Entdeckung des lange gesuchten fehlenden Gliedes in der menschlichen Entwicklungsgeschichte ausgerufen. Ganz Großbritannien war stolz auf diesen Urahn. Erst vierzig Jahre später wurde der Betrug öffentlich gemacht: Die Schädelteile stammten von einem Skelett aus dem Mittelalter – waren also erst rund fünfhundert Jahre alt – und der Kiefer von einem erst kürzlich verstorbenen Orang-Utan. Alle Knochen waren so manipuliert worden, dass sie viel älter aussahen, als sie tatsächlich waren. Es hatte bereits damals warnende Stimmen gegeben, die von Fälschung sprachen. Aber diese wurden lange Zeit komplett ignoriert, einfach weil alle an dieses Märchen glauben wollten.", schloss Johns Vater.

John fiel etwas ein. „Ich habe vor Jahren in einem Naturkundemuseum gefälschte Fossilien gesehen, die waren direkt zum Lachen, so stümperhaft waren die aus irgendeinem Stein gemeißelt. Wo war das noch?" Er überlegte angestrengt. „Ach, jetzt weiß ich es wieder. Es war während der Zeit, als ich in Deutschland stationiert war. Wir hatten in der amerikanischen Garnison in Bamberg eine Tagung von Armeepsychologen aller NATO-Partner. Dort bin ich an einem freien Nachmittag ins Museum und habe diese Dinger gesehen. Ich glaube, sie hießen Lügensteine."

„Genau, mein Sohn. Würzburger Lügensteine, um genau zu sein. Auch diese sind ein bekanntes Beispiel für Täuschung in der Wissenschaft." Sein Vater beugte sich angeregt nach vorn. „Damals haben sich zwei honorige Herren zusammen mit ein paar künstlerisch halbwegs begabten Rotzlöffeln einen Spaß mit einem Professor der

Würzburger Universität erlaubt. Sie haben allerlei Figuren aus Muschelkalkstein herausgemeißelt und dem armen Professor, der sie für echt hielt, verkauft. Er hat sogar ein aufwändiges Buch darüber herausgebracht. Als ihm der Betrug klar wurde, war es ihm unendlich peinlich und er versuchte sogar, die ganze Auflage seines Buchs selbst aufzukaufen. Wir müssen ihm aber zugute halten, dass das vor fast dreihundert Jahren passiert ist und man damals natürlich noch nicht annähernd die wissenschaftlichen Methoden hatte wie heute."

„Selbst heute, wo die Untersuchungs- und Nachweismethoden viel ausgereifter sind, lassen sich Wissenschaftler und sogar Fachzeitschriften foppen.", ergriff Renie das Wort. „Erst vor einigen Jahren hat *National Geographic* einen riesig aufgemachten Artikel über eine neu entdeckte Saurierart, den Archäoraptor, veröffentlicht. Auch der wurde als fehlendes Glied gefeiert, in diesem Fall in der Entwicklungskette von den Dinosauriern zu den Vögeln. Dabei war er eine eher plumpe Fälschung eines chinesischen Bauern, der auf seinen Feldern verschiedene Fossilien fand und diese einfach zusammensetzte und unter der Hand außer Landes verkaufte – was ohnehin schon ungesetzlich war, weil China keine Ausfuhr von Fossilien erlaubt. Dass es diese Fälschung in den USA bis auf die Titelseite eines anerkannten Magazins schaffte, sorgte für einen ganz schönen Skandal."

Davids Frau Annie, die vollauf damit beschäftigt gewesen war, ihr lebhaftes Söhnchen Christopher von allerlei Unfug abzuhalten – wie zum Beispiel, Familienkater King Olaf am Schwanz zu ziehen – sah auf. „Ich habe mal über einen Archäologen gelesen, ich glaube, es war ein Japaner. Der war berühmt dafür, wie viele steinzeitliche Funde er schon gemacht hatte – zumindest, bis sich herausstellte, dass er eine Menge davon zuvor selbst vergraben hatte, um sie dann publicityträchtig wieder auszubuddeln."

James Mackenzie nickte. „Der Fall hat für gewaltiges Aufsehen gesorgt. Es ging sogar soweit, dass viele japanische Geschichtsbücher neu geschrieben werden mussten, nachdem das ganze Ausmaß seines Betrugs enthüllt worden war."

Maggie schüttelte den Kopf. „Es ist doch überall das Gleiche. Es gibt in jedem Bereich der Gesellschaft Leute, die der Verlockung erliegen, wenn es irgendwo einen schnellen und für sie bequemen Weg zu Geld oder Ruhm gibt. Dass ihr Verhalten oft weitreichende Folgen hat, überdenken solche Typen gar nicht."

„Genau. Einzelne schwarze Schafe können den Ruf einer ganzen Branche ruinieren, wie zum Beispiel Produzenten von Billigfraß, die diesen dann als hochwertiges Bionahrungsmittel teuer verkaufen.“, merkte Renie an.

„Ein gutes Beispiel für so einen dreisten Betrüger ist auch Colonel Richard Meinertzhagen.“, hob James Mackenzie noch einmal an. „Er war in der ersten Hälfte des zwanzigsten Jahrhunderts der bekannteste Vogelkundler weit und breit. 1954 hat er mit großer Geste seine Vogelsammlung unserem Museum zum Geschenk gemacht. Erst viel später stellte sich heraus, dass er einen großen Anteil der Tiere erst aus dem Museum gestohlen und dann umetikettiert hatte, um sie dann wieder als vermeintlich großzügiger Gönner zurückzugeben.“

„Na, das ist ja an Frechheit wirklich kaum noch zu überbieten.“, meinte Annie.

„Was aber noch wesentlich schwerer wiegt, ist, dass der wissenschaftliche Wert der Vogelbälger drastisch sinkt, wenn man nicht mehr nachvollziehen kann, wann und wo sie gesammelt wurden. So wurde zum Beispiel der seltene Blewittkauz aus Indien für ausgestorben erklärt, nachdem man fast hundert Jahre lang kein Exemplar gesichtet hatte. Tatsächlich hatte Meinertzhagen auf seinem Etikett eine ganz falsche Gegend angegeben, in der der Kauz geschossen worden wäre. Erst, als man das wahre Herkunftsgebiet der Eule feststellte und daraufhin gezielt suchte, stellte sich heraus, dass die Tiere dort sehr wohl noch leben.“

Bella, die das Gespräch der Erwachsenen allmählich langweilte, fragte, „Kann ich mit Christopher etwas spielen?“

„Ja, spielen!“, krähte ihr kleiner Cousin begeistert und schlug mit seinen kleinen Fäusten auf den Tisch.

„Ich hole meine alten Modellautos aus dem Keller.“, erbot Tommy sich großzügig. Wenig später ließen die Kinder die kleinen Autos durch den Flur zischen, während Johns Vater mit Alan und David den Physikkasten öffnete. John wanderte hinüber zum überbordenden Geschenktisch.

Maggie zeigte ihm ein riesiges flauschiges Badetuch, auf dem ein Pferdekopf zu sehen war. „Das hat Tante Isabel aus Schottland geschickt.“

John lächelte. „Ein Wunder, dass es nicht im Mackenzie-Tartan gemustert ist. Ich hoffe, es geht Isabel gut und sie erholt sich von dem aufregenden Clantreffen.“

„Ich habe letzte Woche mit ihr telefoniert. Sie hat sich wieder auf ihr Anwesen zurückgezogen. Ich hatte den Eindruck, dass sie ganz froh ist, dass die Geschichte jetzt vorbei ist. Auch wenn sie für ihr Alter ja außerordentlich fit ist, haben die langen Vorarbeiten und das Festival doch an ihren Kräften gezehrt. Jetzt möchte sie erstmal in ihrer Schafzucht nach dem Rechten sehen und mit Walter kleinere Spaziergänge machen." Sir Walter Scott war Isabels preisgekrönter, mittlerweile in Ehren ergrauter Scotchterrier, der sie überallhin begleitete.

„Den Anhänger hier hat Patricia geschickt. Hübsch, nicht?"

John nahm das Schächtelchen mit dem silbernen Hufeisen, das Maggie ihm reichte. „Mhm. Geschmackvoll, wie man es auch von ihr erwartet."

„Sie hat auch eine sehr nette Karte dazugeschrieben."

„Na, wenigstens schafft *sie* es, den richtigen Ton zu treffen, im Gegensatz zu ihrem Mann.", erwiderte John säuerlich.

Maggie gluckste. „Was war es noch, was Simon dich bei eurem letzten Aufeinandertreffen genannt hat?"

„Einen labernden Psycho-Onkel, dazu noch Stümper und Ignorant, wenn ich mich richtig erinnere."

„Dabei wart ihr doch ein richtiges Dream-Team bei der Aufklärung des Mordfalls in Edinburgh."

John brummte. „Pah, Dream-Team. Ich hoffe, dass ich Simon so schnell nicht wieder sehen muss. Am besten erst zu Weihnachten, wenn wir alle bei Mum und Dad feiern."

Tatsächlich sollte es bis zum nächsten Aufeinandertreffen nur wenige Tage dauern.

Kapitel 2

Nach dem Abendessen machten Johns Eltern sich auf, um zurück nach Kew zu fahren. David und Annie hatten einen längeren Weg vor sich, da sie in Cambridge lebten. John entschied, ein Stück zu Fuß zu laufen, statt in die nächste U-Bahn zu steigen. Die Abendluft war ungewöhnlich lau und er hatte es nicht eilig, zurück in den Tower zu kommen. Sein Dienst begann erst wieder im Morgengrauen des nächsten Tages.

Nach zwanzig Jahren als Truppenpsychologe bei der britischen Armee hatte er vor gut einem Jahr den Dienst quittiert, als sich die Chance bot, eine der rund drei Dutzend Stellen als Beefeater im Tower von London zu bekommen. Seit einigen Monaten betreute er als Assistent des Ravenmasters George Campbell die neun Kolkraben, die im Tower lebten. Der Legende nach hatte König Charles II im siebzehnten Jahrhundert verfügt, dass für immer Raben im Tower leben sollten, aus Angst, sein Königreich würde sonst fallen. Ebenso wie die Beefeater, wie die königliche Wachtruppe der Yeoman Warders gemeinhin genannt wurde, standen die Tiere seit alters her im Dienst der Krone und wurden stets bestens umsorgt.

Auf dem Weg zu seiner Wohnung am Tower Green wurde John von seinem Lieblingsraben Gworran begrüßt. Keckernd kam der junge Vogel herangehüpft – fliegen konnten die Tiere wegen eines gestutzten Flügels nicht – und rieb seinen Schnabel an Johns Schuh. John ging in die Hocke. „Na, mein Alter? Ist es noch nicht Zeit für die Abendfütterung?“

Für gewöhnlich blieben die Raben vom Morgengrauen bis zur Abenddämmerung draußen auf dem Gelände des Towers und kehrten dann in ihre geräumige Voliere zurück.

Als hätte Gworran ihn verstanden, gab er ein Trompetensignal von sich, krächzte „Gott schütze die Königin“ und trollte sich dann in Richtung Rabenhaus. Lächelnd sah John ihm nach. Der gelehrige Vogel war ihm sehr ans Herz gewachsen.

Im letzten Jahr hatte John alles verschlungen, was Bücher und das Internet an Informationen über Raben bereithielten. Vor kurzem hatte er sich mit Chief Mullins, dem Kommandanten der königlichen Truppen im Tower unterhalten. Dabei hatte er fallen lassen, dass die

Raben ein so spannendes Thema waren, dass man eigentlich eine Sonderführung zu ihnen anbieten könnte. Mullins war sofort Feuer und Flamme gewesen.

„Dass uns diese Idee nicht schon früher gekommen ist! Hervorragend, wirklich hervorragend."

John hatte geschmeichelt gelächelt, bis er mitbekam, in welche Richtung das Gespräch lief.

„Da kann ich mir ganz verschiedene Zielgruppen vorstellen. Erst einmal sollten wir so etwas gezielt für Schulklassen anbieten. Dann klemmen Sie sich mal dahinter und stellen Sie ein Konzept auf die Beine, am besten differenziert nach verschiedenen Altersstufen."

Überrumpelt gab John ein schwaches „Äh..." von sich.

„Und machen Sie sich mal schlau, welche Ansätze die moderne Museums- und Zoopädagogik so verfolgt. Schließlich können wir hier nicht irgendwelchen Larifari anbieten. Ich stelle mir eine gleichsam unterhaltsame wie effiziente Wissensvermittlung vor. Wie lange brauchen Sie dafür?"

„Äh..."

„Sagen wir, bis Oktober? Ich kann Sie dafür leider nicht extra vom Dienst freistellen lassen, weil wir in nächster Zeit sowieso etwas knapp besetzt sind. Aber Sie schaffen das auch so, nicht wahr?"

Mullins stand auf, kam um den Schreibtisch herum und klopfte John herzhaft auf die Schulter.

„Ich weiß Ihr Engagement wirklich zu schätzen, Mackenzie. Ganz hervorragend. Innovativ. Dann erwarte ich Ihr Konzept im Oktober. Und nun Cheerio."

Damit hatte John sich draußen vor Mullins´ Büro wiedergefunden, wo Bonnie Sedgwick, Mullins´ Sekretärin, ihn amüsiert musterte.

„John, du siehst aus, als wäre eine Dampfwalze über dich drübergefahren."

„So fühle ich mich auch. Es sieht so aus, als hätte ich mir unvermutet einen Haufen Arbeit aufgehalst." Er erzählte Bonnie von seinem Vorschlag, zusätzlich zu den üblichen historischen Führungen, welche die Beefeater täglich für Besucher anboten, ein spezielles Programm zu den gefiederten Bewohnern des Towers anzubieten.

„Ich finde die Idee toll, John. Aber es ist sicher viel Aufwand, so ein Konzept für Schulklassen zu entwickeln. Wahrscheinlich wäre es hilfreich, erst einmal mit jemandem vom Fach darüber zu sprechen."

Unwillkürlich trat ein Grinsen in Johns Gesicht. Bonnie hatte völlig Recht. Und wer wäre als pädagogische Unterstützung wohl besser geeignet als Pauline Murray, Lehrerin an einer Mädchenschule?

Seit ihrer letzten Begegnung in Schottland ertappte er sich dabei, dass er häufiger an die rothaarige Enddreißigerin dachte. Zu seinem Leidwesen würde Pauline zum neuen Schuljahr von Richmond am Stadtrand Londons nach York wechseln, zweihundert Meilen nördlich.

Nun hatte er einen guten Vorwand gehabt, sie anzurufen. Obwohl Pauline dabei war, ihren Umzug vorzubereiten, hatte sie sich sofort bereiterklärt, ihm bei der Ausarbeitung seines Projektes zu helfen.

Nachdem John die beiden Tortenstücke, die Maggie ihm mit nach Hause gegeben hatte, im Kühlschrank verstaut hatte, griff er spontan zum Telefonhörer.

„Guten Abend, Pauline. John hier. Ich hoffe, ich störe nicht?“

„Aber nein, John, ich freue mich, dass du anrufst. Ich sitze gerade auf dem Balkon und genieße noch ein wenig diesen herrlichen Abend. Nachher kommt einer meiner früheren Kollegen vorbei, der mir beim Einpacken meiner Bücher hilft. Hast du das Raben-Quiz für die Mittelstufe noch einmal überarbeitet?“

Ein Kollege? Der an einem Sonntagabend half, Bücher zu verpacken? Hmmm. Johns Stirn legte sich in nachdenkliche Falten.

„Viel konnte ich nicht machen, ich hatte wenig Zeit in den letzten Tagen. Was hältst du von der Frage: Der Kolkrabe ist der größte: a – Singvogel, b – Greifvogel, c – Spechtvogel, d – Kranichvogel?“

Pauline lachte leise. „Gut, dass ich mittlerweile dank dir einiges über Raben weiß. Ansonsten wäre ich selbst nicht darauf gekommen, dass es wirklich Singvögel sind. Aber wenn die Schüler dir aufmerksam zuhören, wenn du ihnen deinen Rabenvortrag hältst, sollten sie diese Frage schon beantworten können. Also ja, die kannst du genau so nehmen, denke ich.“

Sie plauderten eine Weile über dieses und jenes und John freute sich, als Pauline ihn für die kommende Woche zu einem Abschiedsessen mit Freunden in Richmond einlud.

„Meine Wohnung sieht dann allerdings schon ein bisschen kahl aus, weil ich zwei Tage später abreise.“, fügte sie etwas wehmütig hinzu.

„Das macht doch nichts, Pauline. Kann ich etwas mitbringen?“

„Nein, nein. Ich bestelle für uns alle Pizza und wir machen uns einfach einen gemütlichen Abend.“

Sie schwieg kurz. Dann brach es unvermittelt aus ihr heraus, „Weißt du, ich hatte mich sehr darauf gefreut, nach York zu gehen, um wieder näher bei meiner Familie zu sein. Aber jetzt, wo meine Zeit hier im Süden tatsächlich zu Ende geht, bin ich doch … irgendwie traurig.“

„Das kann ich verstehen. Ich kann schon gar nicht mehr zählen, wie oft ich in den Jahren bei der Armee von einem Land ins andere versetzt worden bin. Gerade von den Orten, wo ich mehrere Jahre lang war, fiel der Abschied immer schwer. Andererseits – “

An dieser Stelle wurde er durch das Klingeln seines Mobiltelefons gestört. Mit einem Seufzen stand er vom Sofa auf, auf dem er es sich gemütlich gemacht hatte.

„Einen Moment bitte, Pauline, mein Handy klingelt. Ich sehe nur schnell nach, wer es ist.“ Er eilte in den Flur hinaus und sah sich um. Wie so oft musste er erst überlegen, wo er das lästige Ding überhaupt hingesteckt hatte. Das Läuten kam aus seiner Jackentasche. Er fischte das Handy heraus und seufzte abermals, als er den Namen im Display entdeckte. Renie.

„Pauline, kann ich dich noch einmal zurückrufen? Meine Nichte ist dran.“

„Ich sehe sowieso gerade meinen Kollegen über den Hof kommen, John. Aber wir sehen uns dann ja am Montagabend, nicht wahr?“

„Natürlich. Ich freue mich schon darauf.“

John verabschiedete sich mit Bedauern und schnappte dann nach dem Telefon, das beharrlich klingelte.

„Was ist los, Renie?“, meldete er sich ungnädig.

„Na endlich gehst du ran! Fast hätte ich schon aufgegeben.“

„Ich habe auf meiner Festnetzleitung telefoniert.“

„Das habe ich gemerkt, da war ständig besetzt. Deswegen rufe ich ja auf dem Handy an.“

John knirschte mit den Zähnen. Zu einer solchen Logik war nur seine Nichte fähig.

„Also was ist jetzt los?“, fragte er mühsam beherrscht. „Wir haben uns doch erst vor einer Stunde verabschiedet. Was ist denn so dringend?“

„Andy, diese Ratte! Er ist gekommen, gerade als ihr weg wart. Mitsamt Declan, seinem Freund. Das ist der mit der Kneipe, in der Andy neben dem Studium immer arbeitet. Und dann hat Andy uns ganz lässig mitgeteilt, dass er so mir nichts, dir nichts heute mit dem Nachtzug noch nach Edinburgh zurückfährt.“

„So plötzlich? Aber ihr wolltet doch noch zwei Wochen bleiben, oder nicht?“

„Genau. Aber Declan hat ihn bekniet, dass er ihn unbedingt in der Kneipe braucht, weil irgendeiner von seinen Leuten ausgefallen ist und er so schnell angeblich keinen vernünftigen Ersatz kriegt. Und Andy hat nichts Besseres zu tun, als sofort seinen Rucksack zu packen und schon ist er weg. Ohne auch nur einmal mit mir vorher darüber zu reden. Er hat sich nicht mal richtig bei Mum und Dad bedankt.“ Ein Geräusch, das verdächtig nach einem Schluchzen klang, drang aus dem Hörer und John bereute seine harsche Reaktion von vorhin.

„Dabei war Mum sehr nett zu ihm und hat ihm sogar schnell noch ein Essenspaket hergerichtet, obwohl er das wirklich nicht verdient hat.“

John musste grinsen. Wahrscheinlich führte seine Schwester in diesem Moment heimlich einen Freudentanz auf, weil sie Andy so unvermutet losgeworden war.

„Sie müssten sich beeilen, um den Zug zu erreichen, hat er gesagt, und schwupp, sind sie in ein Taxi gesprungen.“, fuhr Renie mit bebender Stimme fort.

„Das klingt ja ziemlich überstürzt. Vielleicht liegt bei seinem Freund ja wirklich ein Notfall vor und Andy wollte ihn in der Situation einfach nicht hängen lassen.“, meinte er vorsichtig.

„Hm.“ Renie schniefte ein wenig. „Ich weiß nicht, was ich denken soll. Auf jeden Fall muss ich morgen den Leuten im Museum beibringen, dass einer ihrer Aushilfskräfte ab sofort nicht mehr zur Verfügung steht. Das wird Grandpa nicht gefallen. Schließlich sind Andy und ich auf seine Empfehlung hin eingestellt worden.“

„Du hast recht. Aber er wird dir mit Sicherheit keinen Vorwurf machen, Renie.“

„Hm. Auf jeden Fall fehlt uns nun eine Aufsichtsperson für Bellas Geburtstagsübernachtung im Museum. Mum hat am Freitagabend irgendeinen beruflichen Termin, den sie nicht absagen kann und Dad ist auf dem Weg nach Brüssel zu einer Tagung. Könntest du einspringen?“

„Natürlich, Renie. Ich freue mich, wieder einmal ins Naturkundemuseum zu kommen. Es ist schon ewig her, dass ich zuletzt dort war.“

„Danke, John. Ich wusste, dass ich auf dich zählen kann. Dann treffen wir uns am Freitagabend am Haupteingang des Museums. Und bring deinen Schlafsack und eine Taschenlampe mit.“

Ein empfindlich kalter Wind fegte durch die Cromwell Road, als John wenige Tage darauf durch die Dämmerung auf den gewaltigen Komplex des Museums zuging. Das langgestreckte Gebäude erinnerte mit seinen vielen sandsteinfarbenen Bögen und schmalen Fenstern an eine romanische Kathedrale. Rechts und links des Eingangsportals erhoben sich zwei Türme. Ein hoher Metallzaun umschloss das gesamte Gelände. Der Zugang war verschlossen, aber hinter dem Zaun wartete bereits Renie mit einer Schar Mädchen. Sie bedeutete dem Wachmann, ihn einzulassen. Bella umarmte ihn ausgelassen und stellte ihn dann den Mädchen vor.

„Das ist mein Onkel John Mackenzie. Er ist ein königlicher Beefeater und hat außerdem schon mitgeholfen, zwei Mörder zu fangen.“ John hörte den Stolz in Bellas Stimme und musste lächeln.

„Und das sind Gillian, Penny, Annabel, Libby, Katie und Alice.“

Artig traten die Mädchen der Reihe nach vor und schüttelten ihm die Hand.

„Guten Abend, meine Damen. Freut mich, euch kennenzulernen. Mein Namensgedächtnis ist ziemlich schlecht, also seid mir nicht böse, wenn ich heute Abend noch öfter nachfragen muss, wer wer ist.“

Die Mädchen kicherten. Renie rollte mit den Augen und zog John beiseite. „Das sind vielleicht Kicherliesen, sage ich dir. Zumindest sind sie recht brav, hat Mum zumindest behauptet. Aber leider kommen noch Malfoy, Crabbe und Goyle.“

John dachte, er hätte sich verhört. „Wie bitte?“

„Da sind sie.“, quiekte eines der Mädchen. Auf der Straße hielt ein eleganter schwarzer BMW. Aus dem Fond stiegen drei Jungen. Der hochgeschossene Blonde, dessen Mutter soeben ausstieg, war unverkennbar ihr Anführer.

„Holt meinen Schlafsack aus dem Kofferraum.“, wies er die beiden anderen an, die sofort lossprangen. Er ließ sich von seiner Mutter umarmen. Als sie jedoch Anstalten machte, mit hereinzukommen, baute ihr Sohn sich erbost vor ihr auf.

„Mum, nun mach dich nicht lächerlich. Ich bin doch kein Baby. Bellas Mutter hat dir doch versichert, dass wir hier in besten Händen sind. Also fahr schon. Du kannst mich morgen um neun hier abholen.“

Renie runzelte die Stirn, während sie zusah, wie die Frau nach kurzem Zögern tatsächlich in den Wagen stieg und davonfuhr.

„Wenn der kleine Scheißer meint, er kann hier auch so herumkommandieren, dann wird er mich kennenlernen.“, zischte sie halblaut. „Jetzt weiß ich auch, wie die drei zu ihren Spitznamen gekommen sind. Dieser Charles Hetherington erinnert tatsächlich an den schrecklichen Draco Malfoy aus Harry Potter, mit seinen beiden treudoofen Gefährten.“

„Warum hat Bella die drei eingeladen?“, erkundigte sich John, während die Mädchengruppe zum Tor strömte, um die Jungen in Empfang zu nehmen.

„Der kleine Charles hat offensichtlich ein ganz tolles Pferd, mit dem er auch auf Turniere geht. Er hat Bella versprochen, dass er sie mal darauf reiten lässt, wenn er heute dabei sein darf. Und als einziger Junge unter lauter Mädchen war es ihm wohl unheimlich, deswegen hat er auch noch darauf bestanden, seine Freunde mitzubringen.“

„So, wie einige von den Mädchen ihn anhimmeln, braucht er die beiden vielleicht noch als Personenschützer.“, bemerkte John trocken.

„Da wird einem ja schlecht.“ Renie machte würgende Geräusche. „Manche fallen echt auf die größten Kotzbrocken herein. Gott sei Dank findet Bella ihn wenigstens ätzend.“

„Ehrlich? Das sieht aber gar nicht danach aus.“

Tatsächlich legte Bella sich gerade mit leuchtenden Augen ein Halstuch um, das ein Hufeisenmotiv zierte. Charles stand mit selbstgefälligem Gesichtsausdruck daneben.

„Steht dir gut, Bella. Ich habe es von der Sekretärin meines Vaters extra bei Selfridges für dich besorgen lassen.“

Renie schlug sich an die Stirn. „Was für ein Schleimbeutel.“ Kritisch beäugte sie Bellas Freundinnen, die sich bewundernd um sie drängten und knurrte dann, „Männer! Die sind doch alle gleich. Erst seifen sie dich ein und wenn du dir für sie das Herz herausgerissen hast, vergessen sie dich einfach.“

Aha, daher wehte der Wind, dachte John. Maggie hatte ihn gestern angerufen und ihm erzählt, dass Renie am Telefon heftig mit Andy gestritten hatte und dann ihr Handy durch die offene Balkontür in den Garten hinausgefeuert hatte, wo es glücklicherweise weich im Kompost gelandet war.

Bella kam zu ihnen herübergeeilt. „Seht mal, was ich bekommen habe! Ist das nicht wunderschön?“

„Sehr hübsch“, presste Renie heraus, während John sich auf ein mildes Lächeln beschränkte.

„Das ist Charlie. Charlie, das sind meine große Schwester Renie und mein Onkel John Mackenzie.“

„Charles Hetherington III. Sehr angenehm.“ Huldvoll schüttelte der Junge ihnen die Hand.

„Und das sind Alfie und Josh.“, stellte Bella die anderen beiden Jungen vor, die von den Mädchen weitgehend unbemerkt herumstanden.

„Alles klar, dann sind wir vollzählig. Auf geht’s, Kinder, wir gehen rein.“ Renie klatschte in die Hände.

Schon rannte die ganze Meute los und zerrte an der wuchtigen Eingangstür des Museums, die jedoch verschlossen war. Renie schüttelte den Kopf und stieß einen durchdringenden Pfiff aus.

„Hallo, Herrschaften.“

Sie wartete, bis die Kinder sich zu ihr umgedreht hatten und fuhr dann in ernstem Ton fort.

„Dass eins mal von vorneherein klar ist. Wir möchten hier gemeinsam eine spannende und schöne Nacht verleben. Dazu müssen wir aber bestimmte Dinge beachten. Ihr könnt keinesfalls wie die Wilden durch das Museum toben. Wir haben eine einmalige Ausnahmegenehmigung des Direktors für diese Übernachtung bekommen, was eine große Ehre ist. Es sind heute Abend auch etliche wichtige Leute im Haus, da ein Empfang für ausgewählte Sponsoren des Museums stattfindet. Wir wollen hier keinesfalls einen schlechten Eindruck hinterlassen. Also, wer irgendwelchen Unfug anstellt, den lasse ich auf der Stelle abholen. Auch wenn es mitten in der Nacht ist. Ist das klar?“

Sie sah jedes einzelne Kind durchdringend an. Die Mädchen machten große Augen und nickten stumm. Josh und Alfie schielten auf Charlie, der die Hände in die Hüften stemmte und sich herausfordernd vor Renie aufbaute.

„Also, Renie – ich darf Sie doch Renie nennen – nun kriegen Sie sich mal wieder ein. Wir sind doch keine kleinen Kinder. Und Sie sind kein Kommandant, also sparen Sie sich diesen Ton. Oder wollen Sie, dass wir Sie Major Renie nennen?“

Mit einem spöttischen Grinsen schlug er die Hacken zusammen und salutierte, was ihm das Gelächter der anderen Kinder einbrachte. Auch John musste grinsen. Major Maggie war der Spitzname von Renies Mutter, den David und er ihr vor langer Zeit gegeben hatten.

Er sah, wie seiner Nichte die Röte ins Gesicht stieg und er war froh, als die Eingangstür aufschwang und sein Vater heraustrat.

„Herzlich willkommen im Natural History Museum.“ Er strahlte in die Runde. „Ich freue mich, dass ihr gekommen seid und hoffe, ihr werdet eine unvergessliche Nacht bei uns haben. Nun tretet ein.“

Während die Kinder hineinströmten und gleich darauf Ohs und Ahs zu hören waren, zischte Renie John zu, „So ein Rotzlöffel. Kein Respekt vor Erwachsenen. Na, der wird mich noch kennenlernen.“

John musste an sich halten, nicht in lautes Gelächter auszubrechen. „Na, wer im Glashaus sitzt,…“, murmelte er zu sich selbst, während seine Nichte den Kindern hineinfolgte.

In Renies jungen Jahren war er selbst zwar die meiste Zeit im Ausland gewesen, aber er konnte sich lebhaft an die Briefe erinnern, die Maggie ihm zu der Zeit geschrieben hatte. Wie oft hatte sie darin von Vorladungen beim Schuldirektor erzählt, der regelmäßig Klage über ihre älteste Tochter führte. „Insubordination!“ hatte er Maggie entgegengeschleudert. „Widersetzlichkeit! Inakzeptables Verhalten!“ Mit ihrem beständigen Drang zum Diskutieren und Hinterfragen hatte Renie ihre Lehrer oft zur Weißglut getrieben, genauso mit ihrem leidenschaftlichen Aufbegehren, wenn sie sich oder einen ihrer Mitschüler ungerecht behandelt sah. Als sie in der Oberstufe dem Direktor ein Standardwerk der Pädagogik auf den Tisch knallte und ihm nahelegte, dies einmal zu lesen, war sie kurz vor dem Rauswurf gewesen.

Kopfschüttelnd zog John die schwere Tür auf. Als er hineintrat und die Tür hinter ihm ins Schloss fiel, entfuhr ihm ein „Wow“. Die mächtige Eingangshalle des Museums lag im Dunklen. Lediglich das gigantische Skelett von Dippy, dem Wahrzeichen des Naturkundemuseums, war von unten angestrahlt.

Die Kinder hatten ihre Schlafsäcke fallen lassen und standen staunend da. Wie fast jedes Londoner Schulkind hatten auch Bella und ihre Freunde Dippy, den Diplodocus schon etliche Male gesehen. Finanzkrise hin oder her, die britische Regierung war stolz darauf, dass jedermann die wichtigsten Museen des Landes bei freiem Eintritt besuchen konnte. Und so herrschte vor allem an Wochenenden und in den Ferien nicht selten ein Besuchergewimmel im Museum, das dem in der Oxford Street beim Schlussverkauf in nichts nachstand. Auch John war seit seiner Kindheit unzählige Male hier gewesen. Aber so wie jetzt hatte er den Dinosaurier noch nie gesehen.

„Dank vieler Spenden konnten wir Dippy endlich in das richtige Licht rücken. Macht sich gut, nicht wahr?“

„Ja, Dad, diese neonblaue Beleuchtung ist wirklich…“, John suchte nach Worten, „effektvoll.“ Er sah zu dem erstaunlich kleinen Kopf hinauf, der sich auf einem langen Hals sitzend aus der Dunkelheit den Besuchern entgegenstreckte. „Man hat direkt das Gefühl, er könnte jeden Moment von seinem Podest heruntersteigen und losmarschieren.“

Renies Augen funkelten. „Wie bei „Nachts im Museum“! Das wäre doch lustig, wenn hier auch wie im Film nach Einbruch der Dunkelheit alles lebendig würde.“

John konnte die Gesichter der Kinder in der Dunkelheit nicht erkennen, aber er merkte, wie sich die Gruppe ein wenig enger zusammendrückte.

„Das wäre in der Tat eine einzigartige Erfahrung.“, meinte sein Vater fröhlich. „Von Dippy hätten wir auch nichts zu befürchten, falls er plötzlich zum Leben erwachen würde. Er ist ein Pflanzenfresser. So, und nun würde ich vorschlagen, ihr lasst eure Sachen hier und nehmt nur eure Taschenlampen mit. Dann legen wir mit unserer Führung los.“

Als alle bereit waren, fragte James Mackenzie, „Wer weiß, wie lange Dippy schon in unserem Museum ist?“

„Über hundert Jahre!“, antwortete Bella wie aus der Pistole geschossen.

„Genau, Bella. Es war eine große Sensation, als er 1905 zum ersten Mal der Öffentlichkeit präsentiert wurde. Einen so riesigen Dinosaurier – sechsundzwanzig Meter lang – hatte zuvor noch niemand in England gesehen. Seither haben ihn Millionen von Besuchern bewundert. Viele wissen allerdings gar nicht, dass Dippy kein echtes Skelett ist, sondern eine Replik, ein Gipsabdruck von echten Knochen. Die Knochen selbst sind in einem berühmten Museum in den USA. Amerika ist auch die Heimat von Dippy. Dort hat er vor rund hundertfünfzig Millionen Jahren gelebt. Und nun wollen wir mal sehen, warum dieser Saurier den Namen Diplodocus bekam.“

Sie folgten James Mackenzie nach hinten und blieben unter dem schier endlos langen Schwanz stehen.

„Das Wort Diplodocus kommt aus dem Griechischen und bedeutet Doppelbalken. Kann jemand von euch einen doppelten Balken entdecken?"

Die Kinder blickten suchend herum.

„Da! Das muss es sein.", meldete sich eines der Mädchen zu Wort und deutete auf die Unterseite des Schwanzes. „Es sieht aus, als hätte er sich lauter kleine Ski angeschnallt."

„Sehr gut, junge Dame.", lobte Johns Vater. „Tatsächlich finden wir hier unter den eigentlichen Schwanzwirbeln diese paarweisen Fortsätze, die dem Saurier seinen Namen gegeben haben."

„Wozu hat er diese Dinger?", erkundigte sich eins der Mädchen.

„Das ist eine sehr gute Frage. Ihr könnt euch vorstellen, dass Dippys Schwanz mit seiner Länge von über zehn Metern sehr schwer war. Wenn er ihn mal auf den Boden ablegte, ruhte das Gewicht auf diesen zusätzlichen Knochen und so waren die Adern, in denen sein Blut floss, geschützt. Insgesamt wog Dippy übrigens bis zu fünfzehn Tonnen, wenn er ausgewachsen war."

John spürte, wie jemand verstohlen an seinem Ärmel zupfte. Er beugte sich hinunter.

„Was sind fünfzehn Tonnen?", flüsterte ihm eines der Mädchen zu. John überlegte. „Ungefähr so viel wie zweihundert Erwachsene wiegen.", wisperte er dann zurück.

„Unser BMW wiegt zwei Tonnen. Also, Katie, du Dumpfbacke, stell dir einfach sechs solche Wagen vor, dann weißt du, wie viel der Dinosaurier gewogen hat.", mischte Charlie sich lautstark ein.

„Das wären dann erst zwölf Tonnen, von wegen Dumpfbacke.", rüffelte ihn Renie.

„Dann nehmen wir eben noch unseren Jaguar und den Mini dazu.", gab Charlie in einem hochmütigen Ton zurück, der John lebhaft an seinen Cousin Simon erinnerte. Bevor die Kabbelei weitergehen konnte, erhob James Mackenzie die Stimme.

„Es gibt viel zu sehen, Kinder. Wir haben neun Millionen Fossilien hier im Museum – und wenn wir heute auch nur einen winzigen Bruchteil davon sehen wollen, sollten wir unseren Rundgang nun starten. Hier entlang bitte." Sie traten durch eine Seitentür. Dahinter lag eine lange, schmale Halle. Dort umfing sie völlige Finsternis.

„Schaltet jetzt bitte die Taschenlampen ein. Dann gehen wir erst einmal auf die Galerie hinauf."

Vorbei an einem massigen Triceratops-Skelett stiegen sie eine Treppe hinauf. Diese führte zu einer Metallrampe, die sich in luftiger Höhe durch die gesamte Halle zog.

„So, sind alle oben? Dann leuchtet bitte alle einmal nach links."

John hörte, wie einige der Kinder erschrocken die Luft einsogen, als nur eine Armlänge entfernt ein Flugsaurier auftauchte, der sich auf die Gruppe zu stürzen schien.

„Hier haben wir unser Pteranodon, leicht zu erkennen an seinem langen, zahnlosen Schnabel und dem hohen Kamm am Hinterkopf. Er hatte eine Flughaut, so wie heute die Fledermäuse. Mit einer Flügelspannweite von gut sieben Metern war er sicher ein eindrucksvoller Anblick. Ernährt hat er sich von Fischen. Strenggenommen hat er in der Dinosaurierabteilung eigentlich nichts verloren. Als Dinosaurier bezeichnet man nämlich nur die an Land lebenden Wirbeltiere. Weiß denn jemand, was der Begriff Dinosaurier bedeutet?"

„Schreckliche Echse", kam es im Chor von den Kindern.

„Sehr schön. Das habt ihr wohl in der Schule schon gelernt. Und wisst ihr auch, wer diesen Begriff geprägt hat? Das war Richard Owen. Er war der erste Direktor unseres schönen Museums, als es 1881 gegründet wurde."

„Da ist der T-Rex!", rief Charlie, der seine Taschenlampe gelangweilt herumgeschwenkt hatte. Sofort drängten die Kinder nach rechts und richteten den Strahl ihrer Lampen auf ein großes Skelett mit einem massigen Kopf, aus dessen aufgerissenem Maul dolchartige Zähne herausragten.

„Tatsächlich ist das ein Albertosaurus. Er ist zwar verwandt mit dem Tyrannosaurus, war aber etwas kleiner."

„Albertosaurus!" Charlie wollte sich ausschütten vor Lachen. „Was ist das denn für ein bescheuerter Name?"

James Mackenzie lächelte. „Dieser Saurier hat im Staat Alberta in Nordamerika gelebt, daher die Namensgebung."

„Wer denkt sich die Namen eigentlich aus?", fragte Bella.

„Also, das ist so: Wer eine neu entdeckte Art, sei es Tier oder Pflanze, als erstes wissenschaftlich beschreibt, der darf auch den Namen vergeben. Oft werden die Namen nach einem besonderen Merkmal vergeben. So wurde zum Beispiel vor einigen Jahren eine neue Krabbenart entdeckt, die Yeti-Krabbe getauft wurde, weil sie ganz weiß ist und dichte weiße Borsten auf ihren Scheren hat. Häufig spielt auch die Herkunft eine Rolle, wie bei unserem Albertosaurus. Und dann gibt es nicht wenige Arten, die die Entdecker nach Menschen oder bekannten Figuren benannt haben. Leuchtet doch mal alle dorthin.“ Er wies mit dem Finger eine Richtung.

„Ein Velociraptor! Den kenne ich aus *Jurassic Park.* Das sind ganz fiese Biester. Die jagen im Rudel und wenn sie dich dann haben, dann hacken sie auf dich ein und zerfetzen dich, bis nichts mehr von dir übrigbleibt.“, ließ sich Charlie genüsslich vernehmen.

Johns Vater runzelte die Stirn. „Du solltest nicht alles für bare Münze nehmen, was du im Fernsehen siehst, Junge. Velociraptoren waren tatsächlich Räuber, aber sie sind in Wirklichkeit nicht größer als Truthähne gewesen und waren zudem gefiedert, ganz anders als im Film. Aber abgesehen davon – diese Saurierart hier gehört zwar zur selben Familie wie die Velociraptoren, heißt aber anders. Das ist der Bambiraptor.“

Gelächter brach aus.

„Und wir haben hier noch mehr Fossilien, die kuriose Namen tragen.“, fuhr James fort. „Da wäre zum Beispiel Arthurdactylus conandoylei, ein Flugsaurier. Sein Entdecker war wohl ein Fan von Sherlock Holmes und wollte dessen Autor ehren. Dann haben wir auch ein Exemplar von Obamadon gracilis. Das könnt ihr sicher erraten, nach wem diese Echsenart benannt ist?“

„Nach dem amerikanischen Präsidenten?“

„Genau. Und woher der Name von Dracorex hogwartsia stammt, könnt ihr mir bestimmt auch sagen.“

Das wussten alle. „Hogwarts!“

„Natürlich. In diesem Fall war der Namensgeber wohl ein Fan von Harry Potter.“

Renie kicherte. „Im Lager bin ich auf eine Meeresschnecke gestoßen, die heißt Conus tribblei. Gwen, die zuständige Kuratorin, hat mir erklärt, dass der Forscher die Schneckenart nach seiner Katze benannt hat. Die hieß Tribbles, wie diese pelzigen Viecher, die mal bei Raumschiff Enterprise vorkamen.“

„Mittlerweile gibt es wissenschaftliche Organisationen, bei denen jedermann gegen eine Spende das Recht erwerben kann, eine neue Art zu taufen.“, ergriff James Mackenzie wieder das Wort. „Auch unser Museum treibt auf diese Art und Weise neue Forschungsgelder auf. So haben wir für einen Teil der über hundert Tierarten, die bei der letzten Expedition in Panama von unseren Zoologen zum ersten Mal beschrieben worden sind, Spender gefunden, die bereit waren, fünftausend Pfund zu bezahlen, um zum Beispiel eine neue Käferart benennen zu dürfen."

„Eine Käferart? Pah.", meinte Charlie abfällig. „Wenn ich schon fünftausend Pfund ausgeben würde, müsste es schon irgendein cooles Tier sein, das nach mir benannt wird, ein Tiger oder so."

„Eine Schmeißfliege oder ein Spulwurm würde aber besser zu ihm passen.", raunte Renie John ins Ohr.

„Obwohl jedes Jahr über zehntausend neue Arten entdeckt werden, ist die Wahrscheinlichkeit, dass eine noch unbekannte Tigerart gefunden wird, wohl ziemlich gering.", erwiderte James Mackenzie amüsiert. „Übrigens sind einige der Leute, die heute zu dem Empfang bei unserem Direktor hier sind, genau solche Spender. Aber nun lasst uns weitergehen." Er gab Renie ein Zeichen und während die Gruppe weiterging, blieb sie zurück und schlich dann von den Kindern unbemerkt die Rampe wieder hinunter.

Während sie tiefer in die Halle vordrangen, bombardierten die Kinder James Mackenzie mit Fragen zu den zahlreichen Sauriern, die im Licht der Taschenlampen auftauchten. In einem Schaukasten zeigte er ihnen eine Kralle, so groß wie zwei Handflächen.

„Die wurde in einer Lehmgrube in Surrey gefunden und brachte uns auf die Spur einer bis dahin unbekannten Art, dem fischfressenden Baryonyx."

Bevor sie den nächsten Schaukasten erreichten, blieb James Mackenzie stehen. „Wer weiß, welche Nachfahren der Dinosaurier heute die ganze Erde bevölkern?"

Die Kinder sahen sich verwirrt an. Dann vernahmen alle eine schüchterne Stimme. „Vögel." Erstaunt blickten alle zu Josh, der bisher keinen Ton gesagt hatte und nun prompt errötete, als er sich im Zentrum der Aufmerksamkeit wiederfand.

„Sehr gut, Junge.", lobte James ihn. „Du hast absolut recht. All unsere heutigen Vögel stammen von den Sauriern ab. Und hier haben wir den Beweis dafür. Eines unserer wertvollsten Stücke: der Archäopteryx, der Merkmale der Dinosaurier wie der Vögel in sich vereint."

Als die Kinder sich um den Schaukasten drängten, ertönte plötzlich ein Fauchen und gleich darauf ein tiefes, heiseres Gebrüll aus der Dunkelheit. Die Kinder und auch John fuhren heftig zusammen. James Mackenzie aber lauschte mit schief gelegtem Kopf und lächelte dann.

„Es hört sich an, als ob Rex hungrig wäre. Wir sollten nach ihm sehen."

„Grandpa!" Bella hatte sich als erste von ihrem Schrecken erholt. Sie stemmte die Hände in die Hüften. „Wir hätten uns fast zu Tode erschreckt."

„So ´n Quatsch. Ich wusste genau, dass das der animierte T-Rex ist.", behauptete Charlie und trabte los.

Die anderen Kinder folgten ihm aufgeregt. Die Rampe senkte sich nun nach unten und bog jäh nach rechts ab. Und da stand er, der Star des Museums, an dem sich Woche für Woche Zehntausende vorbeidrängten. In einer Grube, die mit Sand und einer Vielzahl verblichener Knochen bedeckt war, stand aufrecht die Nachbildung eines gewaltigen Tyrannosaurus Rex. John musste zugeben, dass die Szenerie sehr lebensecht wirkte, vor allem in der schwachen Beleuchtung durch einige versteckt in der Grube angebrachte Scheinwerfer. Als die Gruppe sich näherte, schienen die leuchtenden gelben Augen des Untiers sie zu fixieren und der Saurier schüttelte angriffslustig seinen massigen Kopf.

„Wir haben eine Kamera einbauen lassen, so dass Rex auf Bewegungen reagieren kann.", flüsterte sein Vater John zu. Renie tauchte aus der Dunkelheit auf und gab James einen kleinen Schlüssel zurück. „Wir haben da hinter der Säule ein Kontrollpaneel versteckt.", erklärte sie John. „Ich habe Rex aktiviert, während ihr noch oben wart. Ich hoffe, er hat für einen kleinen Schrecken bei den Kids gesorgt."

„Nur kurzfristig, wie man sieht." James wies auf die Kinder, die über dem Geländer hingen, das die Besucher von der Sauriergrube trennte. Fasziniert verfolgten sie jede Bewegung und jeden Laut des Hightech-Monsters.

James schüttelte lächelnd den Kopf. „Wie man sich nur so für ein überdimensionales Spielzeug begeistern kann, wo doch die echten Knochen viel spannender sind. Wir sollten weitergehen. Es wird schon spät und ich möchte den Kindern noch den Apatosaurus zeigen und ihnen über den Scelidosaurus erzählen und…"

Renie legte die Hand auf den Arm ihres Großvaters.

„Lass gut sein, Grandpa. Ich glaube, nach diesem Höhepunkt können sich die Kinder jetzt nicht mehr richtig konzentrieren. Ich würde vorschlagen, wir gehen allmählich mit ihnen zurück zu Dippy."

James sah enttäuscht aus. „Aber es gibt hier in der unteren Ebene noch so viel zu sehen."

„Du hast wirklich eine wunderbare Führung gemacht, Dad. Aber ich denke auch, dass den Kindern jetzt schon der Kopf schwirrt.“, meinte John.

„Ich weiß, wie wir es machen.“ Renie klatschte in die Hände. „Kinder! Alle mal herhören!“ Keiner beachtete sie. Sie seufzte. „Am besten schalten wir Rex jetzt aus, sonst können wir die Kids nicht von ihm loseisen.“

James Mackenzie nickte, zog seinen Schlüssel heraus und verschwand hinter einer Säule. Gleich darauf erloschen die Scheinwerfer und das Brüllen des Dinos wurde abgelöst von unwilligen Rufen der Kinder. „Oh nein!“ „Bitte noch ein bisschen!“ „Machen Sie ihn sofort wieder an!“ Letzteres kam natürlich von Charlie.

Renie gab ein leises Grollen von sich, sprach aber dann bemüht geduldig weiter.

„Es ist schon spät. Wir gehen jetzt langsam durch die Halle zurück und schlagen da unser Nachtlager auf. Ich habe Milch und Schokomuffins für euch bereitgestellt und dann lese ich euch noch eine Geschichte vor, wenn ihr mögt.“

„Dürfen wir morgen früh noch mal zu Rex? Oh, bitte, bitte, Renie.“, bettelte Bella. Renie warf ihrem Großvater einen Blick zu. Der nickte. „In Ordnung. Ich lasse ihn morgen noch mal extra für euch brüllen, bevor das Museum öffnet.“

Renie wartete ab, bis das Freudengeheul der Kinder verklungen war.

„Okay, dann gehen wir jetzt durch die untere Dinosauriergalerie zurück. Wenn ihr Fragen zu einem der Ausstellungsstücke habt, rührt euch.“

Aber die Aussicht auf Schokomuffins ließ die Kinder zunehmend achtlos an den Fossilien vorübergehen. Erst kurz, bevor sie die Eingangshalle wieder erreichten, blieb eines der Mädchen stehen und deutete auf ein Bild an der Wand. „Wer ist die Frau? Und wieso hängt sie hier bei den ganzen Dinos?“

Bevor James Mackenzie antworten konnte, mischte Charlie sich ein. „Ist doch egal, wer die Schnepfe ist. Ich will jetzt meinen Muffin.“

Renie funkelte ihn erbost an. „Von wegen Schnepfe, du … Ignorant. Das ist Mary Anning, die sich vor zweihundert Jahren als eine der ersten Frauen einen Namen in der Wissenschaft gemacht hat. Sie hat jedes Recht, genau hier zu hängen, schließlich hat sie zu den größten Fossilienjägern aller Zeiten gehört.“

„So ist es.", nahm James Mackenzie den Faden auf. „Obwohl sie aus einer ganz armen Familie stammte und kaum Bildung besaß, wurde sie im Verlauf ihres Lebens eine der gesuchtesten Expertinnen auf ihrem Gebiet." Er wies auf das Porträt.

„Was ihr hier im Hintergrund seht, ist die Küste von Dorset, die von der UNESCO zum Welterbe erkoren wurde. Sie hat den Beinamen *Jurassic Coast,* obwohl das Gestein dort nicht nur aus dem Erdzeitalter des Jura stammt. Es gibt dort auch ältere Gesteinsschichten aus der Trias und jüngere aus der Kreidezeit. In den hundertfünfundachtzig Millionen Jahren, in denen sich die Felsen dort geformt haben, war Südengland mal eine Wüste, mal ein tropisches Meer, mal Sumpfland. So kam es zu einzigartigen Ablagerungen in den verschiedenen Gesteinsschichten, die wir heute noch als Fossilien dort finden können."

Er zeigte auf zwei Abbildungen neben dem Porträt. „Mary Anning hat dort den ersten Fischsaurier gefunden und auch großartige Exemplare des Plesiosaurus. Kommt euch der bekannt vor?"

„Das sieht aus wie Nessie!", rief Bella.

„Nessie gibt's gar nicht.", meinte Charlie naserümpfend. „Ich war mit meinen Eltern schon da oben in Schottland. Voll die öde Gegend, nur Schafe und jede Menge Regen. Und das ätzendste Essen, das man sich vorstellen kann."

„Das finde ich überhaupt nicht. Ich war mit meiner ganzen Familie vor ein paar Wochen in Schottland und uns hat es total gut gefallen.", gab Bella zurück.

Ihr Großvater, der aus Inverness stammte und seine schottische Heimat sehr liebte, strahlte sie an. Bella hängte sich bei ihm ein. „Grandpa, erzähl doch, was für Fossilien du selbst schon ausgegraben hast."

„Echt, Mr. Mackenzie? Sie sind auch ein Fossilienjäger?" Die anderen Kinder sahen James gespannt an.

„Natürlich bin ich das. Ich war auf vielen Expeditionen, zum Beispiel in Argentinien, in den USA, in der Mongolei…"

„Grandpa", unterbrach Renie. „Würdest du den Kindern bei Milch und Muffins von deinen Abenteuern erzählen? Dann gehen wir nämlich jetzt zurück in die Halle und machen es uns dort gemütlich." Sie lächelte ihren Großvater an. „Das Ambiente ist natürlich nicht ganz vergleichbar mit dem noblen Empfang drei Stockwerke weiter oben."

„Dafür ist die Unterhaltung hier viel anregender.“, entgegnete James fröhlich. „Außerdem sind von den Museumsmitarbeitern ohnehin nur ein paar wenige handverlesene Kollegen eingeladen, neben den Fachbereichsleitern sind das nur die, die an den Expeditionen beteiligt waren, um die es in der Ausstellung geht. Unsere Finanzabteilung achtet mit Argusaugen darauf, dass unsere Gelder nicht für so frivole Unterhaltungen des Personals verbraten werden.“

Renie kicherte.

„Das habe ich gemerkt. Es gab eine Vorschlagsliste der verschiedenen Abteilungen, welche Mitarbeiter zu dem Empfang eingeladen werden. Die ist vom Controlling ordentlich zusammengestrichen worden. Shrimpscocktails und Häppchen werden lieber in potente Gönner investiert als in die eigenen Leute.“

James zuckte gleichmütig mit den Schultern.

„Wer braucht schon Shrimpscocktails und Smalltalk mit der besseren Gesellschaft. Ich bin viel lieber hier bei euch.“

Er verschloss die Tür zur Fossilienabteilung, nachdem alle in die Halle getreten waren und Renie wandte sich an die Kinder.

„Okay, Leute, dann schalte ich mal kurz das Licht an, während wir unser Lager herrichten, direkt hier neben Dippy. Und dann zieht ihr euch am besten schon mal alle um. Ihr habt doch alle Jogginganzüge dabei? Die Besuchertoiletten sind dahinten, rechts von der großen Treppe. Dann hole ich schon mal unseren Snack, während ihr die Schlafsäcke ausbreitet.“

Während Renie in Richtung der Cafeteria verschwand, half John den Kindern, Isomatten und Schlafsäcke auszurollen. Sein Vater murmelte etwas Unverständliches und verschwand die große Treppe hinauf. Dann trollten die Jungen und Mädchen sich in die Waschräume, um sich umzuziehen. John setzte sich auf seinen Schlafsack und genoss den Moment der Ruhe.

Als Renie mit einem großen Tablett zurückkam, reichte sie ihm einen Muffin und legte auch für sich einen beiseite. „Sonst mampft uns die Meute gleich alles weg.“, kommentierte sie. „Das sind Mums Triple Chocolate Muffins, die sind legendär. Möchtest du auch Milch?“

„Tee wäre mir zwar lieber, aber Milch ist auch in Ordnung.“, antwortete John und nahm einen der kleinen Tetra Paks mit Strohhalm in Empfang. Er grinste. „Ich fühle mich wie damals in der Schule. Da bekamen wir auch immer so eine Pausenmilch.“

Renie ließ sich neben John plumpsen.

„Die gab´s bei uns auch. Wahlweise konnten wir auch Kakao haben. Durftest du auch mal in der Schule übernachten?"

John schüttelte den Kopf.

„Ich schon. Ich muss so in Bellas Alter gewesen sein, da gab es eine Lesenacht nur für unsere Klasse. Wir durften genauso wie heute mit Schlafsäcken in unserem Klassenzimmer schlafen. Wir haben gespielt und gelesen und zum Einschlafen hat Mrs. Simmons uns dann noch eine Geschichte vorgelesen." Sie kicherte unversehens. „Darauf sind auch wirklich alle eingeschlafen, nur meine Freundin Betty und ich nicht. Wir haben uns dann rausgeschlichen und sind durch das ganze Gebäude gegeistert, ohne dass jemand etwas gemerkt hat. Das war cool, sage ich dir." Sie kicherte wieder. „Aber pass auf, was wir dann im Lehrerklo angestellt haben – "

John hüstelte laut und deutete mit einer Kopfbewegung auf Charlie, der mit seinen Freunden herangeschlurft war und nun hinter Renie stand.

„Erzählen Sie doch weiter.", drängte der Junge mit leuchtenden Augen, als Renie jäh verstummte. Sie ignorierte ihn. „Sobald ihr alle da seid, löschen wir das Licht wieder und machen nur ein, zwei Taschenlampen an. Das ist dann wie am Lagerfeuer."

„Gehen die Leute, die bei dem Empfang sind, später hier durch zum Ausgang?", erkundigte sich John.

Renie schüttelte den Kopf. „Die Party ist in einem ganz anderen Trakt des Gebäudes. Die Gäste – und da gehören etliche zur Crème de la Crème der Gesellschaft, kann ich dir sagen – werden dann durch einen Seiteneingang hinausgelotst. Das wäre ja sicherheitstechnisch gar nicht möglich, wenn nachts Dutzende von Leuten mitten durch das Museum streichen würden, und das wahrscheinlich noch sturzbetrunken." Sie schlug die Beine unter. „Das ganze Museum ist wirklich unvorstellbar groß, finde ich. Wer nur als Besucher herkommt, merkt gar nicht, was ihm alles verborgen bleibt."

John nickte. „Wir haben als Kinder Dad oft hier besucht. Mich hat es auch immer fasziniert, dass hinter den Kulissen eine ganz eigene Welt liegt. Maggie, David und ich sind endlos dort herumgestromert. Das war für uns immer ein Abenteuer." Er lächelte, als er so zurückdachte.

„Ich finde es auch fantastisch hier.", stimmte Renie ihm zu. „Täglich entdecke ich etwas Neues. Und es werden mit den Jahren immer mehr Schätze, die das Museum ansammelt. Einer der Kuratoren hat mir erzählt, dass nie etwas weggeworfen wird. Mittlerweile gibt es schon über fünfzehn Meilen Regale, in denen all die Sachen lagern, die momentan nicht ausgestellt werden können." Sie zwinkerte John zu. „Du kannst dir vorstellen, dass ich mich in den ersten Tagen hier beständig verlaufen habe. Aber das scheint normal zu sein, sogar von den langjährigen Mitarbeitern hier haben mir einige erzählt, dass sie sich immer noch manchmal in den ewig langen Gängen verlaufen, die es hier gibt."

Sie klopfte Alfie auf die Finger, der sich über die Muffins hermachen wollte. „Wir warten, bis alle da sind."

„Aber die Mädchen brauchen immer so lange", maulte Alfie.

„Da kommen sie schon. Dann setzt euch mal und greift zu. Ich lösche jetzt die Lichter." Gleich darauf versank die riesige Halle in Dunkelheit. Lediglich Dippys Skelett leuchtete in seinem eigentümlichen blauen Licht.

„Macht zwei, drei Taschenlampen an und legt sie in die Mitte.", wies Renie die Kinder an und setzte sich in den Kreis. „Wo ist Grandpa eigentlich hin?", fragte sie John.

Er zuckte mit den Schultern. „Er ist die Treppe hinauf verschwunden. Vielleicht holt er etwas aus seinem Büro."

Bella biss herzhaft in ihren Muffin und wandte sich an Charlie.

„Du durftest *Jurassic Park* schauen? Cool. Das hat mir meine Mutter verboten."

„Tja, Bella, ich lasse mir so was nicht verbieten. Außerdem habe ich meinen eigenen Fernseher. Das merkt sie gar nicht, was ich da kucke."

„Einen eigenen Fernseher finde ich in eurem Alter kompletten Unsinn – ", äußerte Renie entschieden, aber Charlie beachtete sie gar nicht.

„Am coolsten war die Szene, wo der T-Rex ein Klohäuschen demoliert und da drin sitzt dieser Typ grad auf der Schüssel. Der T-Rex checkt natürlich sofort, dass da ein Leckerschmeckerfutter hockt und happs hat er den Typen schon bis zur Hüfte im Maul. Nur die Beine sind noch draußen gebaumelt. Da hat man voll gesehen, wie das Blut spritzt und die Knochen knirschen…"

Katie verzog das Gesicht und legte ihren Muffin weg.

„Dabei hat der Tyrannosaurus in einem Film mit dem Namen *Jurassic Park* eigentlich gar nichts verloren. Er stammt nämlich aus der späten Kreidezeit, also achtzig Millionen Jahre nach dem

Erdzeitalter des Jura. Da hätte der Film schon *Cretaceous Park* heißen müssen.“ James Mackenzie war wieder da und hatte eine große Schachtel mitgebracht.

„Hier habe ich ein paar von meinen Schätzen. Wenn ihr mögt, erzähle ich euch, was damals in der Höhle in Argentinien passiert ist, wo wir das Riesenfaultier Megatherium ausgegraben haben…“

Kapitel 3

John erwachte und spähte auf die Leuchtziffern seiner Armbanduhr. Halb zwei. Die Halle war stockfinster, bis auf das schwache Licht einer Schreibtischlampe, die Renie ein paar Schritte entfernt auf dem Boden deponiert hatte. Alles war ruhig.

John räkelte sich ein wenig – er fand seinen alten Army-Schlafsack erstaunlich bequem – und fragte sich, warum er wach geworden war. Wie viele seiner früheren Kameraden bei der Armee hatte er gelernt, zu jeder Tages- und Nachtzeit Schlaf zu finden, sofern sich gerade die Möglichkeit dazu bot. Zugleich war er auf der Stelle hellwach, sobald sein inneres Radar Alarm schlug. Was also hatte ihn aus dem Schlummer gerissen?

Er hob den Kopf und lugte über die Reihe der schlafenden Kinder hinweg. Die Mädchen hatten sich um Renie gruppiert, während die drei Buben neben John lagen. Aus Alfies Schlafsack drang ein sanftes Schnarchen. Neben ihm hatte Charlie in einem sündhaft teuren Outdoorschlafsack sein Lager aufgeschlagen – „Den gleichen hatte mein Onkel dabei, als er letztes Jahr im Himalaya war, das ist absolutes Profi-Equipment.“, hatte der Junge geprahlt – und dahinter der stille Josh. Plötzlich kniff John die Augen zusammen und richtete sich auf. Vorsichtig beugte er sich über Alfie und sah genauer hin. Charlies Schlafsack war leer! Naja, vielleicht war der Junge zur Toilette gegangen. John legte sich wieder hin. Alles blieb still.

Nach einigen Minuten fluchte er innerlich und schälte sich aus seiner molligen Schlafstatt. Angetan mit Socken, einer alten Jogginghose und einem T-Shirt, in der Hand seine Taschenlampe, tappte er in Richtung der Waschräume. Unter der Eingangstür drang kein Lichtstreif heraus. Dennoch ging er hinein, schloss die Tür sorgfältig hinter sich und drückte auf den Lichtschalter.

„Charlie?“, rief er leise. Es war kein Laut zu hören. Zur Sicherheit öffnete er die Türen sämtlicher WC-Abteile. Nein, hier war niemand. Verflixt. Wo mochte der Junge sein?

„Wir sind durch das ganze Haus gegeistert, ohne dass jemand etwas gemerkt hat“ – Renies Worte hallten in seinem Ohr. „Ich wette, dieser Satansbraten hat das Gleiche vor.“, knurrte John zu sich selbst. Er lehnte sich an ein Waschbecken und überlegte. Den Gedanken, Renie aufzuwecken, verwarf er. Mit Sicherheit würden dann die anderen

Kinder ebenfalls wach werden und dann würden sie für den Rest der Nacht keine Ruhe mehr finden. Nein, er machte sich lieber selbst auf die Suche.

Er löschte das Licht und zog leise die Tür auf. Den Grundriss der Eingangshalle hatte er im Kopf. Alle Seitentüren waren abgesperrt, das hatte James Mackenzie noch einmal nachgeprüft, bevor er sich in sein Büro zurückgezogen hatte. Charlie konnte die große Treppe hinauf sein, vorbei an der ehrwürdigen Statue Charles Darwins, dorthin, wo die wertvollen Mineraliensammlungen des Museums waren.

Oder er konnte ins Untergeschoss hinunter sein. Dort unten waren hauptsächlich Lernbereiche für besuchende Schulklassen untergebracht. Soweit John sich erinnern konnte, gab es dort unter anderem ein Chemielabor und ausgestopfte Tierexponate für den Anschauungsunterricht. Sollten die Räume nicht abgeschlossen sein, konnte Charlie dort einen Haufen Unsinn anstellen. John beschloss, dort als erstes nachzusehen.

Ohne die Taschenlampe einzuschalten, pirschte er sich an der Wand entlang, bis er zu einer Öffnung kam. Er verharrte einen Augenblick und lauschte. Bis auf Alfies leises Schnarchen war kein Laut zu hören. Er tastete sich nach links. Nach einigen Metern versperrte ihm eine Tür den Weg. Dahinter, wusste er, lag der Weg zu den *Creepy Crawlies*, der Welt der kleinen Krabbeltiere. Rechts ging es zu der Treppe, die nach unten führte. Daneben lag auch ein Aufzug. John überlegte einen Moment und entschied dann, dass Charlie das Risiko, dass das Geräusch des Aufzugs die anderen aufwecken würde, wohl nicht eingegangen wäre. Also machte er sich daran, die Treppe ins Untergeschoss hinabzusteigen. Da er nun von der Halle aus nicht mehr gesehen werden konnte, schaltete er die Taschenlampe ein.

Unten gab es eine Empfangstheke, Snackautomaten und davor einige Tische und Stühle. John schlich weiter und wollte gerade nach rechts um eine Ecke biegen, als ein Geräusch ihn innehalten ließ. Gleich darauf vernahm er einen unterdrückten Schreckensschrei. Er lief los, um die Ecke – und prallte frontal mit einem halbhohen Knirps zusammen, der angsterfüllt quiekte.

„Ganz ruhig, Charlie, ich bin´s, John Mackenzie. Was um Himmels willen tust du hier unten?"

„Ich … ich…" Charlie schnappte nach Luft. „Da war jemand. Da hinten."

„Was du nicht sagst.“, sagte John skeptisch. „Wer sollte denn um diese Zeit hier unten sein?“

„Das weiß ich doch nicht. Aber ich hab hundertprozentig jemanden gesehen. Sie werden doch nicht glauben, dass ich lüge?“ Charlie hatte offensichtlich seine Fassung wiedergewonnen.

John seufzte.

„Dann lass uns nachsehen. Wo warst du denn, als du die Person gesehen hast?“

Charlie zögerte. „Ich … kam gerade aus einem der Unterrichtsräume.“

„Wir werden noch klären, was du dort gemacht hast. Jetzt führ mich erstmal dort hin. Wo hast du eigentlich deine Taschenlampe?“

„Die hab ich fallenlassen, als der Typ mich erschreckt hat. Schauen Sie, da vorn liegt sie.“

Charlie hob die Lampe auf und drückte auf einen Knopf. Sie gab ein flackerndes Licht von sich. Unwillig schüttelte Charlie sie. „Die Batterie muss schwach sein, das fing vorhin schon an. Na, da werde ich meiner Mutter aber Bescheid stoßen. Wie kann sie mich mit so einem altersschwachen Teil losschicken.“

„Sicher hat sie nicht damit gerechnet, dass du dich verbotswidrig nächstens in der Dunkelheit herumtreiben willst.“, gab John zurück. „Also, wo war jetzt dieser Unbekannte?“

„Irgendwo in der Ecke da hinten.“ Das schwächliche Licht von Charlies Taschenlampe tanzte über eine Reihe von Schließfächern. Als John den Strahl seiner Lampe in die angewiesene Richtung lenkte, glühten plötzlich zwei Augen auf und ein furchterregendes Gebiss blitzte aus der Dunkelheit. Charlie schrie auf. John konnte sich eines leicht spöttischen Lachens nicht erwehren.

„Das ist ein ausgestopfter Bär, Junge. Da hast du dich ja ganz schön ins Bockshorn jagen lassen.“

Erbost stemmte Charlie die Hände in die Hüften. „Hab ich nicht. Da war jemand, garantiert.“

„Nun ja, jetzt ist auf jeden Fall niemand außer uns hier. Und nun zeigst du mir, was du in dem Unterrichtszimmer angestellt hast.“

Schmollend öffnete Charlie eine Tür. John folgte ihm und tastete nach einem Lichtschalter. Zu Johns Erleichterung beherbergte der Raum nicht das Chemielabor, sondern die Tiersammlung.

Infantile Kritzeleien bedeckten die Tafel. Sämtliche ausgestopften Tiere waren aus dem Regal genommen und in „lustigen“ Posen drapiert.

„Du bringst diesen Mist auf der Stelle wieder in Ordnung.“ John setzte sich auf einen der Tische und sah Charlie auffordernd an.

„Oh Mann“, maulte der Junge und hob lustlos einen ausgestopften Dachs hoch. „Wenn Sie nicht bloß rumsitzen, sondern mir helfen würden, ginge es schneller.“

Da passierte etwas, was selten vorkam: John platzte der Kragen. Er hielt Charles Hetherington III eine Gardinenpredigt, die diesem vor Erstaunen den Mund offenstehen ließ. Und so schlich eine Viertelstunde später ein sehr kleinlauter Zehnjähriger die Treppe hinauf und verschwand eilig in seinem Schlafsack. John lauschte kurz in die Dunkelheit. Außer gleichmäßigen Atemzügen war nichts zu hören. Er schloss die Augen und schlief augenblicklich ein.

Als er die Augen einige Stunden später wieder aufschlug, war es in der großen Halle immer noch ruhig. Durch die Fenster im Obergeschoss fielen die ersten Strahlen der Morgensonne herein. John verschränkte die Arme hinter dem Kopf und blickte zur Hallendecke hinauf. Sie war vollkommen ausgeschmückt mit botanischen Zeichnungen. Coffea arabica, Nicotiana tabacum, Rhododendrum formosum, Theobroma cacao – viele der Pflanzennamen waren leicht zu übersetzen. Amygdalus persica ließ John kurz stutzen. Dann schloss er, dass es sich wohl um einen Mandelbaum handeln musste. Als er den Namen Banksia speciosa entdeckte, musste er lächeln. Auf einmal fiel ihm ein, wie er vor vielen Jahren – mit leichtem Schrecken wurde ihm klar, dass es wohl gut dreißig sein mochten – gemeinsam mit seiner Mutter hier gewesen war.

Emmeline Mackenzie konnte sich für Pflanzen aller Art genauso begeistern wie ihr Mann für Saurier. Seit Jahrzehnten war sie eine treibende Kraft in der Gruppe der Ehrenamtlichen, die in den königlichen Gärten in Kew mitarbeiteten.

„Sieh mal, John, die Prächtige Banksie.“, hatte sie damals gesagt und nach oben gedeutet. „Ein Silberbaumgewächs. Und weißt du, nach wem sie benannt ist? Nach Sir Joseph Banks, einem der Gründerväter unserer Kew Gardens. Er war ein leidenschaftlicher Botaniker und hat viele Arten auf der ganzen Welt gesammelt und zu uns gebracht. Er war auch mit Captain Cook auf der HMS Endeavour unterwegs. Drei

Jahre lang, mein Junge, stell dir das vor. Mimosen, Akazien, Eukalyptus aus Australien – all diese großartigen Gewächse hat er vor über zweihundert Jahren als erster in Großbritannien eingeführt."

Verträumt starrte John nach oben, bis er merkte, dass Renie neben ihm aufgetaucht war, bereits fertig angekleidet. „Morgen, John. Ich richte in der Cafeteria unser Frühstück her. Kümmerst du dich um die Kids?"

„Mhm."

„Von den Mädels sind schon ein paar wach. Am besten weckst du alle auf und schickst sie erst mal in die Waschräume. Wenn alle fertig sind, sollen sie hier klar Schiff machen und alles zusammenpacken. Dann kommst du mit dem ganzen Trupp in die Cafeteria."

„Alles klar, Renie."

„Und achte drauf, dass sich die Racker die Zähne putzen."

„Mach ich."

„Und dass mir nachher hier keine vergessenen Haargummis, Socken oder sonstige Sachen herumliegen."

Belustigt setzte John sich auf. „Du klingst schon wie deine Mutter."

Renies Augen weiteten sich entsetzt.

John grinste ungerührt. „Nicht umsonst haben David und ich sie schon als Kinder Major Maggie genannt."

Ohne ein weiteres Wort machte seine Nichte auf dem Absatz kehrt und verschwand.

Eine halbe Stunde später stürzten sich zehn Kinder auf das kleine Buffet, das Renie aufgebaut hatte. Sie hatte einen großen Tisch gedeckt, direkt neben einem Schaukasten mit einem ausgestopften Panda.

John schnappte sich eine Tasse Tee und nahm seine Nichte beiseite, um ihr von Charlies nächtlichem Ausflug zu erzählen.

„Diese kleine Ratte!", empörte sich Renie. „Na, der kann sich aber auf was gefasst machen. Wenn du ihn nicht ertappt hättest, hätte diese bescheuerte Aktion Grandpa und mich in echte Schwierigkeiten gebracht. Was hätte der Direktor wohl gesagt, wenn bekannt geworden wäre, dass sich so ein Lümmel mutterseelenallein hier herumtreiben konnte?" Sie zerknüllte wütend eine Serviette und feuerte sie in Richtung Abfalleimer. „Ich könnte ihn erwürgen, diesen…"

„Lass gut sein, Renie.", meinte John milde. „Er hat schon von mir eine Strafpredigt kassiert. Heute Morgen benimmt er sich auffällig gut.“ Er wies mit einem Kopfnicken auf Charlie, der schweigend eine Schale Cornflakes löffelte.

In diesem Moment erschien James Mackenzie. Gut gelaunt winkte er John und Renie zu und setzte sich zu den Kindern. „Guten Morgen, guten Morgen. Ah, da habt ihr euch ja zu unserer Chi Chi gesetzt, wie ich sehe. Ihr wisst, dass sie die Inspiration für das berühmte Logo des WWF war?“ Die Kinder schüttelten die Köpfe und sahen James gespannt an.

„Also, dann erzähle ich euch mal, welch lange Odyssee Chi Chi hinter sich hatte, bis sie in unserem Zoo in London ihre endgültige Heimat fand…“

John und Renie grinsten sich an. James Mackenzie liebte es, für ein aufmerksames Publikum zu erzählen. Gestern hatte er die Kinder bis nach Mitternacht bestens unterhalten.

Schließlich stand James auf und kam zu ihnen herüber.

„Guten Morgen, ihr beiden. Wir hatten einen schönen Abend gestern, nicht wahr?“

„Ja, wirklich, Dad. Du machst das großartig mit den Kindern. Sie sind förmlich an deinen Lippen gehangen.“

James Mackenzie lächelte geschmeichelt. „Mir hat es auch sehr viel Freude gemacht. Ich bin froh, dass ich gestern nicht mehr zu dem Empfang gegangen bin. Es muss dort ziemlich viel Alkohol geflossen sein. Einige meiner Kollegen sind in den frühen Morgenstunden in ihre Büros getorkelt, um dort zu schlafen. Von dem Radau bin ich einige Male wach geworden.“ Er schüttelte nachsichtig lächelnd den Kopf. „Ich hoffe, ihr hattet eine angenehme Nacht?“

John und Renie wechselten einen Blick.

„Naja, wir hatten ein kleines Vorkommnis.“, gab John zögernd zu.

„Haben die Kinder sich etwa gefürchtet? Oder war eines krank?“, erkundigte James sich teilnahmsvoll. „Aber eigentlich sehen alle ganz munter aus.“ Er sah zu Bella und ihren Freunden hinüber, die sich lebhaft unterhielten.

„Nein, Dad, das ist es nicht. Aber einer der Jungs, Charlie, ist ein wenig herumgestrolcht. Ich habe ihn Gott sei Dank erwischt.“, beeilte John sich hinzuzufügen, als er sah, wie das Gesicht seines Vaters sich verdüsterte.

„Das ist der naseweise Blonde, nicht wahr? Wo war der Bengel?“

„Er hat sich ins Untergeschoss hinuntergeschlichen und in einem der Unterrichtsräume ein bisschen Unsinn gemacht, dort wo die ausgestopften Tiere sind. Aber keine Sorge, es ist alles wieder in Ordnung."

„Ich kontrolliere das lieber selbst noch einmal." Mit zusammengezogenen Brauen starrte James Mackenzie zu Charlie hinüber, der den Blick bemerkte und sich unbehaglich duckte.

„Ich werde nachher mit dem jungen Mann noch ein paar Worte wechseln.", kündigte James an. „Und ansonsten gilt: Über diese Sache wird Stillschweigen bewahrt, ist das klar? Ich möchte unter keinen Umständen, dass dies zum Direktor durchdringt."

„Natürlich, Grandpa. Wir wollen ihn doch nicht unnötig beunruhigen, wo doch gar nichts passiert ist.", versicherte Renie ihm. „Schaltest du dann Rex noch einmal ein? Wir hatten es den Kindern versprochen."

„Mhm.", brummte James. „Das dauert ein paar Minuten, weil das System beim ersten Hochfahren am Morgen routinemäßig einen Check macht. Am besten bleibt ihr so lange hier und ich komme euch dann holen, wenn alles bereit ist." Mit einem letzten scharfen Blick in Charlies Richtung verließ er die Cafeteria.

„Huiuiui, Grandpa ist ganz schön sauer.", bemerkte Renie bedrückt. „Wir hätten besser aufpassen sollen."

John nickte. „Aber dann hätten wir abwechselnd Wache halten müssen. Wer denkt denn schon, dass dem Jungen so eine dämliche Aktion einfällt? Und dass er tatsächlich den Mut besitzt, mitten in der Nacht allein in den Keller hinunterzusteigen?"

Plötzlich kicherte Renie. „Da fällt mir ein, wie ich einmal im Ferienlager – "

„Renie! Gibt es noch etwas Milch?", rief Bella herüber und hielt eine Glaskanne hoch.

„Natürlich. Ich bringe euch gleich welche."

„Vielleicht gibst du deine Abenteuer besser nicht vor den Kindern zum Besten.", meinte John halblaut, als er Renie zum Tisch hinüber folgte.

Renie zwinkerte ihm zu und sie setzten sich.

„Mein Großvater kannte Chi Chi.", sagte Josh gerade schüchtern. „Er war Tierpfleger im Zoo."

„Echt? Das ist ja cool." Die Mädchen fanden das spannend und löcherten Josh, der zunehmend auftaute und bereitwillig erzählte.

Charlie, dem es nicht gefiel, dass sein Freund plötzlich im Mittelpunkt stand, zerbröselte unwillig einen Muffin und platzte plötzlich heraus, „Tierpfleger? Das ist doch ein Job für Loser. *Mein* Großvater war Bankdirektor."

In Bellas Augen blitzte es. „Charlie, du bist *so* ein Schnösel. Wie kannst du so reden? Ich finde es toll, wenn jemand sein Leben damit verbringt, sich um Tiere zu kümmern."

„Pah, was soll daran toll sein? *Mir* wird mein Pferd immer blitzblank geputzt und fertig gesattelt hingestellt. Dafür gibt es schließlich einen Stallknecht, oder nicht? Der wird dafür bezahlt, dass er so eklige Sachen macht wie Pferdeäpfel wegräumen und so." Charlie schüttelte sich affektiert.

Bella sprang auf. „Oh Mann, wieso habe ich dich eigentlich eingeladen? Du bist echt unmöglich."

Die anderen Kinder beobachteten gebannt den Schlagabtausch.

Renie stieß John an. „Wo bleibt nur Grandpa? Wir könnten hier dringend eine Ablenkung gebrauchen.", murmelte sie und fuhr laut fort, „Möchte noch jemand einen Joghurt oder eine Banane, bevor wir nochmal zu Rex gehen?"

„Ich sehe mal nach, wo er bleibt." John stand auf und ging mit langen Schritten hinaus. Zurück in der Eingangshalle sah er, dass die Tür zur Saurierabteilung offen stand. Dieser Gebäudeteil lag im Dunklen, da die wenigen Fenster dort verhängt waren. Ein Lichtschalter war nicht zu sehen. Wahrscheinlich wurde die Beleuchtung von einer Zentrale aus gesteuert. John kehrte um und holte sich seine Taschenlampe aus dem Rucksack. Dann eilte er durch die untere Ebene ans Ende des langgezogenen Traktes. Schwacher Lichtschein drang aus der Öffnung, die zu der Sauriergrube führte. Er trat hindurch.

„Dad? Bist du – " Seine Worte blieben ihm im Halse stecken. Haltsuchend griff er nach dem Geländer.

Die kleinen gelben Augen schienen ihn boshaft anzustarren, während der massige Kopf des Tyrannosaurus Rex sich angriffslustig hin und her bewegte. Markiges Gebrüll erfüllte den halbdunklen Raum. John jedoch nahm von alledem nichts wahr. Regungslos starrte er auf die Szene, die sich zu Füßen des Sauriers abspielte. Dort kniete sein Vater. Vor ihm lag ein Mann, der ebenso tot war wie das gigantische Tier, von dem der Knochen stammte, den James Mackenzie in der Hand hielt.

Kapitel 4

Simon Whittington massierte mit gequältem Gesichtsausdruck seine Schläfen. „Kannst du mir erklären, John, warum du und deine Familie mit absonderlicher Beständigkeit in Mordfälle verwickelt seid?“

Absonderliche Beständigkeit?

Während John noch überlegte, was er auf diesen unverschämten Angriff seines Cousins entgegnen sollte, sprach der Superintendent schon weiter.

„Und natürlich sucht ihr euch stets aufsehenerregende Tatorte aus. Immer mit viel Publicity verbunden. Was werden die Schlagzeilen diesmal wohl sein? *Unter den Augen des T-Rex: Mann mit Knochen erschlagen* oder *Tod im Museum: Neuzeitlicher Killer mit Steinzeit-Waffe?*“ Simon beugte sich über den Tisch zu John. „Was ist nur los mit euch?“ zischte er.

Nun reichte es John. „Was soll das überhaupt heißen: ich und meine Familie? Vielleicht hast du es vergessen, Simon: Unsere Mütter waren Schwestern. Also, ob es dir passt oder nicht, auch du bist ein Teil dieser Familie.“

Simon zog verärgert die Mundwinkel nach unten, als wollte er nicht daran erinnert werden.

„Und du kannst mir glauben, keiner von uns ist scharf darauf, *in einen Mordfall verwickelt* zu sein, wie du es nennst. Als ich die Armee verließ, hatte ich eigentlich gehofft, nie wieder mit gewaltsamen Todesfällen konfrontiert zu werden.“ Er atmete tief durch. „Und schließlich von wegen Publicity: Wer von uns beiden ist denn wie der Teufel hinter der armen Seele dahinter her, in sämtlichen bunten Blättern des Königreichs erwähnt zu werden?“

Während John sich nach dieser Breitseite mit verschränkten Armen zurücklehnte und seinen Cousin kühl ansah, plusterte Simon sich entrüstet auf.

„*Ich* lege überhaupt keinen Wert auf diese mediale Aufmerksamkeit. Aber da ich nun mal mit einer Frau mit glänzenden Verbindungen zum Hof verheiratet bin und Patricia sich in herausragender Weise aufopfert, um sich für eine Vielzahl karitativer Zwecke einzusetzen, lässt es sich nicht vermeiden, dass die Medien Interesse an uns haben.“

John knirschte mit den Zähnen. Simon hatte noch nie eine Möglichkeit ausgelassen, mit der – allerdings sehr entfernten – Verwandtschaft seiner Frau zur königlichen Familie zu prahlen.

„Ganz abgesehen davon stehe ich selbst – und ich muss sagen, auch zu Recht – im Fokus der Presse: Schließlich habe ich mich in hervorragender Weise um die Sicherheit unserer Stadt verdient gemacht und einige Fälle von höchster Bedeutung erfolgreich zum Abschluss gebracht. Ohne Grund wurde ich ja nicht zum jüngsten Superintendenten aller Zeiten bei der Metropolitan Police ernannt – "

Aargh, nun stimmte Simon wieder diese alte Leier an. Resigniert ließ John den Kopf auf die Tischplatte sinken.

Simons Redefluss verstummte. Er räusperte sich.

„Zur Sache. Schildere mir noch einmal die genaue Auffindesituation."

John stöhnte. „Das habe ich dir doch schon gesagt: Dad kniete in der T-Rex-Grube. Er hatte so ein großes Ding in der Hand, das wie ein Knochen aussah, aber in Wirklichkeit ein Abguss ist, wie er mir sagte."

„Das weiß ich bereits.", unterbrach Simon ihn ungeduldig. Er blätterte in seinem Notizbuch. „Der Os femoris eines Triceratops."

„Ein Oberschenkelknochen.", warf John hilfreich ein.

„Das weiß ich selbst.", fauchte Simon. „Und jetzt weiter im Text."

„Direkt vor Dad lag ein Mann, den ich noch nie gesehen hatte. Aber Dad kennt ihn. Er hat hier im Museum gearbeitet, in der Verwaltung, wenn ich das richtig verstanden habe."

„Dr. Gordon Farris, ich weiß. Wie genau lag er da?"

John überlegte kurz. „Auf dem Bauch. Das Gesicht war in den Sand gedrückt, der in der Grube liegt."

„Kannst du mir das vormachen?"

„Du meinst, ich soll mich auf den Boden legen?"

Simon nickte.

John ließ sich auf den Linoleumboden des Besprechungszimmers, das das Museum der Polizei übergangsweise zur Verfügung gestellt hatte, gleiten und versuchte, die Position einzunehmen, in der das Opfer gelegen hatte. Dabei atmete er um ein Haar eine feiste Staubfluse ein.

„Mhm. Wir werden das noch genauer klären. Setz dich wieder.", kommandierte Simon. „Warum habt ihr den Mann bewegt?"

„Wir konnten ja nicht sicher erkennen, dass er tot war. Er hatte diese scheußliche Wunde am Hinterkopf, aber es hätte ja immerhin sein können, dass man ihm noch hätte helfen können."

„So, wie du es dargestellt hast, wäre aber die Halsschlagader in der ursprünglichen Position frei tastbar gewesen. Du hättest also nach einem möglichen Pulsschlag tasten können. Außerdem war der Leichnam bereits kalt und auch die einsetzende Totenstarre wäre feststellbar gewesen, ohne das Opfer zu bewegen."

Unter Simons bohrendem Blick begann John, ein wenig zu schwitzen.

„Du weißt, wie das aussieht, John, nicht wahr? Es macht ganz den Anschein, als hättet du und dein Vater euer Möglichstes getan, die Spurenlage am Tatort zu verwischen."

„Du spinnst wohl!", fuhr John auf. „Ich habe den Mann umgedreht, weil .... keine Ahnung, ich hatte Angst, er kann nicht atmen, erstickt in dem ganzen Sand – es war einfach ein Reflex."

„Und welchem Reflex ist dein Vater gefolgt, als er die mutmaßliche Mordwaffe aufhob und von oben bis unten mit seinen Fingerabdrücken übersäte?", fragte Simon mit öliger Stimme.

„Herrje, du kennst doch Dad. Wenn er einen Saurierknochen sieht, stürzt er sich darauf wie ein Hund auf ein Kotelett."

„Hm. Wie du schon richtig bemerktest, handelte es sich aber hier gar nicht um einen Knochen, sondern um einen Abguss, der noch dazu schon seit langer Zeit als Dekoration in der T-Rex-Grube lag.", entgegnete Simon messerscharf.

Hilflos sah John seinen Cousin an.

„Du weißt, dass Dad keiner Fliege was zuleide tun kann, Simon. Es ist völlig undenkbar, dass er einen Menschen erschlagen würde."

Simon nickte widerstrebend. „Die Vorstellung erscheint abstrus. Aber ich kann ihn nicht von vornherein als Verdächtigen ausschließen, nur weil ich ihn mein Leben lang kenne."

Er klopfte unzufrieden mit seinem feinen Füllfederhalter auf den Tisch.

„Auf jeden Fall macht mir eure Beteiligung das Leben nicht gerade einfacher. Nun muss ich sehen, dass ich möglichst schnell Ergebnisse auf den Tisch legen kann, und das mit einer extrem dünnen Personaldecke. Etliche Kollegen sind noch im Sommerurlaub und Detective Chief Inspector Floyd, der hier eigentlich zuständig gewesen wäre, liegt mit einer Lungenembolie in der Klinik. Zu allem Überfluss habe ich auch noch diese Pestbeule an der Backe.“

Verständnislos sah John den Superintendenten an.

„Briarson“, Simon spie den Namen geradezu aus. „Nachdem ich ihm in Edinburgh so großzügig unter die Arme gegriffen habe, sind unsere Vorgesetzten auf die glorreiche Idee gekommen, die englisch-schottische Kooperation weiterzuführen und haben Briarson als Urlaubsvertretung hergeschickt. Der Kerl ist unerträglich wie eh und je.“

Er seufzte tief, während John ein Lächeln unterdrückte. Chief Superintendent Briarson war Simon in vielerlei Hinsicht ähnlich und so hatten die beiden auf der Stelle eine herzliche Abneigung gegeneinander entwickelt.

Es klopfte an der Tür. „Herein!“, knurrte Simon. Seine Laune verschlechterte sich noch erheblich, als Renie ins Zimmer trat.

„Ich hätte es wissen müssen. Wenn es irgendwo Ärger gibt, kann Maureen Hughes nicht weit sein.“, stöhnte er.

„Zufällig arbeite ich hier. Und auch dir einen guten Morgen, Simon.“, erwiderte sie schnippisch. „Die Eltern unserer Kids sind hier, um sie abzuholen. Ich nehme an, wir können sie gehen lassen?“

„Nicht so schnell. Ich muss jeden befragen, der vergangene Nacht hier im Gebäude war.“

Renie schlug sich an die Stirn. „Ich bitte dich, Simon. Es waren Dutzende von Leuten hier. Von denen sind auch noch einige im Museum, weil ein paar von den Schluckspechten in ihren Büros übernachtet haben. Genau diese Leute waren auch mit Dr. Farris auf dem Empfang bei unserem Direktor. Dort solltest du deine Befragung starten, meinst du nicht?“

„Ah, unser Fräulein Neunmalklug möchte mir Nachhilfe geben, wie eine Mordermittlung zu führen ist. Ich wusste gar nicht, dass dein neues Studienfach Kriminologie ist. Zuletzt hatte ich gehört, du wolltest die Bandmanagerin von deinem Punkerfreund werden.“, gab Simon mit herablassendem Lächeln zurück.

In Renies Augen blitzte es auf und sie baute sich kampfeslustig vor dem Superintendenten auf. „Andy hat nächstes Jahr seinen Master in Physik in der Tasche, dass du´s nur weißt. Und außerdem … ach, egal.“ Sie stampfte zur Tür. Dort drehte sie sich noch einmal um.

„Dann kannst *du* aber den Eltern von Charles Hetherington III erklären, dass ihr kostbares Söhnchen heute nicht zum Reittraining kann, weil er vorher noch eine polizeiliche Vernehmung über sich ergehen lassen muss."

Simon merkte auf. „Hetherington? Die Banker-Dynastie? Penelope Hetherington sitzt mit Patricia im Ausschuss des Fördervereins vom St. Bartholomew´s Hospital. Hmm." Er überlegte.

„Pass auf, Renie. Sag den Eltern, es wird gleich jemand kommen, der die Adressen aller Kinder aufnimmt. Dann können alle nach Hause. Ach, am besten, ich kümmere mich gleich selbst darum."

Er stand auf. „John, einer meiner Beamten wird deine Aussage förmlich aufnehmen. Dann kannst du vorerst gehen. Ich weiß ja, wo ich dich finde."

Zurück im Tower verstaute John seine Sachen und sah dann grübelnd zum Fenster hinaus. Er hatte noch zwei Stunden, bis sein Dienst begann. In den Sommermonaten herrschte Hochsaison. Im Innenhof des Towers drängten sich Urlauberscharen und am Eingang zum Waterloo Block formierte sich eine Warteschlange, um zu den Kronjuwelen vorgelassen zu werden. John wandte sich ab und strich rastlos in der Wohnung umher. Sein Blick fiel auf den Schreibtisch, auf dem wie eine stumme Mahnung ein Zettel lag, auf dem außer der Überschrift „Rabenführung – Konzept für die Unterstufe" noch kaum etwas stand. Er setzte sich, schob ziellos ein paar Sachen auf dem Tisch umher und trommelte mit dem Bleistift aufs Papier.

Schließlich musste er sich eingestehen, dass er sich nicht konzentrieren konnte. Er bekam das Bild, das sich ihm in der Sauriergrube geboten hatte, nicht aus dem Kopf. Sein Vater, der ratlos den schweren Knochenabguss in seiner Hand anstarrte, an dessen Ende eingetrocknetes Blut und einige glatte schwarze Haare hafteten. Zu seinen Füßen ein schmächtiger Mann im dunklen Anzug, den die Wucht des Schlages auf seinen Hinterkopf nach vorne geworfen hatte. Als John ihn vorsichtig herumgedreht hatte, war er zurückgezuckt. Die dicke schwarzumrandete Brille, die Gordon Farris getragen hatte, war beim Aufprall zerbrochen und hatte ihm das Gesicht scheußlich zerschnitten. John hoffte inständig, dass der arme Mann wenigstens davon nichts mehr mitbekommen hatte.

Er gab es auf, etwas Brauchbares zustande zu bringen und beschloss, die Zeit zu nutzen, um sich um seine immer zahlreicher werdenden Pflanzen zu kümmern. Gerade bewunderte er die spektakuläre Blüte einer Passionsblume, die er aus einem Maracuja-Kern gezogen hatte, als das Telefon klingelte.

„John! Ist im Museum etwas passiert? Dein Vater hat mich gerade angerufen, aber dann wurde unser Gespräch unterbrochen und James sagte, er würde jetzt verhört. Was ist da los?“

„Mum, beruhig dich erst mal. Die Polizei befragt Dad als Zeugen, weil wir heute Morgen einen Toten im Museum gefunden haben.“

„Einen Toten?! Um Gottes Willen.“ Sie sog scharf die Luft ein. „Aber ... es ist doch nichts mit den Kindern?“

„Nein, nein. Die Kinder haben überhaupt nichts mitbekommen und sind mittlerweile alle gut wieder zu Hause. Dad ist heute früh zu dem animierten T-Rex gegangen, um ihn noch einmal für Bella und ihre Freunde einzuschalten. Dabei hat er den Mann gefunden. Ich bin dann nach kurzer Zeit auch dazu gekommen.“

„Dann war es ein Unfall?“

„Nein, er ... ist erschlagen worden.“

„Oh, wie schrecklich! Wer war es denn? Doch nicht einer von James´ Kollegen in der Paläontologie?“

„Nein, jemand aus der Verwaltung. Ein Dr. Farris, sagte mir Dad.“

„Oh nein! Ausgerechnet der!“ Emmeline Mackenzie klang erschrocken.

„Was meinst du damit, Mum?“

„Dein Vater hatte vor ein paar Tagen einen heftigen Streit mit ihm. Da ging es um James´ Vorschlag für eine neue Ausstellung, die der Verwaltungsrat abgelehnt hatte.“

„Davon hat Dad bei Bellas Geburtstagsfeier erzählt. Da sollte es um Wissenschaftsbetrug gehen, nicht?“

„Mhm. So aufgebracht habe ich deinen Vater noch selten gesehen wie an dem Abend, als er nach Hause kam. Scheinbar hatte der Verwaltungsrat an dem Tag eine Sitzung und dabei über James´ Projekt beraten. Danach haben sie James dazugebeten und ihm mitgeteilt, dass sein Vorschlag abgelehnt wurde. So, wie dein Vater es mir geschildert hat, hat er seine Meinung dazu ziemlich deutlich gesagt und ist dann zurück in sein Büro. Dieser Farris muss ihm dann nachgegangen sein und ihn ziemlich zurechtgestaucht haben. James ... hat dann die Beherrschung verloren und ist laut geworden. Oh John, so kenne ich ihn gar nicht.“ Einen Moment herrschte bedrücktes Schweigen. „Die Polizei wird ihn doch hoffentlich nicht verdächtigen?“, fragte Emmeline ängstlich.

„Aber nein, Mum.“, bemühte John sich, seine Mutter zu beruhigen. „Simon führt die Ermittlungen. Er ist zwar … äh … naja, du kennst ihn ja, aber immerhin kennt er Dad gut genug, um zu wissen, dass er kein Mörder ist.“

„Das ist gut“, meinte Emmeline erleichtert. „Simon ist ein hervorragender Polizist und er wird den Schuldigen sicher schnell finden.“

John stimmte ihr zu, auch wenn er ihren unbeirrbaren Glauben an Simon Whittington nicht teilen konnte.

Kaum hatte er aufgelegt, rief seine Schwester an.

„Hallo, Maggie! Wie geht es Bella? Ich hoffe, sie hat das abrupte Ende ihrer Geburtstagsübernachtung gut weggesteckt?“

„Sie ist schon ziemlich aufgeregt, John. Spätestens, als sie Simon und seine Leute vom Yard gesehen hat, war ihr klar, dass eure Geschichte, es hätte einen Unfall gegeben, nicht stimmte.“

„Das dachte ich mir schon, dass sie uns das nicht ganz abnimmt, aber wir wollten nicht, dass die Kinder in Panik ausbrechen, weil keine hundert Schritte von ihnen entfernt in der Nacht ein Mord passiert ist.“

Plötzlich lachte Maggie leise. „Dieser kleine Satansbraten, Charlie Hetherington, versuchte den anderen weiszumachen, der T-Rex wäre lebendig geworden und hätte jemanden gefressen.“

John schüttelte den Kopf. „Der Junge ist wirklich ein Quälgeist. Verzogen, arrogant, geltungssüchtig – “

„Genau wie Simon“, sagten beide wie aus einem Mund.

„Als ich Bella vorhin abgeholt habe, hat mich unser lieber Cousin kaum eines Blicks gewürdigt. Stattdessen ist er um Mrs. Hetherington herumscharwenzelt, der Schleimer. Hat sich noch großartig bei ihr für die Unannehmlichkeiten entschuldigt. Dabei mussten wir schließlich alle warten.“ Maggie schnaubte. „Naja, lass uns nicht weiter über ihn reden. Weißt du etwas Näheres über den Todesfall? Ich habe Renie zwar kurz gesehen, wollte aber vor Bella nicht weiter über die Geschichte reden.“

John erzählte ihr das wenige, was er wusste. Als er geendet hatte, schwieg Maggie nachdenklich. „Dann müssen Farris und sein Mörder an euch vorbei gegangen sein. Wie wären sie sonst in die Dino-Galerie gekommen?“

„Daran habe ich noch gar nicht gedacht.“, gab John zu. „Allerdings wache ich bei ungewohnten Geräuschen leicht auf. Als Charlie sich davongeschlichen hat, bin ich davon auch wach geworden.“

„Wie bitte? Der junge Master Hetherington ist nachts unbeaufsichtigt durchs Museum gestrolcht?“

John konnte förmlich hören, wie durch Maggies Juristengehirn Haftungsfragen aller Art schossen.

„Nur keine Panik, Schwesterherz. Wie ich schon sagte – ich bin aufgewacht und habe ihn gesucht. Er hatte in einem Unterrichtsraum im Untergeschoss einigen Unfug gemacht, aber ich habe ihn mit sanftem Druck überzeugt, dass er alles wieder in Ordnung bringt. Danach habe ich ihn wieder zu seinem Schlafsack zurückeskortiert.“ Ihm fiel etwas ein. „Kannst du dich an die vielen Gänge erinnern, die in den Eingeweiden des Museums verlaufen? Da gab es doch auch Verbindungen zwischen den Ausstellungsräumen, von denen die Besucher gar nichts mitbekamen. Vielleicht mussten Farris und sein Mörder gar nicht durch die Halle, sondern sind auf anderen Wegen dorthin gekommen.“

„Du hast recht, so könnte es gewesen sein.“, stimmte Maggie ihm zu. „Ich komme, Schatz.“, rief sie dann nach hinten. „John, ich muss jetzt Bella beim Packen fürs Reitcamp helfen. Danke nochmal, dass du für Andy eingesprungen bist. Nun musstest du nicht nur helfen, diesen Sack Flöhe über Nacht zu hüten, sondern musstest dich auch noch mit Simon herumschlagen, du Ärmster.“

„Unsinn.“, wehrte John ab. „Der Abend mit den Kindern hat mir wirklich Spaß gemacht, Maggie. Dad war so richtig in seinem Element und es war auch sehr amüsant, Renie in Aktion zu erleben. Und letzten Endes ist es in diesem Fall wohl nicht schlecht, wenn ausgerechnet Simon die Ermittlungen leitet. Er wird sich nicht vorschnell auf Dad als Verdächtigen einschießen, dazu kennt er ihn zu gut.“

„Das glaube ich auch. Außerdem ist dieser Mordfall für unseren Lieblings-Superintendenten wieder eine wunderbare Möglichkeit, im Rampenlicht zu stehen. Er wird sicher alles daransetzen, den Täter so schnell wie möglich zu finden. Also vertrauen wir mal darauf, dass Simon die Geschichte zu einem guten Ende bringt.“

Bis zur Schließung des Towers war John nonstop damit beschäftigt, eine Führung nach der anderen zu machen und sich mit unzähligen Besuchern fotografieren zu lassen. Danach sprintete er in seine Wohnung, legte die blau-rote Beefeateruniform ab, stürzte eine halbe Flasche Wasser hinunter und eilte zurück zum Rabenhaus, das neben dem White Tower im Innenhof lag. In den letzten Tagen hatten er und der altgediente Chefpfleger der Vögel, Ravenmaster George Campbell, daran gearbeitet, das Rabenhaus zu renovieren. George war ein begabter und vielseitiger Handwerker und erledigte seit jeher alle rund um das Rabenhaus anfallenden Arbeiten selbst.

Der Anbau an die Voliere war bereits außen wie innen neu gestrichen. Auf der kleinen Wiese hinter dem Rabenhaus, außer Sichtweite der Touristen, lagerten nun alle Einrichtungsgegenstände und warteten darauf, wieder an ihren angestammten Platz gebracht zu werden. Nur der Kühlschrank und das Spülbecken waren bereits wieder installiert. Die alten Holzmöbel sollten noch einen frischen Anstrich bekommen.

„John, du kommst gerade recht.“, begrüßte der Ältere ihn von einer Leiter herab, die er an den Anbau gelehnt hatte. „Ich möchte heute noch das Dach ausbessern. Du schleifst einstweilen den ersten Schrank ab. Das Werkzeug habe ich dir bereitgelegt, siehst du, dort unten.“

Als er Johns ratlosen Blick bemerkte, fragte er mit breitem Grinsen, „Du hast doch schon mal einen Winkelschleifer bedient, oder etwa nicht?“

„Welches von diesen Dingern ist der Winkelschleifer?“

George brach in Gelächter aus und schlug sich auf den Schenkel, was die Leiter gefährlich ins Wanken brachte.

„Donnerwetter, manche Vorurteile über euch Eierköpfe stimmen eben doch. Lauter hochgeistiges Zeug im Kopf, aber nichts, was man für den Alltag brauchen könnte.“ Glucksend stieg er von der Leiter.

„So, mein Junge, jetzt pass gut auf. Heute lernst du etwas Neues vom alten Onkel George.“

John fühlte sich mit seinen vierundvierzig Jahren wie ein Vorschüler, der das Binden der Schnürsenkel erlernen soll. Tatsächlich fand er schnell Gefallen am Schleifen, nachdem George es ihm gezeigt und ihn zur Sicherheit mit einer Schutzbrille ausgestattet hatte. Er merkte kaum, wie die Zeit verging und sah erstaunt auf, als George ihm auf die Schulter klopfte.

„Feierabend, John. Wir machen morgen weiter. Einstweilen decken wir die Sachen wieder mit der Plane ab, falls es regnen sollte.“

Fast ein wenig widerwillig stellte John sein Schleifgerät ab.

„Ich hätte das gern noch fertig gemacht, George. Es fehlt nur noch die Oberseite.“

„Soso. Na, bisher hast du es ganz ordentlich gemacht, muss ich sagen. Also gut, dann arbeite ruhig weiter. Ich muss aber los, Marcia wartet mit dem Essen auf mich."

Für einen kurzen Moment überfiel John ein Gefühl von Einsamkeit. Wie es wohl sein mochte, wenn zu Hause jemand wartete? Während seiner Studienzeit war er drei Jahre mit einem Mädchen zusammen gewesen und sie hatten sich eine Zeitlang ein Apartment im Studentenwohnheim geteilt. Später, beim Militär, hatte er eine längere Beziehung zu einer Kollegin gehabt, die mit seiner Versetzung nach Kabul ein Ende gefunden hatte. Die meiste Zeit war er ganz zufrieden damit, allein zu leben, nur manchmal gab es diese Momente…

George, der seinen jüngeren Kollegen mittlerweile gut kannte, schien zu ahnen, was gerade in ihm vorging.

„Wie wär´s, wenn wir uns nachher auf einen Absacker im Club treffen?", schlug er augenzwinkernd vor. „Whisky für mich, Darjeeling für dich."

Die Tower-Gemeinschaft verfügte nicht nur über einen eigenen Priester, der seine Gottesdienste in der Kapelle St. Peter ad Vincula am Tower Green hielt, sowie mit Dr. Hunter über einen hauseigenen Arzt, sondern auch über ein Pub, das ausschließlich den Bewohnern des Towers offenstand. Barkeeper Sid war stolz auf seine riesige Auswahl an Single Malts. Seit Johns Ankunft im Tower hielt er – wenn auch leise grummelnd – zusätzlich einige Teebeutel zum Aufbrühen bereit.

„Gute Idee, George.", willigte John ein. „Bis später dann." Er ließ den Winkelschleifer wieder an.

Der Trompeter hatte schon längst zeremoniell zum Zapfenstreich geblasen, als John über den Innenhof zurück zu seiner Wohnung schlenderte. Als er die Haustür aufsperrte, hörte er das Klingeln des Telefons. Um diese Uhrzeit? Beunruhigt griff er nach dem Hörer.

„Hi, John. Da bist du ja endlich. Ich probiere es schon seit Ewigkeiten. Ans Handy gehst du auch nicht."

„Ich war im Club, Renie. Mein Handy lag hier, du weißt ja, dass ich es oft nicht dabei habe. Aber nun sag, was gibt es?"

„Ich wollte dir nur erzählen, was heute im Museum los war. Da steppt der Bär, sage ich dir."

John klemmte den Hörer zwischen Schulter und Ohr, zog seine Schuhe aus und fläzte sich aufs Sofa.

„Na, dann schieß los. Was gibt es Neues? Simon hat Dad hoffentlich nicht zu sehr in die Mangel genommen?“

„Naja, es hat schon eine ganze Weile gedauert, bis Grandpa wieder aus Simons provisorischem Büro hier kam. Nachdem er Simon sofort erzählt hatte, dass er vor mehreren Tagen einen Fetzensstreit mit Dr. Farris hatte, muss Simon ziemlich geflucht haben. Aber es war das einzig Richtige, dass Grandpa gleich ehrlich war. Die Streiterei mit Farris hatten nämlich etliche Leute mitbekommen. Aber Grandpa ist bei weitem nicht der Einzige, der Farris auf dem Kieker hatte. Der Mann war echt unbeliebt, habe ich jetzt mitbekommen.“

„Wieso? Was hatten die anderen Mitarbeiter gegen ihn?“

„Ein typischer Erbsenzähler, meinten etliche. Naja, Leute, die wie Farris im Controlling arbeiten, sind ja oft nicht gerade beliebt. Meistens zielen sie mit ihren Vorgaben auch an der Realität vorbei, weil sie keine Ahnung von der Materie haben, um die es geht. Dr. Farris war aber hier eine Ausnahme, er war nämlich gar kein Betriebswirtschaftler, sondern Biologe.“

„Wie kam er dann auf so einen Posten?“

„Das habe ich mich auch schon gefragt. Bis jetzt hat mir das keiner, mit dem ich mich unterhalten habe, sagen können.“

„Als Biologe war er auf jeden Fall mit der Tätigkeit seiner Kollegen vertraut. Das sollte ihm die Arbeit eigentlich erleichtert haben.“

„Hat es aber offenbar nicht. Ich habe hier bisher noch keinen getroffen, der ehrlich traurig über seinen Tod wäre. Nur seine Sekretärin hat geweint, als sie es erfahren hat.“

„Hm. Wenn so viele Kollegen mit Farris im Clinch lagen, macht das Simons Arbeit nicht gerade leichter. Allerdings dürften ja gestern Nacht nicht viele Menschen im Haus gewesen sein, so dass der Verdächtigenkreis vielleicht doch überschaubar ist. Weiß man denn schon, wann Farris gestorben ist?“

„Keine Ahnung. Darüber habe ich nichts gehört. Das muss wahrscheinlich die Autopsie ergeben. Gestern Nacht waren übrigens eine ganze Menge Leute im Gebäude. Die Feier beim Direktor muss ziemlich feucht-fröhlich gewesen sein, deshalb haben nicht wenige der Eingeladenen hier übernachtet. Zumindest die, die hier arbeiten. Natürlich waren auch jede Menge andere Gäste da. Da ich die Einladungen hinausgeschickt habe, hatte ich eine komplette Gästeliste. Als Simon die gesehen hat, sind ihm die Augen übergegangen, kann ich dir sagen.“ Sie kicherte. „Das ist ein Fall ganz nach seinem

Geschmack, glaube ich. Seit dem Mord im Tower letztes Jahr gab es in London wohl kein Kapitalverbrechen, das so viel Potenzial hatte, auf die Titelseiten zu gelangen.“ Sie wurde ernst. „Genau das macht unserem Direktor, dem alten Sir Edward, offenbar große Sorgen. Alle hier haben in den letzten Monaten auf diese Eröffnung gleich zweier großer Ausstellungen hingearbeitet. Was da am nächsten Sonntag ansteht, ist das größte Event des Naturhistorischen Museums seit Jahren. Und nun liegt ein Schatten über diesem großen Anlass.“, schloss sie betrübt. „Ich hoffe, dass Simon diesmal wirklich alle Register zieht und den Täter in den nächsten Tagen findet.“

„Davon bin ich überzeugt, Renie. Nicht umsonst ist Simon – damals zum jüngsten Superintendenten der Metropolitan Police befördert worden.“, fuhr sie nahtlos fort und lachte. „Ich hoffe wirklich, dass er seinem Ruf gerecht wird. Auf jeden Fall sperre ich hier natürlich meine Lauscher auf, vielleicht erfahre ich ja etwas Nützliches. Morgen bin ich aber erstmal weg. In den Mooren von Kent warten ein paar Moskitos darauf, für wissenschaftliche Zwecke eingefangen zu werden.“

„Das Museum erforscht Moskitos?“

„Mhm. Es geht um Anopheles, die Malariamücke. Davon gibt es drei Arten in England, habe ich gelernt. Morgen darf ich Dr. Julia Graham aus der Abteilung für Entomologie begleiten, die die Biester hier studiert.“ Sie verstummte für einen Moment. Dann brach es plötzlich aus ihr heraus.

„Ach John, die Arbeit hier im Museum ist wirklich so vielseitig und faszinierend, ich möchte am liebsten gar nicht mehr weg.“

Oh-oh.

Vorsichtig fragte John, „Dann lockt dich das Studium in Edinburgh nicht mehr?“

„Momentan möchte ich gar nicht mehr nach Schottland. Andy hat sich seit unserem letzten Telefonat vor ein paar Tagen nicht mal mehr gemeldet. Keine SMS, nichts. Scheißkerl.“

„Denkst du, es war ein bisschen … überstürzt, deinen Studienplatz an der London School of Economics wegen ihm aufzugeben?“

„Mhm. Das sehe ich jetzt auch. Und außerdem finde ich Eventmanagement eine tolle Sache – schließlich organisiere ich gern. Aber wenn ich mir vorstelle, mein gesamtes Berufsleben nur damit zu verbringen… das erscheint mir auf Dauer doch ein bisschen einseitig. Oh John, was soll ich nur tun? Mum sagt bestimmt, „Ich hab´s dir ja gleich gesagt.“, wenn ich jetzt damit komme, doch wieder das Fach wechseln zu wollen. Und das ertrage ich nicht. Und außerdem weiß ich gar nicht, welches Fach ich dann nehmen soll.“

John unterdrückte einen Seufzer.

„Du musst ja keine schnelle Entscheidung treffen, Renie. Sieh mal, du bist erst einundzwanzig. Es ist doch ganz normal, dass man in dem Alter noch nicht genau weiß, was man mit seinem Leben anstellen soll. Ich an deiner Stelle würde erstmal versuchen, mit Andy zu reden und hier für Klarheit zu sorgen. Und dann hast du sicher auch die Möglichkeit, ein Urlaubssemester zu beantragen, wenn du mehr Zeit brauchst, um dich festzulegen. Im Museum hast du tolle Möglichkeiten, dich in ganz verschiedenen Bereichen umzusehen. Vielleicht ließe sich deine Aushilfstätigkeit dort verlängern, was meinst du?“

„Hmm. Das klingt nicht schlecht. Findest du, ich sollte Andy wirklich anrufen?“

„Warum nicht? Euer Streit spukt dir doch sowieso die ganze Zeit im Kopf herum. Rumsitzen und schmollend auf seinen Anruf warten passt doch gar nicht zu dir.“

„Hast recht. Ich hasse Warten. Dann rufe ich ihn jetzt auf der Stelle an. Wir hören uns wieder, ciao, John.“

Aus dem Hörer drang nur noch ein Piepton.

John schüttelte den Kopf, gähnte und ging zu Bett.

Kapitel 5

Der Wecker schrillte um fünf Uhr. Heute Morgen war John an der Reihe, sich um die Raben zu kümmern. Ein Blick aus dem Fenster zeigte ihm, dass der Morgen klar heraufdämmerte.

Gworran begrüßte ihn freudig mit dem Geräusch einer aufklappenden Kühlschranktür. Bran, das ranghöchste und größte Männchen der Gruppe, gab ein lautes Keckern von sich und bezog direkt an der Eingangstür der Voliere Posten.

„Morgen, ihr Rabauken. Ihr werdet schon alle den Kragen voll bekommen.“, brummelte John freundlich, während er das Fleisch aus dem Kühlschrank nahm. George hatte gestern schon alles klein geschnitten, so musste John nun nur noch für jeden die richtige Portion abwiegen. Er zog die taufeuchte Plane von dem Mobiliar, das vor dem Haus stand, und kramte die Waage und einen Satz frische Näpfe heraus. Nach wenigen Minuten hatte er das Futter für jedes Tier verteilt. Während die Raben fraßen, beobachtete er alle der Reihe nach. Alle neun hatten glänzendes Gefieder und wache Augen und sie verputzten das dargebotene Rindfleisch mit gesundem Appetit.

John nickte zufrieden und machte einen Eintrag in das dicke Buch, in dem George seit jeher gewissenhaft alles Wichtige über jedes einzelne Tier aufzeichnete. Heute Abend würde es für jeden zusätzlich ein gekochtes Ei geben. John nahm eine Schale roher Eier aus dem Kühlschrank, um sie mit in die Wohnung zu nehmen und dort zu kochen. Dann öffnete er die Außentür der Voliere, damit die Vögel hinaus konnten. Sie verbrachten den ganzen Tag auf dem weitläufigen Gelände des Towers. Da sie regelmäßig einen Flügel gestutzt bekamen, konnten sie nicht fortfliegen.

Nachdem er Näpfe und Voliere gesäubert hatte, holte er den dunkelgrünen Lack hervor, den George für die Schränke ausgesucht hatte und machte sich auf dem Rasenstück neben der Voliere daran, den ersten Hängeschrank zu streichen. Die ersten Sonnenstrahlen fielen über die hohen Mauern des Towers in den weiten Innenhof. Ringsum war noch alles ruhig. Auf einmal ertönte das laute Sirren des Winkelschleifers aus dem Anbau. Konnte das Ding von selbst angegangen sein? Er riss die Tür auf. Alles Werkzeug lag friedlich in einer Ecke. In der offenen Voliere saß Gworran und blickte ihn listig an.

„Du Gauner!“, schalt John lachend. „Du hast mich wieder ordentlich gefoppt.“ Während er weiterarbeitete, stelzte der Rabe neugierig durch den Haufen an Möbelstücken. Immer wieder kam er zu John und beobachtete ihn mit schief gelegtem Kopf. Mitunter pickte er nach dem glänzenden Deckel der Lackdose.

Schließlich machte John den letzten Pinselstrich, richtete sich auf und streckte den Rücken. Plötzlich hielt er inne und starrte fasziniert auf den Boden. Dort hockte Gworran direkt vor dem kleinen Spiegel, der normalerweise über dem Spülbecken hing. Er schien sein eigenes Abbild zu betrachten. Dann fuhr er sich mit dem Schnabel über sein Halsgefieder. Wollte er sich für den vermeintlich fremden Artgenossen herausputzen? Da entdeckte John einen kleinen Spritzer des grünen Lacks auf Gworrans schwarz glänzendem Hals, den der Vogel offensichtlich entfernen wollte. Er hielt den Atem an. Das bedeutete ja, dass der Rabe in der Lage war, sich selbst im Spiegel zu erkennen. Eine Leistung, zu der kaum eine Tierart in der Lage war.

Hastig reinigte er seinen Pinsel, verstaute alles rabensicher und eilte aufgeregt zurück in seine Wohnung. Er hatte weniger als eine halbe Stunde, bevor er sich für die erste Führung des Tages bereitmachen musste, aber er brannte darauf, eine Recherche zu Gworrans erstaunlicher Verhaltensweise zu starten.

Nach wenigen Minuten hatte er im Internet eine Fülle von Seiten gefunden, die über den sogenannten Spiegeltest mit allen möglichen Tierarten berichteten. Durchgehend zeigten Studien bei Menschenaffen wie auch bei Delfinen die Fähigkeit, die eigene Reflexion zu erkennen. Selbst Kleinkinder waren erst nach rund zwei Lebensjahren dazu in der Lage. Dann stieß er auf einige Artikel, die auch bei Rabenvögeln, speziell bei Elstern, diese Intelligenzleistung nachwiesen. Kurioserweise wurden die wissenschaftlichen Versuche hierzu genauso durchgeführt, wie es vorhin bei Gworran ganz zufällig geschehen war: Die Tiere wurden unbemerkt am Hals mit einem Farbtupfer markiert. So konnten sie den Fleck nicht selbst entdecken, sondern ihn lediglich im Spiegel sehen. Reagierten sie darauf, ließ sich daraus schließen, dass sie ihr eigenes Abbild im Spiegel erkannten.

Beeindruckt lehnte John sich zurück. Er nahm sich vor, einen Experten zu suchen, mit dem er sich austauschen konnte. Vor kurzem hatte er eine Dokumentation über ein österreichisches Forschungszentrum gesehen, das die Intelligenz von Raben untersuchte. Da er aus seiner langen Dienstzeit in britischen Kasernen auf deutschem Boden die Sprache gut beherrschte, konnte er vielleicht ein E-Mail dorthin schicken. Das musste jedoch bis zur Mittagspause warten. In fünf Minuten musste er in der Uniform des königlichen Beefeaters am White Tower stehen. Leise grummelnd schaltete er seinen Computer aus.

Vier Stunden später sperrte er seine Wohnungstür auf und ging zielstrebig zu seinem Kühlschrank, um sich aus dem Gefrierfach eine Pizza zu holen. Das kam selten vor, da er sich für gewöhnlich gern etwas Frisches kochte. Heute aber wollte er keine Zeit verschwenden. Er heizte den Ofen vor und fuhr seinen Laptop hoch. In diesem Moment klingelte das Telefon.

„Das Ding macht mich noch wahnsinnig“, grollte er und nahm ab. Als er jedoch die hysterische Stimme seiner Mutter hörte, vergaß er alles andere.

„John! Es ist schrecklich! Dein Vater ist gerade von drei Polizisten abgeholt worden.“

„Wo haben sie ihn hingebracht? War Simon auch da?“

„Nein, das ist ja das Schlimme. Simon hat mit dem Fall nichts mehr zu tun, sagten sie. Stattdessen leitet jetzt ein, warte mal, ich habe seine Karte irgendwo – ah, ein Chief Superintendent Briarson die Ermittlungen.“

John stöhnte. „Ausgerechnet der. Kannst du dich erinnern, Mum? Das ist dieser Kriminalpolizist aus Edinburgh. Er ist offensichtlich zur Urlaubsvertretung bei New Scotland Yard.“

„Du lieber Himmel! Das ist doch der, mit dem Simon sich bei der Lösung des Mordfalls dort oben so in der Wolle hatte. Ich dachte mir noch, dass er mir bekannt vorkommt.“

„Mhm. Gegenüber der Presse wurde es ja so dargestellt, als hätte die herausragende englisch-schottische Kooperation dazu geführt, dass der Mörder nach wenigen Tagen gefasst war. Hinter den Kulissen führten die beiden aber einen richtigen Kleinkrieg. Auch Tante Isabel hat dem Mann ordentlich eingeheizt.“ Er atmete tief aus. „Ich kann mir vorstellen, dass es diesem Typen eine richtige Freude ist, Simon jetzt aus dem Fall zu drängen und gegen ein Mitglied der Familie Mackenzie zu ermitteln.“ Gleich darauf hätte er sich für seine Worte ohrfeigen können, da seine Mutter sich nun noch panischer anhörte.

„Mein armer James! Wir müssen irgendetwas tun, John.“, flehte sie.

„Dad wird nichts geschehen, Mum. Er hat nichts getan. Sie werden ihn wieder gehen lassen müssen, sobald sie ihn vernommen haben.“

Er überlegte fieberhaft.

„Ich gehe zum Yard. Dort werde ich mit Simon sprechen. Wenn es sein muss, besorge ich Dad einen Anwalt. Und vielleicht könnte Maggie ihre Kontakte in der Staatsanwaltschaft spielen lassen, um etwas über den Ermittlungsstand zu erfahren.“

Er versprach seiner Mutter, sich so bald wie möglich wieder bei ihr zu melden und legte auf. Gleich darauf rief er Chief Mullins an und bat um eine Vertretung für die zwei Nachmittagsführungen, für die er eingeteilt war. Ab dem späten Nachmittag hatte er ohnehin frei, da er ab 22.00 Uhr für die Nachtwache im Byward Tower eingeteilt war.

„Bonnie kümmert sich darum, Mackenzie, kein Problem. Zur Not springe ich selbst ein. Ich drücke die Daumen, dass Sie bei den Armleuchtern von der Polizei etwas erreichen können.“

John musste unwillkürlich lächeln. Im letzten Jahr hatte sein Kommandant erbitterte Sträuße mit der Kriminalpolizei ausgefochten, als einer der Beefeater zu Unrecht festgenommen worden war.

„Und wenn Sie einen Anwalt brauchen – Sie wissen ja, dass Sir Fitzgerald Walters ein bewährtes Schlachtross ist. Rufen Sie ihn an, er wird Ihnen sicher beistehen, falls nötig.“, empfahl Mullins noch.

John bedankte sich, legte auf und griff nach seinen Schlüsseln. Da bemerkte er, dass er noch die Uniform trug. Fluchend eilte er ins Schlafzimmer und kleidete sich um. Dann lief er zur U-Bahn. Als er an der Haltestelle St. James´ Park ausstieg, fiel ihm siedend heiß ein, dass er den Backofen nicht ausgeschaltet hatte. Er schlug sich an die Stirn und rief Bonnie Sedgwick an. Diese hatte sich vor einigen Wochen um seine Pflanzen gekümmert, als er in Schottland gewesen war und hatte noch einen Wohnungsschlüssel.

„Bonnie, gut, dass ich dich erreiche. Könntest du bitte schnell in meine Wohnung gehen und den Ofen ausmachen? Ich habe es vergessen und nun bin ich schon fast beim Yard.“

„Klar, mache ich, John. Abbott übernimmt übrigens deinen Dienst und abends ist George da, um sich um die Raben zu kümmern. Also nimm dir alle Zeit, die du brauchst. Und toitoitoi.“

Als er vor dem zwanzigstöckigen Hauptquartier der Metropolitan Police stand, atmete er noch einmal tief durch. Dann ging er zum

Empfang und bat darum, mit Superintendent Whittington sprechen zu dürfen.

„Bitte warten Sie einen Moment. Der Superintendent holt Sie gleich ab.“, beschied ihm die junge Polizistin, nachdem sie kurz telefoniert hatte. Unruhig tigerte John durch die Eingangshalle. Nach einer gefühlten Ewigkeit erschien Simon und winkte John zu sich. Seine Miene war angespannt.

„Komm mit.“, sagte er knapp und ging voraus zu seinem luxuriös ausgestatteten Büro. Dies hatte seine Frau, die Ehrenwerte Patricia Whittington-Armsworth, ihm einrichten lassen.

Simon setzte sich in seinen wuchtigen Ledersessel und starrte John einen Moment lang mit verkniffenem Gesicht an.

„Du und dein Vater habt mich die Leitung des prestigeträchtigsten Falles seit langem gekostet.“, begann er dann unvermittelt.

John überlegte einen Moment, ob er seinem Cousin den schweren silbernen Briefbeschwerer an den Kopf werfen sollte, der in Griffweite stand. Dann zwang er sich, tief durchzuatmen und setzte sich auf den Besucherstuhl.

„Das tut mir leid, Simon. Du kannst mir glauben, dass auch ich es sehr unangenehm finde, dass Briarson den Fall an sich gerissen hat. Du bist der beste Kriminalpolizist, den wir haben. Unbestechlich, gründlich, effizient.“ Einen Moment lang meinte John, dass seine schmeichlerischen Worte ihm im Hals steckenbleiben würden. Er brauchte Simons Kooperation, also schob er das Gefühl beiseite und sprach weiter. „Dir hätte ich vertraut, dass du den Mord schnell zur Aufklärung bringst. Ihm nicht.“

Simon sah ihn erstaunt und etwas misstrauisch an. Dann behielt seine angeborene Großspurigkeit die Oberhand und er nickte beifällig.

„Diese linke Bazille! Kaum war die Meldung von dem Mord hereingekommen, hat er sich aufgedrängt. In dem Moment, als er hörte, dass Mitglieder meiner Verwandtschaft in die Sache verwickelt sind, ist er mir nicht mehr von der Pelle gerückt. Anfangs habe ich ihn mir mit dem Argument, dass ihr nur Zeugen wart, vom Leib gehalten. Aber schließlich konnte ich nicht mehr verbergen, dass es starke Verdachtsmomente gegen James gibt. Da hat er keine Zeit verloren, zum Commissioner zu rennen und ihn zu bedrängen, ihm die Leitung zu übertragen, weil ich befangen wäre.“

Er schlug mit der Hand auf den Tisch.

„Ich! Befangen! Lachhaft ist das. Wie du schon sagtest, bin ich völlig unbestechlich. Es geht nur um Schuld oder Unschuld. Ohne Ansehen der Person. Und so würde ich selbstverständlich auch meinen eigenen Onkel seiner gerechten Strafe zuführen, wenn er schuldig ist."

„Ist er aber nicht.", presste John mit zusammengebissenen Zähnen heraus, dem die selbstgerechten Tiraden seines Cousins gewaltig auf die Nerven gingen.

„Das sieht Briarson anders. Er hat James nicht mehr als Zeugen zur Vernehmung vorgeladen, sondern als Tatverdächtigen. Dieser schottische Ehrgeizling mit seiner bescheuerten FBI-Profiling-Ausbildung, mit der er beständig prahlt, hat deinen Vater sofort zu seinem Hauptverdächtigen erkoren."

„Wie kommt er dazu?", fuhr John auf.

„Erstens hatte James vor kurzem eine heftige Auseinandersetzung mit dem Opfer.", zählte Simon an den Fingern auf.

„Pah. Es gibt offenbar noch jede Menge andere Mitarbeiter, die ebenfalls im Clinch mit Farris lagen.", unterbrach John.

Simon fuhr unbeirrt fort.

„Zweitens war James in der Nacht im Gebäude."

„Genauso wie mindestens ein Dutzend anderer.", rief John.

„Drittens ist er Rechtshänder und der Schlag wurde von einem Rechtshänder geführt, sagt die Gerichtsmedizin."

„Zwei Drittel der Bevölkerung sind Rechtshänder."

„Ich weiß, John. Aber schließlich haben wir noch viertens die Fingerabdrücke: Unsere Tatortspezialisten haben seit gestern früh praktisch rund um die Uhr gearbeitet. Auf der Waffe sind genau von zwei Personen klare Fingerabdrücke zu finden: Das sind die des Technikers, der für das Funktionieren des T-Rex verantwortlich ist und die deines Vaters. Der Techniker war vorgestern Nacht aber nicht im Museum. Er war genau genommen nicht einmal in London, sondern zu einem Vergnügungswochenende in Blackpool, was etliche Personen bezeugen können."

„Na, dann hat der Mörder eben Handschuhe getragen.", wandte John ein. „Und was ist mit DNA-Spuren? Damit könnt ihr doch heute sogar Fälle aufklären, die jahrelang als unlösbar galten."

Simon nickte. „Natürlich können wir das. Aber die Auswertung aller Spuren dauert natürlich. Das Ding lag nach Aussage der Museumsverwaltung schon über acht Jahre dort in der Grube. Daran gibt es mit Sicherheit eine Unzahl Anhaftungen. Soweit sich das bisher nachverfolgen ließ, wurde es in einer speziellen Werkstatt für Gipsabdrücke hergestellt, dann ins Museum transportiert und dort an seinen Platz gebracht. Es ist aussichtslos, all die Menschen aufzutreiben, die je in Berührung mit der Waffe gekommen sind – geschweige denn, ins Blaue hinein zum Abgleich eine DNA-Probe von jedem zu analysieren."

Er schüttelte müde den Kopf. „Unser Labor arbeitet mit Hochdruck an der Sache, aber es wird noch ein paar Tage dauern, bis wir Genaueres über die Spurenlage wissen. Und selbst dann denke ich, wird uns das nicht groß weiterbringen. Es sei denn, wir finden Spuren von jemandem, bei dem es in höchstem Maße unwahrscheinlich ist, dass er früher schon einmal mit dem Abguss in Kontakt gekommen ist. Zum Beispiel von einem Gast, der bei der Party war und der sonst nichts mit dem Museum zu tun hat."

Er griff nach einem Computerausdruck.

„Und hier taucht schon die nächste Schwierigkeit auf: Ein Großteil der Gäste gehört zur gehobenen Gesellschaft. Renommierte Wissenschaftler, Adlige, Wirtschaftsgrößen… Ermittlungen in diesen Kreisen zu führen, ist eine besondere Herausforderung. Ich wäre dieser Aufgabe natürlich gewachsen gewesen – schließlich akzeptieren mich diese Leute als einen der ihren – aber was dieser Rüpel Briarson dort veranstalten wird, wird dem guten Ruf von Scotland Yard sicher nicht zuträglich sein." Er legte die Gästeliste, die Renie ihm gegeben hatte, wieder zur Seite.

„Aber momentan sieht es ohnehin nicht danach aus, als wollte Briarson die Ermittlung in diese Richtung weiterführen. Motiv, Mittel und Gelegenheit – all das hat er bei James bereits gefunden."

Er sah John mit traurigem Blick an. „Es ist gut möglich, dass er deinen Vater sogar in Untersuchungshaft steckt. Die Verdachtsmomente dürften dafür ausreichen. Besser, ihr beauftragt einen Anwalt, James´ Interessen wahrzunehmen. Habt ihr schon jemanden im Auge?"

„Ich hatte daran gedacht, Sir Fitzgerald Walters um Hilfe zu bitten."

Simon hob anerkennend eine Augenbraue.

„Gute Wahl. Der alte Haudegen kennt alle Finten und er verfügt über gute Kontakte."

Im letzten Jahr hatte Simon selbst bei der Untersuchung des Mordes im Tower die leidvolle Erfahrung gemacht, dass Sir Fitzgerald ein ernstzunehmender Gegner war.

„Und stellt euch darauf ein, dass Briarson das Unterste zuoberst kehren und wie ein Bluthund nach allem suchen wird, was den Staatsanwalt überzeugen wird, James anzuklagen."

John schluckte schwer.

„Danke für deine offenen Worte, Simon. Was können wir sonst noch tun?" Hilflos streckte John die Hände aus.

„Nun, zuerst mal werden wir uns so schnell nicht geschlagen geben."

Wir? Hatte Simon gerade wir gesagt?

„Du wirst doch nicht glauben, dass ich mich von diesem Emporkömmling aus unserer nördlichen Provinz vorführen lasse? Der sich erdreistet, mir meinen Fall wegzuschnappen und dazu noch ein unbescholtenes Mitglied meiner Familie zu verdächtigen? Hah, der wird sich noch wundern." Angriffslustig sprang der Superintendent auf.

„Pass auf, John. Du gehst jetzt zurück in den Tower und rufst Sir Fitzgerald an. Ich werde mich von einem meiner Leute über den aktuellen Ermittlungsstand informieren lassen. Unter der Hand natürlich. Nach Dienstschluss treffen wir uns bei dir. Du solltest besser nicht mehr hierher kommen, um mit mir zu sprechen. Wenn Briarson das spitzkriegt, wäre das Wasser auf seine Mühlen."

Überwältigt reichte John seinem Cousin die Hand.

„Ich weiß nicht, was ich sagen soll, Simon. Ich … bin sehr froh, dich auf unserer Seite zu wissen. Danke."

„Nun ja, ich habe mich nun schon daran gewöhnt, den Mackenzies ständig aus der Patsche helfen zu müssen.", entgegnete Simon mit leidgeprüfter Miene. „Irgendwie schafft ihr es immer wieder, in die unmöglichsten Situationen zu kommen. Es ist wirklich ein Segen für euch, dass ihr mich habt."

Als John am späten Nachmittag zum x-ten Mal den Telefonhörer auflegte, fühlte er sich vollkommen erschöpft. Sir Fitzgerald Walters hatte Gott sei Dank sofort eingewilligt, James´ Fall zu übernehmen. Noch am Nachmittag wollte er zum Yard, um sicherzustellen, dass James die Nacht nicht in einer Zelle des Untersuchungsgefängnisses zubringen musste. Johns Mutter, Maggie, Renie, zuletzt auch David, alle hatten mehrfach angerufen und sich nach der aktuellen Lage erkundigt.

Mit einem Blick auf die Uhr bemerkte John, dass er noch knapp zwei Stunden hatte, bis Simon vorbeikommen wollte. Sein Angebot, ein Abendessen für sie beide zu kochen, hatte der Superintendent mit kaum verhülltem Entsetzen und dem Hinweis abgelehnt, er wolle danach in eine Vorstellung von La Bohème an der National Opera und anschließend zu einem Dinner mit dem Viscount of Leicester.

Daher beschloss John, später die bereits angetaute Pizza zu essen. Er überlegte, ob er sich für eine Stunde aufs Ohr legen sollte, da er ja in der kommenden Nacht wegen des Wachdienstes keinen Schlaf bekommen würde. Aber er fühlte sich zu unruhig. Bewegung war nun besser. Er kramte seine Laufschuhe hervor.

Vor kurzem hatte Chief Mullins ihn ermuntert, eine morgendliche Runde an der Themse mit ihm zu drehen. Mit dem drahtigen Kommandanten der königlichen Wachtruppe hatte John jedoch nicht mithalten können und er war nach kurzer Zeit japsend zurückgefallen. Dennoch hatte er schnell gemerkt, dass es ihm gut tat, sich auf diese Weise auszupowern und so war er in letzter Zeit wenigstens ein-, zweimal wöchentlich durch die nähere Umgebung getrabt.

Als er eine Stunde später völlig durchgeschwitzt zurückkam, fühlte er sich besser. Er duschte und räumte dann ein paar Zeitschriften und Bücher beiseite, die im Wohnzimmer herumlagen.

Pünktlich zur angekündigten Zeit klingelte es an der Tür. Simon, elegant gewandet, trat ein und sah sich kritisch um, bevor er sich an den Küchentisch setzte.

„Soso, hier lebst du also. Naja, im Vergleich zu einer Armeekaserne ist es wohl ein Fortschritt."

John, der sehr stolz auf seine kleine Wohnung war, die er in seinen ersten Monaten hier mit viel Bedacht eingerichtet hatte, zwang sich zu einem unverbindlichen Lächeln.

„So ist es. Kann ich dir etwas zu trinken anbieten?"

„Nein, danke. Ich treffe mich in einer Stunde mit Patricia und wir nehmen dann vor der Oper noch einen schönen Drink. Bei dir gibt es ja sowieso nur irgendwelchen grässlichen Tee. Der taugt in meinen Augen allenfalls zum Frühstücken. Lass uns lieber zur Sache kommen."

Er öffnete seine lederne Aktentasche und zog einen Stoß Papier heraus.

„Es war nicht leicht, an die Informationen zu kommen. Briarson hat seinem gesamten Team strikt verboten, irgendetwas über den Stand der Nachforschungen nach außen sickern zu lassen. Nach außen – das betrifft in diesem Fall leider auch mich.“, sagte er erbittert.

„Wie dem auch sei, ich konnte einen der Detectives trotzdem davon überzeugen, mir diese Fakten weiterzugeben. Ich musste ihm versprechen, ihm für die nächste Beförderungsrunde eine gute Bewertung zu geben. Also, sieh her, das ist es, was wir haben.“ Er legte einige zusammengeheftete Blätter vor John.

„Das sind lauter Kopien. Zuerst das Dossier über das Opfer. Als nächstes die Gästeliste. Dann der Autopsiebericht. Und schließlich die Auswertung der Überwachungskameras an den Ausgängen des Museums. Aus den Aufzeichnungen konnten wir feststellen, wer zum Zeitpunkt des Todes noch im Gebäude war.“

„Und … du überlässt mir all das?“ John sah ungläubig auf den Haufen Papier.

„Ungewöhnliche Umstände erfordern ungewöhnliche Maßnahmen.“, dozierte Simon. „Aber wenn auch nur eine Silbe darüber nach draußen dringt, mache ich Hackfleisch aus dir. Dann können dich selbst die wehrhaften Mauern dieser Festung nicht vor mir schützen.“ Finster sah der Superintendent ihn an.

„Das versteht sich von selbst. Darf ich die Familie einweihen, dass du uns hilfst? Das bedeutet uns allen sehr viel, wirklich.“, versicherte John.

„Das wird sich ja nicht vermeiden lassen.“, grummelte Simon. „Aber wehe…“

John hob die Hand wie zum Schwur. „Keiner von uns wird ein Sterbenswörtchen darüber verlauten lassen, dass du uns Einblick in den Stand der Untersuchungen verschafft hast.“

„Hm. Ich hoffe, ihr wisst wirklich zu schätzen, welches Risiko ich eingehe.“

„Ich sagte dir doch schon, Simon, wir werden ewig in deiner Schuld stehen.“

„Also gut. Es gibt noch ein paar Zusatzinformationen. Ich habe mich gleich am ersten Tag in der Wohnung des Opfers umgesehen.“ Er deutete auf das Dossier über Gordon Farris.

„Hier ist die Adresse. 52 Ashford Street, Shoreditch.“

„Nicht gerade eine der ersten Adressen in der Stadt.“, bemerkte John.

„Aber auch nicht die schlechteste. In den letzten Jahren hat sich die Kunst- und Modeszene dort ziemlich breit gemacht, bessere

Restaurants und Wohnungen sind entstanden. Heute gehört Shoreditch zu den aufstrebenden Stadtteilen.“ Ein zynisches Lächeln umspielte Simons Lippen.

„Die Kollegen von der Drogenbekämpfung haben dort gut zu tun. Gerade die Modefuzzis werfen sich Designerdrogen aller Art ein. Generell geht hinter dieser Glitzerfassade einiges ab, was man sich als Durchschnittsbürger gar nicht vorstellen kann. Aber das tut hier nichts zur Sache. Dr. Gordon Farris war auf jeden Fall keiner dieser jungen, hippen Typen, die in die Viertel schwärmen, die gerade angesagt sind. Er lebte in dem Haus schon seit rund fünfzehn Jahren. Seine Wohnung hatte er sich zu Zeiten gekauft, als es dort spottbillig war. Auch die beiden Wohnungen darunter gehörten ihm. Die hatte er vermietet.“

„Vielleicht hoffte er ja damals, dass die Gegend genauso einen Aufschwung nehmen würde wie zum Beispiel die Docklands. Dann hätte er bei einem Verkauf der Wohnungen einen schönen Gewinn machen können.“, mutmaßte John.

„Schon möglich. Noch ein, zwei Jahre, dann hätte die Investition sich möglicherweise ausgezahlt, wenn der Trend so weitergeht. Wäre die Finanzkrise nicht gekommen, wäre es vielleicht auch schon ein paar Jahre eher so weit gewesen. Allerdings hat mir das Haus einen ziemlich maroden Eindruck gemacht. Ob man dort luxuriöse Lofts einbauen kann, wage ich zu bezweifeln.“

Nachdenklich starrte John auf die Papiere.

„Wer hätte Ende des letzten Jahrtausends ahnen können, wie die Stadt und die Wirtschaftslage sich entwickeln würden? Mir kommt es durchaus riskant vor, sich in einer damals recht heruntergekommenen Gegend gleich drei Wohnungen zuzulegen. Es sei denn, Mr. Farris schwamm im Geld und hätte einen möglichen Wertverlust locker weggesteckt.“ Fragend sah er seinen Cousin an.

„Nein, überaus reich ist Farris nie gewesen, zumindest sprechen seine Bankdaten eine andere Sprache. Allerdings könnte so eine risikoreiche Kaufentscheidung durchaus zu ihm passen.“ Simon lehnte sich auf dem Küchenstuhl zurück.

„Ich denke, er war ein Spieler. Auf seinem Schreibtisch hatte er die Programme aller Rennbahnen gesammelt, die von London aus gut zu erreichen sind: Ascot, Kempton Park, Lingfield Park, Folkestone, Plumpton, Sandown Park… Auf seinem Computer hatte er ein Programm, wo er akribisch die Rennergebnisse ausgewählter Pferde eintrug.“

„Du meinst, er hat systematisch gewettet?“

„Sieht so aus. Besonders erfolgreich scheint er damit aber nicht gewesen zu sein, sonst hätte er sicher mehr Geld auf seinen Konten angesammelt.“

„Vielleicht hat er seine Gewinne ausgegeben?“

Simon schnaubte abschätzig. „In Luxusgüter hat er sein Geld auf jeden Fall nicht gesteckt. Er fuhr einen fünf Jahre alten Vauxhall und seine Einrichtung hat schon bessere Zeiten gesehen. Anzeichen für teure Frauenbekanntschaften haben wir auch keine gefunden.“

Er zuckte die Schultern. „Natürlich kann ich nicht ausschließen, dass irgendwo noch ein Bankschließfach auf den Kanalinseln oder sonstwo existiert, wo er seine Reichtümer deponiert hat. Aber mein Gefühl sagt mir, dass Dr. Gordon Farris kein vermögender Mann war. Und auf mein Gefühl kann man sich für gewöhnlich verlassen.“

„Wer ist sein Erbe?“, fragte John.

„Darüber wissen wir noch nicht genau Bescheid. Er ist geschieden. Seine nächste Verwandte ist eine Schwester, die oben in Yorkshire lebt und dort eine Pension betreibt. Steht alles im Dossier.“

Simon sah auf die Uhr und stand auf. „Ich muss gehen.“

Er sah John ernst an. „Wenn wir James helfen wollen, müssen wir dafür sorgen, dass der Fokus der Ermittlungen erweitert wird. Wir sollten also gezielt Informationen sammeln, wer etwas gegen Farris hatte und ob es gegebenenfalls Verbindungen zu Personen gibt, die in der fraglichen Nacht im Museum waren. Mir selbst sind die Hände ziemlich gebunden. Es steht die Drohung eines Disziplinarverfahrens im Raum, falls ich mich in die Ermittlungen einmische.“

Er ließ ein kaltes Lächeln aufblitzen. „Das wird mich nicht davon abhalten, ein paar Gefallen abzurufen. Als erstes werde ich ein paar loyale Leute beauftragen, sich auf den Rennbahnen umzuhören. Vielleicht gibt es Buchmacher oder sonstige zwielichtige Gestalten, die Farris ans Leder wollten. Und dann habe ich noch eine Quelle in der Hinterhand, die schon häufig sehr wertvoll war.“

„Patricia.“, riet John.

„Genau. Ein paar der hochrangigen Gäste bei diesem Empfang sind mir nicht unbekannt. In den nächsten Tagen findet ein großer Wohltätigkeitsball zugunsten der Hospizstiftung von St. Bartholomew´s statt. Dort trifft sich alles, was Rang und Namen hat. Patricia und ich werden beide dort sein. Nicht einmal der Commissioner kann mich davon abhalten, mich dort umzuhören.“

Er nahm seine Aktentasche und schritt zur Tür.

„Wir telefonieren morgen Abend, John. Ich hoffe, du hast dann auch etwas Brauchbares beizusteuern." Er maß John mit einem zweifelnden Blick. „Nun ja, vermutlich nicht."

Das Klingeln des Telefons enthob John einer Antwort. Simon nickte wortlos und zog die Tür hinter sich zu.

„John, mein Junge.", meldete sich James Mackenzie müde. „Dieser Anwalt, den du mir geschickt hast, ist Gold wert. Er hat mich gerade noch vor einer Nacht in der Zelle bewahrt."

„Das ist gut, Dad.", meinte John erleichtert. „Wie geht es dir?"

„Ich fühle mich wie durch den Wolf gedreht. Und deine Mutter macht es nicht gerade leichter, so hysterisch, wie sie um mich herumflattert. Sie tut gerade so, als würde ich morgen schon am Galgen baumeln. Sie kocht mir sogar gerade eins meiner Lieblingsessen, Lammschlegel in Minzsauce, obwohl sie das Gericht hasst. Nun kommt es mir so vor, als wartete ich gerade auf meine Henkersmahlzeit."

John rieb sich über die Stirn.

„Das tut mir leid, Dad. Lasst euch nicht unterkriegen. Simon hat mir gerade Kopien von den Untersuchungsakten gebracht. Er weiß, dass du es nicht getan hast. Er wird versuchen, weitere Fakten zu sammeln, um Briarson zu zwingen, die Nachforschungen auszudehnen. Allerdings muss er sehr vorsichtig sein, weil er sich sonst dem Vorwurf der Parteilichkeit aussetzt."

„Der gute Junge. Ich wusste, dass man sich auf ihn verlassen kann, wenn es darauf ankommt"

John biss sich auf die Lippen. Er war sicher, dass es nicht Familiensinn war, der Simon antrieb, sondern seine verletzte Eitelkeit. Aber das war schließlich gleichgültig.

„Wenn Simon, du und natürlich Renie zusammenarbeitet, werdet ihr es schon schaffen, dass ich nicht hinter Gittern verschwinde.", äußerte sein Vater vertrauensvoll. „Aber weißt du, was noch wichtiger ist?"

„Was meinst du, Dad?"

„Die Ausstellungseröffnung! Diese Geschichte muss bis Sonntag aufgeklärt sein. So ein Skandal überschattet ja alles. Gerade in diesen Zeiten, wo das Museum mehr denn je auf Spenden angewiesen ist, können wir es uns nicht leisten, ins falsche Licht gerückt zu werden. Sir Edward hat heute einen Anruf aus dem Palast erhalten, dass der königliche Besuch ausbleiben wird, wenn der Mörder nicht bis zur Eröffnung gefasst ist. Das wäre eine Katastrophe."

John musste unwillkürlich lächeln. Sein geliebtes Museum in Gefahr zu sehen, schien seinem Vater viel mehr zu schaffen zu machen, als die Aussicht, ins Gefängnis gesteckt zu werden.

„Wir tun unser Bestes, Dad.“, versprach er. Einem spontanen Einfall folgend fragte er, „Denkst du, Sir Edward würde mit mir sprechen? Ihr beide kennt euch doch schon lange, nicht?“

„Oh ja, wir sind alte Weggefährten, auch wenn er als Zoologe aus einer anderen Fachdisziplin kommt. Er ist nur wenige Jahre jünger als ich und wird in einigen Monaten in Ruhestand gehen. Die Ausstellungseröffnung sollte auch ein letzter großer Auftritt für ihn sein.“, antwortete James etwas wehmütig. „Ja, ich bin mir sicher, dass er sich die Zeit nehmen wird, mit dir zu reden. Ich würde ja liebend gern mitkommen, aber dieser Chief Superintendent besteht darauf, dass ich morgen früh um neun wieder im Yard bin und ich will nicht riskieren, dass er mich zur Fahndung ausschreibt, sonst trifft meine arme Emmeline noch der Schlag. Oh, da ruft sie gerade. Mein Lammschlegel ist fertig.“

Mit dem Versprechen, Johns Besuch dem Museumsdirektor telefonisch anzukündigen, verabschiedete sein Vater sich, um sich sein wohlverdientes Abendessen zu gönnen.

John schaufelte die Pizza in sich hinein, ohne viel davon zu schmecken. Nebenher blätterte er in den Unterlagen, die Simon ihm gebracht hatte. Eigentlich hatte er sich vorgenommen, noch ein, zwei Stunden zu schlafen, bevor sein Dienst begann. Tatsächlich war er so vertieft ins Lesen, dass er die Zeit völlig vergaß. Er schreckte erst hoch, als das Telefon wieder einmal läutete.

„Wo zum Teufel sind Sie, Mackenzie?“, herrschte Philip Dunders, der diensthabende Offizier, ihn an. Er war ein umgänglicher Mann, aber bei der Einhaltung von Dienstvorschriften gänzlich humorlos. „Brauchen Sie eine Extra-Einladung oder was? Sie schwingen jetzt sofort Ihren Hintern in die Wachstube!“

John schlug sich an die Stirn. Fünf nach zehn! Das würde Ärger geben. Dann sprang er in seine Uniform, warf die Papiere in eine Tragetasche und raste mit wehendem Umhang in das zentrale Wachhäuschen am White Tower.

„22.09 Uhr. Das ist inakzeptabel, Mackenzie, absolut inakzeptabel. Verdammt, wann lernen Sie endlich, pünktlich zu sein? Das ist schon

Ihre dritte Eintragung in einem Jahr. Dafür werden Sie sich vor Chief Mullins zu verantworten haben. Und nun ab zum Byward Tower, aber pronto.“, schnarrte Dunders. John zog den Kopf ein und trottete zur Wachstube.

Kapitel 6

Als er um sechs Uhr morgens aus der Tür des Byward Tower trat, dräuten graue Wolken über der Water Lane. Er sehnte sich nach seinem Bett. Das Einzige, was ihn zwischen seinen Kontrollgängen in der Nacht wach gehalten hatte, waren die Aufzeichnungen zu den Mordermittlungen gewesen, die er wieder und wieder gelesen hatte.

Die Liste derjenigen, die zur Tatzeit noch im Haus waren, war lang. Der Gerichtsmediziner hatte den Zeitpunkt des Todes auf zwei Uhr morgens berechnet und dazu ein Fenster von plus/minus einer halben Stunde angegeben. Zu dieser Zeit hatten sich fünf Mitarbeiter des Museums bereits von dem Empfang in ihre Büros zurückgezogen. Keiner von ihnen konnte jedoch beweisen, dass er dort auch die ganze Zeit geblieben war. Die Party selbst näherte sich dem Ende, jedoch waren noch zehn Gäste beim Direktor gewesen. Auf Grund des allgemein hohen Alkoholpegels der Anwesenden hatte die Polizei keine absolut verlässlichen Aussagen bekommen. Es ließ sich nicht ausschließen, dass der eine oder andere für einen kurzen Zeitraum verschwunden war. Einzig Sir Edward Wallingford selbst als der Gastgeber war nach übereinstimmenden Zeugenaussagen ständig im Raum gewesen, bis er die allerletzten Gäste kurz vor drei Uhr persönlich hinausgeleitet hatte.

Wie John vermutet hatte, gab es tatsächlich im für die Öffentlichkeit nicht zugänglichen Bereich einen Gang, der zur Sauriergrube führte. Er endete im Technikerraum direkt hinter dem T-Rex, von wo man durch eine kaum sichtbare Falltür in die Grube gelangen konnte. Die Polizisten hatten vor Ort getestet, wie lange es dauerte, um von dem Raum, wo der Empfang stattfand, bis zum Tatort und wieder zurück zu kommen. *In nüchternem Zustand, mit flottem Gehtempo und guter Ortskenntnis: acht Minuten,* hatte der zuständige Beamte gewissenhaft notiert. Für diese kurze Zeitspanne konnte jeder der Gäste von der Party verschwunden sein, ohne groß aufzufallen. Jedoch erschien es John unwahrscheinlich, dass die externen Gäste über die Lage der Verbindungsgänge im Museum Bescheid wussten. Und nüchtern waren sie offensichtlich auch nicht gewesen. Aber vielleicht hatte ja einer von ihnen nur so getan, als wäre er angetrunken.

John fühlte sich nach der durchwachten Nacht selbst, als hätte er einen schweren Kopf. Er gab es auf, einen klaren Gedanken zu fassen, bevor er nicht ein paar Stunden Schlaf bekommen hatte.

Als er am Rabenhaus vorbeikam, rief George Campbell nach ihm.

„John! Du kommst wie gerufen. Könntest du mir helfen, die Sachen wieder hineinzuschaffen? Heute kommt sicher noch Regen."

John stöhnte innerlich, packte aber mit an. Nach einer Viertelstunde rieb George sich die Hände und strahlte.

„Alles erledigt. Jetzt ist unser Haus wieder wie neu. Nun holen wir noch den Sack Trockenfutter, den ich gestern gekauft habe, aus dem Auto. Komm, John." Schon schritt George munter voran und John blieb nichts übrig, als ihm zu folgen. Der Weg von der Tiefgarage, in der die Beefeater ihre Autos deponierten, war weit. Nachdem sie den unhandlichen Sack ins Rabenhaus geschleppt hatten, sagte John mit einem schwachen Lächeln, „Ich muss jetzt wirklich ins Bett, George. Ich bin seit gestern fünf Uhr früh auf."

„Natürlich. Schlaf dich aus. Danke für deine Hilfe." George klopfte dem Jüngeren auf die Schulter. Dann sah er ihn plötzlich besorgt an. „Ist sonst alles in Ordnung? Ich habe gehört, du warst gestern wegen der Sache im Museum bei der Polizei."

„Lange Geschichte, George. Ich erzähle sie dir bei nächster Gelegenheit." Er schlurfte über das Tower Green zu seiner Wohnung.

Sein Dienst begann an diesem Tag erst um vierzehn Uhr. Er ignorierte ein leises Magenknurren und steuerte sofort auf die Schlafzimmertür zu. Aufatmend setzte er sich auf das Bett und stellte den Wecker auf dreizehn Uhr. Er zog nur den Umhang und die Schuhe aus und ließ sich in die Kissen sinken. Einen Moment später ließ ihn das Läuten des Telefons hochfahren.

Nein, ich gehe nicht hin. Ich brauche jetzt meine Ruhe. Lasst mich doch alle einfach mal in RUHE. Derlei Gedanken gingen ihm durch den Kopf, während er sich mit den Fingern in der Bettdecke festkrallte. Schließlich hielt er es nicht mehr aus. Er taumelte in den Flur.

„John, mein Junge, ich habe dich hoffentlich nicht aufgeweckt? Aber du stehst ja im Sommer immer schon im Morgengrauen auf, nicht?"

„Du hast mich nicht geweckt, Dad, ist schon in Ordnung. Was gibt's?" John ließ sich auf einen Stuhl fallen und schloss die Augen.

„Sir Edward ist bereit, dich heute Vormittag zu empfangen. Es müsste aber vor Öffnung des Museums sein, so gegen halb neun. Ich hoffe, das passt dir. Oder hast du Dienst?"

„Nein, ich habe keinen Dienst.", antwortete John tonlos.

„Ist alles in Ordnung mit dir? Bist du krank?", fragte sein Vater alarmiert.

„Nein, ich bin nur übermüdet, Dad, mach dir keine Sorgen."

Reiß dich zusammen, schalt John unhörbar mit sich selbst. Es gibt momentan Wichtigeres als dein Schlafdefizit.

„Ich werde dort sein.", versprach er und verabschiedete sich.

Einen Moment war er versucht, den Kopf einfach auf die Tischplatte sinken zu lassen. Dann jedoch riss er mühselig die Augen auf und stierte auf die Küchenuhr. Wenn er pünktlich im Museum sein wollte, musste er in einer guten Stunde los. Es war sinnlos, sich jetzt hinzulegen. Besser, er nahm eine Dusche und machte sich danach ein herzhaftes Frühstück. Mit einem abgrundtiefen Seufzer machte er sich auf den Weg ins Bad.

Ein Schwall kalten Wassers, ein Omelett und zwei große Tassen starken Kaffees – den er verabscheute, aber in diesem Fall als Aufputschmittel mit extra viel Zucker hinunterwürgte – erweckten seine Lebensgeister wieder halbwegs. So stand er pünktlich um 8.30 Uhr im Büro von Sir Edward Wallingford, der seit fünfzehn Jahren die Leitung des Naturhistorischen Museums innehatte.

„Setzen Sie sich, setzen Sie sich. Kann ich Ihnen etwas anbieten? Meine Sekretärin brüht gerade Kaffee für mich auf, es ist also gar kein Aufwand." Der schlanke ältere Herr mit dem schlohweißen Haarschopf schenkte ihm ein freundliches Lächeln.

John, der wegen der ungewohnten Koffeindosis sein Herz bereits aufgeregt pochen spürte, lehnte dankend ab.

„Schlimme Sache, das.", begann Sir Edward. „Nicht nur, dass wir einen sehr fähigen Mitarbeiter verloren haben. Nun gibt es auch noch diese lachhaften Anschuldigungen der Polizei gegen Ihren Vater." Er schüttelte ungehalten den Kopf.

„James und ich, wir kennen uns schon Jahrzehnte. Für ihn lege ich die Hand ins Feuer. Er ist nicht nur ein großartiger Wissenschaftler, dessen Rat immer wieder auch von anderen Institutionen gesucht wird, nein, er ist auch ein feiner Kerl. Mit seinen Kenntnissen hätte er genauso gut an eine renommierte Fakultät gehen und lehren können. Aber in der akademischen Welt zählen noch ganz andere Dinge:

Ehrgeiz, Konkurrenzgebaren, das Eintreiben von Drittmitteln… Für all das hatte James nie Interesse. Das Museum war all die Jahre seine Welt, er liebt seine Arbeit wie kaum ein zweiter hier – sogar so sehr, dass er auch nach seinem Ruhestand noch für uns tätig ist, worüber wir sehr froh sind.“ Wallingford unterbrach sich jäh und sah John verlegen an.

„Aber was erzähle ich Ihnen das. Sie wissen das genauso gut wie ich, schließlich sind Sie sein Sohn, nicht wahr?“

John nickte lächelnd. „Es tut gut, zu hören, dass er Ihr volles Vertrauen genießt.“

„Das tut er.“, bekräftigte Sir Edward. „Danke, meine Liebe.“, sagte er zu seiner Sekretärin gewandt, die eben mit einem Tablett eingetreten war. Auch sie sah aus, als wäre sie nicht mehr weit vom Ruhestandsalter entfernt. Nachdem sie den Kaffee und einige Kekse auf den Tisch gestellt hatte, sah sie John mit mütterlichem Blick an.

„Sie erkennen mich nicht mehr, nicht wahr? Als ich Sie zuletzt sah, waren Sie noch ein Dreikäsehoch.“

„Ms. Evans?“ John sprang aus dem Sessel hoch.

Sie klatschte freudig in die Hände.

„Oh, Sie können sich doch noch erinnern, wie schön!“

Sie wandte sich zum Direktor.

„Der junge Mr. Mackenzie hat mit seinen Geschwistern hier als Kind viel Zeit verbracht. Damals hatte ich gerade in der Buchhaltung angefangen. Dann bin ich wegen meiner Kinder einige Jahre zu Hause geblieben und so sehen wir uns heute zum ersten Mal wieder, nach … wie viele Jahre werden das sein … wohl über fünfunddreißig, schätze ich.“

„Sie haben uns einmal gerettet, als wir uns hoffnungslos in irgendwelchen Gängen verlaufen hatten.“, fiel es John ein und er grinste.

Ms. Evans lachte. „Daran kann ich mich auch noch erinnern. Ihr kleiner Bruder – David heißt er, nicht? – hat bitterlich geweint. Aber Sie und die große Maggie waren ganz tapfer und haben ihn getröstet. Ach, wie lange ist das her… Maggie ist jetzt Staatsanwältin, nicht wahr? Manchmal plaudere ich mit Ihrem Vater und halte mich so ein wenig auf dem Laufenden. Bemerkenswert, wie sie es geschafft hat, drei Kinder großzuziehen und dennoch Karriere zu machen.“

John nickte. „Sie und ihr Ehemann Alan sind ein tolles Team. Die älteste Tochter Renie arbeitet ja seit einigen Wochen als studentische Hilfskraft hier, wie Sie vielleicht wissen."

Sir Edward lächelte. „Ich habe die junge Dame kurz kennengelernt, als Ihr Vater mich bekniet hat, diese Geburtstagsübernachtung zu genehmigen. James hat sie mir vorgestellt und ich bin schnell zur Überzeugung gelangt, dass sie das junge Gemüse im Griff haben würde. Sehr tatkräftig, muss ich sagen. Und eloquent. Auch gut im Organisieren, habe ich gehört."

„Wahrscheinlich ganz die Mama.", warf Ms. Evans ein. „Sagen Sie, was ist eigentlich aus Ihrem Bruder geworden, Mr. Mackenzie?"

„David betreibt zusammen mit seiner Frau eine Steuerkanzlei in Cambridge. Sie haben einen kleinen Sohn, Christopher. Und ich selbst bin nach meiner Zeit als Truppenpsychologe nun seit rund einem Jahr bei den Beefeatern im Tower.", gab John bereitwillig Auskunft.

„Das weiß ich natürlich. Ich habe letztes Jahr alle Berichte zu diesem Mord an dem armen Mädchen im Tower verfolgt und Ihr Vater hat mir später erzählt, dass Sie viel dazu beigetragen haben, dass der Täter gefasst wurde. Er ist sehr stolz auf Sie, müssen Sie wissen."

Sir Edward räusperte sich. „Also, ich möchte nicht unhöflich sein, aber…"

„Aber es gibt momentan drängendere Themen, ich weiß.", vollendete Ms. Evans seinen Satz mit einem gewinnenden Lächeln. „Bestimmt sind Sie hier, um bei der Untersuchung zu helfen, nicht wahr? Natürlich, Sie werden Ihrem Vater helfen, das weiß ich. Dieser schottische Hohlkopf von einem Inspektor scheint ihn zu verdächtigen. Das ist wirklich töricht – "

„Sie haben ja so recht, meine Liebe.", unterbrach Wallingford sanft. „Mr. Mackenzie wird in den nächsten Tagen sicher häufig hier im Haus sein. Dabei werden Sie mit Sicherheit Gelegenheit finden, sich ein wenig zu unterhalten."

Sie verstand seinen Wink. „Sie kommen mich besuchen, versprochen?", sagte sie, zu John gewandt.

„Hundertprozentig. Die Chance für einen schönen Schwatz mit Ihnen werde ich mir nicht entgehen lassen, Ms. Evans. Außerdem sind Sie schon so lange hier im Museum, Sie können mir mit Sicherheit einiges Interessante über Dr. Farris erzählen." John zwinkerte ihr zu.

Sie kicherte entzückt. „Ich freue mich, behilflich sein zu können. Kommen Sie, wann Sie wollen."

Damit zog sie die Tür hinter sich zu.

Sir Edward lächelte nachsichtig. „Ein wenig schwatzhaft, aber eine gute Seele, unsere Ms. Evans. Und als Informationsquelle nicht zu unterschätzen. Sie erfährt vieles aus den Mitarbeiterkreisen, wovon ich gar nichts mitbekomme."

Plötzlich grinste er, was ihm ein erstaunlich jugendliches Aussehen verlieh.

„Wenn dieser Briarson gehört hätte, wie sie ihn gerade Inspektor genannt hat, wäre ihm wahrscheinlich eine Ader geplatzt. Chief Superintendent – wie dieser Jungspund schon so weit kommen konnte, ist mir ein Rätsel. Umgangsformen hat er auf jeden Fall keine. Ganz anders als unser Mr. Whittington von Scotland Yard."

„Mein Cousin", flocht John ein.

„Ach ja, das hat James mir erzählt. Ich kenne Whittington von verschiedenen Veranstaltungen, zu denen ich als Vertreter unseres Hauses eingeladen war, da einige unserer Abteilungen mit der Kriminalpolizei zusammenarbeiten. Er ist ein angenehmer Mann, der auf jedem gesellschaftlichen Parkett zu Hause ist – in einem Verhörraum möchte ich ihm allerdings nicht gegenüber sitzen."

„Ja, er steht im Ruf, ein hervorragender Polizist zu sein, dem so schnell nichts entgeht."

„Schade, dass er von unserem Fall hier abgezogen werden musste. Aber ich verstehe, dass Scotland Yard die Neutralität der Untersuchung auch nach außen hin sicherstellen möchte. Nun, sei es wie es sei, aber dieser Briarson scheint mir doch ein wenig voreingenommen zu sein. Wenn er nicht in alle Richtungen ermittelt, sehe ich keine Chance, dass er den Fall in nächster Zeit löst. Und Sie wissen ja, dass wir hier einen gehörigen Zeitdruck haben, nicht wahr?"

John nickte.

„Die Ausstellungseröffnung ist in ein paar Tagen."

„So ist es. Und es handelt sich nicht um eine x-beliebige Eröffnung, sondern es sollte ein Event werden – wie man heutzutage sagt – mit allem Glanz und Gloria. Es täte mir persönlich in der Seele weh, wenn an diesem Tag so ein schwarzer Schatten über uns hängen würde. Dabei geht es nicht in erster Linie um mich, obwohl ich nicht verhehlen kann, dass mir diese letzte große Sache kurz vor Ende meiner Laufbahn sehr am Herzen liegt. Nein, es geht um unsere ganze Institution. Wir haben in den letzten Jahren ungeheure Investitionen getätigt, vor allem für das Darwin Centre. Gerade in den Zeiten der

Finanzkrise sind natürlich auch die staatlichen Zuschüsse weniger geworden. Auch wenn die Wirtschaft sich wieder erholt hat, sind wir dennoch in einer kritischen Phase. Der ganze Betrieb hier kostet Unsummen. Wir beschäftigen allein über dreihundert hochqualifizierte Wissenschaftler. Dazu der Erwerb unserer ganzen Ausstellungsstücke und die mittlerweile immer wichtiger werdende zeitgemäße Darstellung der Wissensinhalte, die andauernde Entwicklungsarbeit erfordert." Mit einem Ruck stand er auf, schritt zu einer Wand, an der zahlreiche Fotos hingen und winkte John zu sich.

„Sehen Sie her." Er wies auf eine Schwarz-Weiß-Aufnahme, auf der vornehm gekleidete Damen und Herren zu sehen waren, die zwischen Reihen von Glaskästen umherwandelten.

„In den Anfangstagen des Museums reichte es, ausgestopfte Tiere in Vitrinen zur Schau zu stellen. Heute dagegen ist das Publikum es gewohnt, eine multimediale Präsentation zu bekommen, am besten noch interaktiv. Verstehen Sie mich nicht falsch – ich bin begeistert von den vielfältigen Möglichkeiten der Wissensvermittlung heute und bin stolz auf die Neuerungen, die wir in den letzten Jahren auf den Weg gebracht haben. Angebote wie unser Wissenschaftstheater sind eine phantastische Sache, aber eben auch sehr aufwändig."

Er schnaubte.

„Mittlerweile haben wir sogar eine eigene Abteilung für Finanzmittelbeschaffung. Einer der lukrativsten Ansätze der letzten Jahre ist es, das Recht auf die Namensgebung von neu entdeckten Spezies zu verkaufen. So wird zum Beispiel ein von unserem Team in Panama erstmals beschriebener Frosch nach der Tochter des Besitzers einer Zoomarktkette benannt werden. Wenn das fünftausend Pfund für unsere Forschungen einbringt, soll mir das recht sein. " Er hielt inne.

„Verzeihen Sie. Ich schweife ab. Dabei haben wir wahrlich Dringenderes zu besprechen. Setzen wir uns wieder." Er nahm einen Schluck Kaffee und fuhr fort.

„Oberstes Gebot ist zur Stunde die schnelle und rückhaltlose Aufklärung des Mordes an Dr. Farris. Und wenn Sie die derzeit offensichtlich nicht zielführenden Nachforschungen der Polizei, wie sollen wir sagen, unterstützen könnten, wäre ich Ihnen äußerst dankbar. Sagen Sie einfach, wie wir Ihnen helfen können."

„Vielleicht könnten Sie mir fürs erste etwas über Dr. Farris sagen? Ich habe zwar – " John bremste sich gerade noch. Fast wäre ihm herausgerutscht, dass er das Dossier der Kriminalpolizei über Farris gelesen hatte. „ – von meinem Vater ein wenig erzählt bekommen. Aber es wäre hilfreich, möglichst viel über die Persönlichkeit des Opfers zu erfahren.“

Sir Edward faltete die Hände und lehnte sich zurück.

„Nun gut. Lassen Sie mich überlegen, wo fange ich an… Dr. Farris arbeitete bereits für das Museum, als ich hier anfing. Ich kam damals aus Oxford, wo ich das naturhistorische Museum der Universität geleitet hatte. Wenn ich mich recht erinnere, war er damals in der Abteilung für Wirbeltiere, aber dort wohl nicht so richtig glücklich. Dann kam die Zeit, wo die öffentliche Hand von uns verlangte, die Verwendung unserer Finanzmittel auf den Prüfstand zu stellen. Fortan musste der Bedarf genau analysiert und jede Ausgabe im Detail dokumentiert werden. Natürlich gibt es auch stetig den Ruf nach Kosteneinsparungen. Und so mussten wir eine neue Position schaffen, die des Controllers, der für genau diesen Bereich verantwortlich ist. Nachdem die ersten externen Kandidaten, die die Personalabteilung für diese Stelle interviewte, wenig passend erschienen, schlug irgendjemand Dr. Farris vor. Ich war anfangs skeptisch, aber Farris zeigte hohes Engagement und bildete sich intensiv fort. So hatten wir die ideale Lösung: Jemanden, der als Biologe vom Fach war und sich zugleich mit betriebswirtschaftlichen Abläufen auskannte. Er hat seine Arbeit über die Jahre wirklich gut gemacht und vieles optimieren können.“

„Wie war sein Verhältnis zu den Kollegen?“

„Nun ja, natürlich musste er auch unpopuläre Entscheidungen treffen, etwa was Etatkürzungen in bestimmten Bereichen betrifft. Das bringt so eine Position nun mal mit sich. Im Vergleich zu früher ist es für die einzelnen Abteilungen wesentlich aufwändiger geworden, Ausgaben für Material oder Personal von der Verwaltung genehmigt zu bekommen. Für alles und jedes ist zuerst ein Antrag zu stellen. So ein transparentes Kostenmanagement ist heutzutage unabdingbar, gefällt aber natürlich nicht jedem.“

„Gibt es irgendjemanden, der in letzter Zeit Konflikte mit Dr. Farris hatte? Außer meinem Vater, meine ich.“

Sir Edward wog unschlüssig den Kopf. „Im Lauf der Zeit hat Farris sich wohl mit jedem einzelnen meiner Abteilungsleiter einmal angelegt. Aber ich hatte nicht das Gefühl, dass es überdauernde Animositäten mit irgendjemandem gab.“

Er machte eine kurze Pause.

„Allerdings muss ich zugeben, dass mir unterschwellige Spannungen auch nicht unbedingt auffallen würden, Mr. Mackenzie. Es ist mein Job, den Laden hier am Laufen zu halten. Verstehen Sie mich nicht falsch: Es interessiert mich zweifellos, wie das Befinden meiner Mitarbeiter ist und ich versuche auch, ein offenes Ohr für meine Leute zu haben. Aber bei den vielfältigen Anforderungen, die mein Amt an mich stellt, kann ich nicht auch noch darauf achten, ob es zwischendurch einmal Hickhack unter dem Personal gibt."

John nickte. „Das verstehe ich voll und ganz."

Er schwieg einen Moment, unsicher, wie er fortfahren sollte.

„Können Sie mir etwas über die Gäste der Party sagen? Zumindest über die, die noch im Haus waren, als Farris ging?"

Wallingford runzelte die Stirn.

„Ehrlich gesagt weiß ich nicht genau, wann er sich verabschiedet hat. Die Polizei hat mich das natürlich auch schon gefragt. Es war irgendwann nach ein Uhr, schätze ich. Zu dem Zeitpunkt war schon ein ganzer Schwung der Gäste gegangen. Zu Beginn des Abends waren rund vierzig Leute da. Oh, warten Sie, ich habe eine Gästeliste hier." Er kramte auf dem Schreibtisch herum.

„Da ist sie ja. Mal sehen."

Nachdem er die Liste einen Augenblick studiert hatte, griff er nach einem Stift und strich schnell und präzise eine ganze Reihe von Namen aus. Dann schob er John die Liste hin.

„Das sind die, bei denen ich sicher bin, dass sie schon weg waren."

Etwas verlegen sah er auf.

„Ab einem gewissen Zeitpunkt wird meine Erinnerung etwas verschwommen. Wir hatten hervorragenden Wein und ein ausgezeichnetes Whiskysortiment für diesen Anlass geordert und dem wurde von allen Seiten ordentlich zugesprochen."

Mit einem Blick auf die übriggebliebenen Namen bemerkte John, dass Sir Edwards Gedächtnis ihn nicht trog. Die Liste der Anwesenden entsprach genau der, die Simon ihm gegeben hatte. Sie umfasste zehn Namen. Fünf weitere hatte Wallingford umkringelt. Das waren die Museumsmitarbeiter, die zwar von der Party gegangen waren, aber dennoch im Gebäude geblieben waren.

„Fangen wir mit den restlichen Gästen an. Haben Sie etwas dagegen, wenn ich mir Notizen mache?"

„Keineswegs." Wallingford reichte ihm einen Kugelschreiber mit dem Logo *Hadley Creative Concepts.*

„Den können Sie behalten. Ich habe ein paar Dutzend davon. So, nun lassen Sie uns mal sehen: Zwei von diesen Leuten arbeiten beziehungsweise arbeiteten hier. Dr. Macfarlane leitet unsere Abteilung Erde, Dr. Simms ist Zoologin und wie Ihr Vater bereits im Ruhestand, aber noch ehrenamtlich aktiv in unserem Haus. Alle anderen gehören zum Kreis der finanzkräftigen Förderer unseres Hauses. Da sind zwei Parlamentsangehörige“, er deutete auf die obersten beiden Namen, „und der hier ist Vorstandsvorsitzender einer Bank in der City. Dann drei Inhaber größerer Firmen – eine Zoomarktkette, ein Lebensmittelhersteller, ein Werbeunternehmen – und schließlich noch zwei passionierte Forscher und Sammler, die mehr oder minder von ihrem ererbten Vermögen leben. Einer von ihnen ist Charles Willoughby, der 21. Baron Fairhall.“

Sir Edward gestattete sich ein leises Naserümpfen.

„In meinen Augen ein junger Nichtsnutz, aber mit einer Schwäche für die Paläontologie. Er sorgt immer wieder dafür, dass seine Mutter Grabungen finanziell unterstützt, daher wird er natürlich von mehreren wissenschaftlichen Instituten hofiert.“

„War irgendeiner der Eingeladenen vorher schon im Museum? Genauer gesagt, in den nicht für Besucher zugänglichen Bereichen?“

„Sie meinen, weil jemand ohne Ortskenntnisse nicht zu unserer Sauriergrube gekommen wäre? Wenn ich es richtig verstanden habe, geht die Polizei davon aus, dass Farris und sein Mörder nicht den Weg durch die Eingangshalle genommen haben, sondern über den Technikraum gekommen sind.“

John nickte. „Ich kann mir nicht vorstellen, dass jemand riskiert hätte, durch eine Halle zu schleichen, in der sich ein Haufen Kinder befindet und dann noch im Dunklen zu versuchen, möglichst geräuschlos die Tür zur Sauriergalerie aufzusperren. Die Gefahr, dass jemand währenddessen aufwacht, ist viel zu groß.“

„Sie haben recht.“ Nachdenklich besah Wallingford sich die Liste.

„Hm. Sicher weiß ich es nur von zweien, dass sie sich hier gut auskennen: Michael Hadley und Charles Willoughby. Hadleys Firma – von ihm stammt übrigens Ihr Kugelschreiber – macht seit einigen Jahren alle Werbefilme für uns. So haben er und seine Leute Zugang zu den meisten Bereichen. Und Willoughby – nun ja, Willoughby ist ein Spezialfall.“ Er seufzte leicht.

„Er ist nun mal unser größter privater Unterstützer, dafür gebührt ihm zweifellos Dank. Aber wenn ich ganz offen sein darf, er ist auch eine penetrante Nervensäge. Immer wieder nimmt er sich das Recht heraus, Einblicke in unsere Forschungsarbeit zu nehmen. Alles, was mit Sauriern zu tun hat, fasziniert ihn überaus. Die Kollegen nennen ihn den Dino-Freak."

John grinste. „Den Beinamen könnte mein Vater auch tragen."

Wallingford lachte leise.

„Da haben Sie recht. Aber Willoughby fehlt jede akademische Qualifikation. Wie soll ich es sagen .... nun ja, also auf ein College hätte er es wohl auch nicht geschafft, selbst wenn er ehrgeizig genug gewesen wäre. Sie verstehen, was ich meine?"

John nickte amüsiert und Sir Edward fuhr fort.

„Ihm geht es um den Kick. Er träumt davon, bei einer bahnbrechenden Entdeckung dabei zu sein, und sei es nur als Finanzier, und seinen Namen dann auf der Titelseite von National Geographic oder einem ähnlichen Magazin zu sehen. Also, wie dem auch sei, er war über die Jahre sicher Dutzende Male hier in der Paläontologischen Abteilung und findet sich daher auch hinter den Kulissen gut zurecht." Er machte neben beide Namen ein Kreuz.

„Okay. Vielleicht können Sie mir noch etwas zu den Museumsmitarbeitern sagen, die hier übernachtet haben.", bat John.

„Gut. Da hätten wir Jean und Gerald Masters. Beide sind Primatenspezialisten. Dann der junge Dr. Tomlinson, ein Insektenkundler. Professor Clarke, Chef unserer Entomologen. Und Dr. Nichols, Kurator bei den Vögeln."

„Könnte ich mit ihnen sprechen?"

„Selbstverständlich. Hier, nehmen Sie die Liste an sich und arbeiten Sie sich durch. Wie ich schon sagte, wir brauchen alle ein möglichst schnelles Ende dieser unseligen Geschichte. Die nächsten Tage werden zwar hektisch, weil noch einiges für die Eröffnung vorzubereiten ist, aber für diese wichtige Sache müssen wir uns einfach Zeit nehmen."

„Dürfte ich mir auch den Weg zur Sauriergrube ansehen, den Farris und sein Mörder genommen haben müssen?"

„Hm. Das Museum hat seit einigen Minuten geöffnet, also kann ich Sie nicht in die Grube lassen, da Rex bereits läuft. Aber Sie können sich den Technikraum ansehen, wenn Sie wollen. Warten Sie, ich regle das gleich für sie." Er telefonierte kurz.

„Steve, unser Techniker, wird Sie gleich abholen. Lassen Sie sich gesagt sein: Er hat einen etwas rauen Charme. Aber er ist ein Genie, wenn es darum geht, etwas zu reparieren."

Er sah auf die Uhr. „Ich selbst muss jetzt zu einer Sitzung des Verwaltungsrats." Er erhob sich und ging mit John hinaus.

„Ich würde mich freuen, wenn Sie mich auf dem Laufenden halten. Sehen Sie sich um, sprechen Sie mit den Leuten, machen Sie sich selbst ein Bild. Und richten Sie Ihrem Vater meine besten Grüße aus. Wir sind alle von seiner Unschuld überzeugt."

John schüttelte ihm die Hand und bedankte sich. Gleich, nachdem Wallingford den Gang hinunter verschwunden war, kam ein junger Mann im Overall, mit einem Werkzeuggürtel um die Taille und zahlreichen Tätowierungen auf den Armen auf John zu.

„Hi, ich bin Steve. Der Boss sagt, ich soll Ihnen unsere Katakomben zeigen."

Ohne eine Antwort abzuwarten, drehte er sich um und ging voraus. John eilte hinterher. Als sie im Aufzug standen, musterte der Techniker John unverhohlen.

„Sie sind aber kein Bulle, oder?"

„Nein. Ich bin John Mackenzie. Sie kennen gewiss meinen Vater, James Mackenzie, der früher hier Kurator war."

Steve pfiff leise durch die Zähne.

„Klar kenne ich ihn. Ey, Sie und Ihr Alter haben doch die Leiche gefunden."

John nickte.

„Ja. Ich möchte gern versuchen, mehr über die Geschichte herauszufinden."

„Soso, n´bisschen Privatdetektiv spielen wolln Se, was?" Steve grinste.

„Äh, nicht direkt…"

„Schon gut, Mann. Ich hab schon gehört, dass die Polypen Ihren Paps verdächtigen. Die sind doch weich in der Birne."

Er klopfte John auf die Schulter. „Das weiß doch jedes Kind, dass der alte James echt harmlos ist. Hey, selbst wenn der jemanden umbringen wollen würde, tät er´s doch nie hier, bei seinen ganzen geliebten Dinos. Das wär für den Mann doch wie´n Sakrigel oder wie man sagt."

Unwillkürlich musste John lächeln.

„Steve, mein Freund, da liegen Sie goldrichtig. Jemanden mit einem Saurierknochen zu erschlagen – und sei es auch nur der Gipsabguss eines echten Knochens – wäre für meinen Vater wirklich ein Sakrileg."

„Sag ich doch. Aber das checken die Schwachmaten natürlich nicht. Ey, ich kann echt froh sein, dass ich so ´n gutes Alibi hab, sonst hätten die am Ende noch *mich* eingebuchtet."

Die Aufzugtür öffnete sich.

„Also los gehts, Mann. Ich hoffe, Sie sind so einer wie Sherlock Holmes oder wenigstens Mr. Monk. Einen Blick auf den Tatort und schon ist der Fall gelöst."

Kapitel 7

Die Hoffnung des Technikers sollte sich nicht erfüllen.

Nachdem sie jeden Winkel des Technikraums unter der Sauriergrube inspiziert hatten und den Weg von dort bis zum Bankettraum im Verwaltungstrakt abgeschritten hatten, dankte John dem sichtlich enttäuschten Steve und verabschiedete sich. Danach brachte er den Rest des Vormittags damit zu, einige der Leute aufzusuchen, die auf der Gästeliste standen.

Währenddessen verstärkte sich das Gefühl, nur noch wenig mehr als Watte im Kopf zu haben, immer mehr. Schließlich gab er den Versuch auf, ein halbwegs intelligentes Gespräch zu Stande zu bringen und wankte in die Cafeteria.

Er besorgte sich eine Tasse Tee, setzte sich an den hintersten Tisch und zog die Gästeliste des Empfangs heraus.

Seine eilig hingekritzelten Notizen waren kaum zu entziffern. Alles schien vor seinen Augen zu verschwimmen. Er rieb sich die Augen und nahm einen großen Schluck des heißen Tees.

Wenn er alles richtig mitbekommen hatte, waren neun von den Personen, die zwischen halb zwei und halb drei Uhr morgens im Gebäude gewesen waren, mit den örtlichen Gegebenheiten vertraut: sieben Mitarbeiter des Museums, dazu noch der hochwohlgeborene Charles Willoughby und der Werbefachmann Hadley.

Zumindest drei davon konnte er streichen.

Jean und Gerald Masters, die Primatenforscher, waren beide so korpulent, dass ihr gemeinsames Büro kaum Platz für Besucher ließ. Keinesfalls hätte es einer von ihnen über die enge Treppe, die vom Technikraum zu der Falltür in der Sauriergrube führte, geschafft.

Dr. Simms war eine zierliche Frau Mitte Siebzig und litt unter Osteoporose, wie ihm die Sekretärin der zoologischen Abteilung anvertraut hatte. Es war kaum vorstellbar, dass sie einen Mann, der einen Kopf größer war als sie, mit einem schweren Knochenabguss hätte erschlagen können.

Es standen immer noch sechs Namen auf der Liste, allesamt Männer. Mit zweien von ihnen hatte John bereits gesprochen.

Sein Auftritt bei Dr. Tomlinson war John etwas peinlich. Erst nachdem er eine ganze Weile durch die zahllosen Gänge im Kellergeschoss geirrt war, hatte er zwischen etlichen Lagerräumen dessen Büro entdeckt. Beim Eintreten hatte er dort einen Jüngling mit Pickeln, unvorteilhaftem Haarschnitt und einem viel zu großen Laborkittel vorgefunden, der damit beschäftigt war, einen Haufen von Umschlägen mit dem Brieföffner zu attackieren. In der Annahme, er habe eine studentische Hilfskraft vor sich, hatte er gefragt, wo er Dr. Tomlinson finden könne.

„Na, mein Name steht doch an der Tür, oder? *Ich* bin Dr. Tomlinson.“, war die etwas patzige Antwort gewesen.

Das weitere Gespräch war wenig gewinnbringend gewesen. Der junge Biologe hatte sich auf Johns Fragen hin lediglich knapp geäußert. Mit Dr. Farris habe er so gut wie nie etwas zu tun gehabt.

„Aber ich wusste von Kollegen, dass er ein noch größerer Sparfuchs gewesen sein muss als unser Abteilungsleiter.“, fügte Tomlinson noch hinzu.

John kramte in seinem Gedächtnis, gab es schließlich auf und zog die Gästeliste heraus.

„Ihr Chef ist Professor Clarke, nicht wahr? Er war auch auf dem Empfang des Direktors.“

„Mhm.“, brummte Tomlinson lediglich und bequemte sich zu der Aussage, er selbst habe die Party beim Direktor gegen ein Uhr verlassen, sich auf die Pritsche in seinem Büro gelegt und erst von dem Todesfall gehört, als die Polizei ihn aufgesucht habe.

„Vorher hatte es keiner für nötig gehalten, mich zu informieren. Zu meinem Kabuff hier im Keller kommt selten jemand. Da hat Archie am anderen Ende des Gangs mehr Besucher.“

„Archie?“

„Unser Riesenkalmar. Kennen Sie den nicht? 2004 vor den Falkland Inseln gefangen, fast dreißig Fuß lang? Von den Tiefen des Pazifischen Ozeans ist er um die halbe Welt gereist und bis in die Tiefen des Naturhistorischen Museums gekommen, sauber präpariert in seinem eigenen maßgeschneiderten Glastank.“ Tomlinsons bitterer Unterton war nicht zu überhören. „So spektakuläre Funde kann ich natürlich nicht präsentieren.“

Er wies auf die Berge von Post, die ihn umgaben.

„Leute aus dem ganzen Land schicken alle möglichen Tierchen, die sie finden, zur Identifizierung her. Einmal war schon ein lebender Skorpion in so einem Brief, das müssen Sie sich mal vorstellen. Ein Glück, dass er mich nicht erwischt hat.“ Er griff zu dem Umschlag, den er gerade geöffnet hatte.

„Und jetzt muss ich weitermachen. Heute muss ich noch diesen Stapel Briefe beantworten, alles sauber ablegen und dokumentieren. Also entschuldigen Sie mich."

Dr. Macfarlane, ein bulliger Mittvierziger mit unverkennbar schottischem Einschlag, war noch weniger entgegenkommend gewesen. Er war gerade dabei, einen Forschungsantrag zu formulieren und ließ sich offensichtlich nur höchst ungern stören.

„Ich verstehe nicht, was Sie von mir wollen. Die Polizei hat doch schon jeden von uns befragt und ich habe denen alles gesagt, was ich weiß."

Johns Entgegnung, dass auch aus Sicht des Museums eine möglichst schnelle Aufklärung des Mordes dringend geboten sei und daher jede noch so kleine Information wichtig sein könne, klang selbst in seinen Ohren lahm.

„Wegen der ach so wichtigen Ausstellungseröffnung, dem Event des Jahres, wenn nicht des Jahrzehnts.", ätzte Macfarlane. „Ich hoffe, dass unser nächster Direktor nicht wieder ein Zoologe wird. Der eminente Stellenwert der Geowissenschaften für die Zukunft unseres Planeten wird in unserem Haus bedauerlich unterschätzt. Während die Biologen eine Expedition nach der anderen genehmigt bekommen, nur um wieder eine neue Regenwurmart oder was auch immer zu finden, werden uns hier die Gelder immer mehr zusammengestrichen. Erbärmlich ist das."

John fühlte sich lebhaft an seine Zeit an der Universität erinnert. Auch dort war jede Fakultät und jeder einzelne Lehrstuhlinhaber davon überzeugt gewesen, das bedeutsamste Fach von allen zu unterrichten.

Er merkte, dass er hier nicht weiterkam und trat den Rückzug an.

In der Cafeteria starrte John entmutigt auf das Papier.

Hadley, Willoughby, Clarke, Tomlinson, Macfarlane, Nichols - wie um Himmels willen sollte er herausfinden, wer von diesen Männern ein Motiv für den Mord an Gordon Farris hatte, und dies noch dazu innerhalb weniger Tage? Nicht zu vergessen, dass er schließlich auch noch seinen Dienst im Tower zu verrichten hatte und irgendwann endlich einmal schlafen musste?

John brauchte definitiv Hilfe. Er griff nach seinem Handy.

„Renie? Hier John. Ich brauche deine Unterstützung. Bist du im Museum?“

„Klar. Ich zermatsche gerade Moskitos. Komm doch hoch. 3. Stock, Abteilung 4 c, Zimmer Nr. 412.“

Er trank seinen Tee aus und stemmte sich ächzend von seinem Stuhl hoch. In der Eingangshalle steuerte er den Lift an. Als er darin stand und den Knopf für das Stockwerk drücken wollte, wurde ihm bewusst, dass er völlig vergessen hatte, was Renie gesagt hatte. Seufzend zog er sein Telefon wieder heraus.

„Renie? Sag mir bitte nochmal, wo du bist.“

„Mensch, John, hast du einen Anfall von präseniler Demenz? Es ist doch höchstens eine Minute her, dass wir – “

„Bitte, Renie“, presste John zwischen zusammengebissenen Zähnen heraus.

„Okay, okay. Komm einfach in den dritten Stock und ich hole dich am Lift ab.“

Zwei Stunden später hatte Johns Geisteszustand sich nicht verbessert. Er kam sich vor, als wäre er ferngesteuert. Als er mit seiner ersten Touristengruppe in den White Tower ging, ging ihm das Ergebnis einer Studie durch den Kopf, die er vor etlichen Jahren gemeinsam mit Kollegen durchgeführt hatte. Sie hatten das Reaktionsvermögen von Soldaten, die im Einsatz oft mit längeren Phasen ohne Schlaf zurechtkommen mussten, bei verschiedenen Tests gemessen. Soweit er sich erinnern konnte, waren die Einschränkungen in der Leistungsfähigkeit nach einem längeren Schlafentzug vergleichbar denen nach dem Konsum einer Flasche Rotwein.

Auch Renie hatte vorhin seinen Anblick trocken kommentiert, „Wow, was hast du für glasige Augen. Wenn ich´s nicht besser wüsste, würde ich meinen, du hättest dir ordentlich einen hinter die Binde gekippt, John.“

Er hoffte, dass die Schar von Besuchern aus dem Mittleren Westen der USA, die hinter ihm her trotteten, nicht denselben Eindruck gewann. Kurz hatte er darüber nachgedacht, sich für heute Nachmittag vom Dienst befreien zu lassen. Nachdem aber gestern – war das wirklich erst gestern gewesen? – schon wegen seines Besuchs bei Scotland Yard jemand kurzfristig für ihn hatte einspringen müssen, entschied er sich dagegen. Vier Führungen musste er durchstehen, dann konnte er sich endlich hinlegen und schlafen, bis morgen um fünf Uhr früh sein Dienst im Rabenhaus wieder begann.

Es war gut, dass er den Text seiner Führungen mittlerweile so verinnerlicht hatte, dass er ihn ohne Nachdenken hersagen konnte. Nachdem er den Touristen vom Leben Heinrichs des Achten und seinen Frauen erzählt hatte, führte er die Gruppe hinaus in den Innenhof und zum Queen´s House. Während er mit seinem Vortrag fortfuhr, schweiften seine Gedanken immer mehr ab. In einer Abwandlung des unsterblichen Ausrufs, den Shakespeare Richard III auf die Lippen gelegt hatte, deklamierte er lautlos, „Ein Bett! Ein Bett! Ein Königreich für ein Bett!“.

Schließlich hatte er es geschafft. Er verabschiedete sich von den Amerikanern und ging zurück Richtung White Tower, wo schon die nächsten Besucher auf ihn warteten. Auf einmal legte sich eine schwere Hand auf seine Schulter. Er schrak zusammen. Hinter ihm stand George.

„John, mein Freund, du verschwindest jetzt ins Bett. Ich übernehme für dich.“

„Aber…“

„Nichts aber. Ich bin gerade zufällig vorbeigekommen, als du mit deiner Gruppe fertig warst. Ein paar Leute haben sich unterhalten. Offenbar waren sie ziemlich erstaunt, dass der White Tower so alt aussieht.“

Verständnislos sah John den Rabenpfleger an, der ein Schmunzeln nicht unterdrücken konnte.

„*Wahnsinn – der Schuppen schaut wie ein echtes altes Gemäuer aus, obwohl er erst vor dreißig Jahren gebaut worden ist!* hat eine junge Frau gesagt, und alle haben ihr zugestimmt.“

John schlug sich an die Stirn.

„Wahrscheinlich habe ich gesagt, dass mit dem Bau 1978 statt 1078 begonnen wurde. Herrje, wie peinlich.“

„Zerbrich dir nicht den Kopf, John. Ich habe mitbekommen, dass die Truppe auf so einer Rundreise „Europa in zehn Tagen“ ist. Morgen sind sie in Paris und übermorgen in Rom. Bis sie wieder zu Hause sind, können die sich bestimmt nicht mehr an irgendwelche Jahreszahlen erinnern.“

„Trotzdem. Gestern Abend bin ich schon zu spät zum Dienst gekommen und jetzt verzapfe ich so einen Mist.“, meinte John zerknirscht.

„Jetzt jammere hier nicht rum. Troll dich und leg dich hin. Ich will dich erst wieder sehen, wenn du ausgeschlafen bist. In diesem Zustand bist du nicht dienstfähig."

John wusste, dass sein alter Freund recht hatte und gab sich geschlagen.

„Danke, George."

Er schlurfte über das Tower Green zu seiner Wohnung und entledigte sich dort mühselig seiner Uniform. Dabei fiel sein Blick auf sein Mobiltelefon, das er auf den Nachttisch gelegt hatte. Er war sich hundertprozentig sicher, dass es klingeln würde, sobald er sich hingelegt hatte. Er kämpfte einen Moment mit sich – seine Eltern, Simon, Renie, Maggie, musste er für sie nicht erreichbar sein?

Dann gewann sein akutes Bedürfnis nach einer Auszeit die Oberhand über sein schlechtes Gewissen und er schaltete es aus. Dann zog er die Vorhänge im Schlafzimmer zu. Mit dem letzten Rest Energie torkelte er in den Flur und zog auch den Stecker des Telefons aus der Wand. Nicht einmal eine Minute später sank er in einen komaähnlichen Schlaf.

Wenige Stunden später riss ihn ein hartnäckiges Klingeln an seiner Wohnungstür hoch. Völlig verwirrt blickte er um sich.

„Ich komme ja, ich komme ja", brabbelte er und wankte zur Haustür. Draußen stand Bonnie, die bei seinem Anblick die Augen aufriss.

„Wow! Ich bin wohl am Set von *Die Nacht der lebenden Leichen Teil 5* gelandet."

John lehnte sich an den Türstock und bemühte sich, die Augen offen zu halten.

„Was´n los?", brachte er heraus.

„Ein Chief Superintendent Briarson hat bei mir im Büro angerufen, weil er seit Stunden versucht, dich zu erreichen. Er will dich dringend im Yard sehen."

„Hmmmm."

Nachdem Bonnie ihn einen Moment gemustert hatte, meinte sie entschieden, „Ich sage ihm, du bist derzeit unabkömmlich und kommst morgen nach Dienstende zu ihm."

Sie lächelte ihn an.

„Gute Nacht, John."

„Gute Nacht."

Mit einem zufriedenen Grunzen ließ John sich wieder ins Bett fallen. Diesmal blieb sein Schlaf ungestört.

Kapitel 8

Als John um 4.30 Uhr die Augen aufschlug, fühlte er sich großartig. Geradezu beflügelt von über zwölf Stunden Schlaf sprang er aus dem Bett, riss alle Fenster auf, setzte Teewasser auf und marschierte ins Bad. Kurz darauf nahm er summend am Küchentisch Platz. Er blätterte ein wenig in der gestrigen Zeitung. Seine gute Laune bekam einen ersten Dämpfer, als ihm auf Seite drei eine kurze Notiz ins Auge sprang.

„Museumsmord: Ex-Kurator als wichtiger Zeuge vernommen."

Ohne Zweifel war seine kurze Auszeit vom Alltag vorbei. Er seufzte und holte sein Handy. Ein Dutzend Nachrichten! Du lieber Himmel, dachte John und holte sich Block und Stift.

Maggie, David, Renie, Simon, dazu seine Eltern – jeder hatte gestern Abend versucht, ihn zu erreichen, zum Teil mehrfach. Bis auf Renie hatten alle dieselbe Frage in Variationen auf seiner Mailbox hinterlassen: Was gab es für Neuigkeiten im Museumsmord?

Renie und Simon wollten sich schnellstmöglich mit John treffen. Chief Superintendent Briarson schließlich hatte ihm in zunehmend unwirschem Ton drei Nachrichten gleichen Inhalts hinterlassen: Er solle sich unverzüglich zu Scotland Yard begeben oder zumindest telefonisch Kontakt aufnehmen. John konnte sich vage erinnern, dass Bonnie deswegen gestern hier gewesen war und angekündigt hatte, sie werde das mit Briarson regeln.

Er nahm sich vor, nach Dienstende heute Mittag zum Yard zu gehen und im Lauf des Tages alle Rückrufe zu erledigen. Als er sein Mobiltelefon schon wieder wegstecken wollte, entdeckte er noch eine letzte gespeicherte Mitteilung.

„John, hier Pauline. Es ist jetzt einundzwanzig Uhr. Du hast meine kleine Abschiedsparty wohl vergessen? … Ähm… Na, wie dem auch sei, es ist schade, dass wir uns nicht mehr sehen, bevor ich abreise… Naja…ich..." Lautes Geschirrklappern und Gelächter im Hintergrund. „Dann alles Gute, John." Danach war nur noch ein Tuten zu hören.

John vergrub den Kopf in den Händen und stöhnte. Dann packte ihn eine völlig irrationale Wut auf den Mörder von Dr. Farris. Wegen dieser verdammten Geschichte lief er seit Tagen wie ein Hamster im Rad und nun hatte er das Treffen mit Pauline Murray, auf das er sich so gefreut hatte, buchstäblich verpennt! Einen Moment sehnte er sich danach, einmal so impulsiv sein zu können wie seine Nichte und das Telefon ohne Rücksicht auf Verluste aus dem Fenster zu pfeffern. Ersatzweise schnappte er sein metallenes Tee-Ei und warf es in hohem Bogen aus dem Küchenfenster.

Hm. Viel brachte das nicht. Er schüttelte den Kopf über sich selbst und eilte hinaus, um das kleine Ding aus dem Innenhof des Towers zu bergen, der glücklicherweise um diese Stunde noch still dalag. Er überlegte kurz, ob er in den Fitnessraum der Beefeater gehen sollte, um sich an dem dort hängenden Boxsack abzureagieren. Er verwarf den Gedanken, da er zur Morgenfütterung musste.

Stattdessen fegte er wenig später so energisch den Boden der Voliere, dass sich eine Staubwolke erhob und ihn einhüllte. Gworran, der einige Schritte entfernt auf dem Rasen saß, ließ ihn nicht aus den Augen, aber John war so mit sich beschäftigt, dass er den Vogel gar nicht bemerkte. Erst, als der Rabe ihn auf dem Weg zurück in die Wohnung halb hüpfend, halb flatternd verfolgte, wurde er aufmerksam.

Beschämt ging er in die Knie und streckte die Hand aus.

„Tut mir leid, alter Knabe. Heute war ich mit dem Kopf ganz woanders.“

Er strich dem Vogel sanft über das Gefieder. Gworran gab die ersten Töne der englischen Nationalhymne von sich und stelzte dann davon.

John nahm sich vor, heute auf dem Markt einen besonderen Leckerbissen für Gworran zu besorgen. Er musste diese Woche den Fleischvorrat und die Eier für die Tiere auf dem Smithfield Market holen. Dazu fuhr er mit Georges Auto – er selbst besaß keines – in die City, was für ihn jedes Mal nervenaufreibend war. Selbst zu dieser frühen Stunde – kurz nach sechs – waren die Straßen schon verstopft. Für gewöhnlich genoss er den Besuch der riesigen viktorianischen Markthalle, die der Architekt der Tower Bridge entworfen hatte. Für John war Smithfield einer der Orte in London, an dem man nicht nur die Gerüche von den zahllosen Ständen der Großmarkthändler, sondern auch den Atem der Geschichte einsaugen konnte.

Die Wurzeln des Marktes reichten fast tausend Jahre zurück. Seither wurde an dieser Stelle mit Vieh und Fleischwaren gehandelt. Aber auch als Exekutionsplatz hatte Smithfield traurige Berühmtheit erlangt. William Wallace, einer der schottischen Nationalhelden, und unzählige andere hatten hier ihr Leben verloren.

Heute jedoch beeilte er sich, das Notwendige zu holen und wieder zurück in den Tower zu kommen. Joe Cavanaugh, dessen Familienbetrieb seit Generationen Fleisch und Eier für die Raben lieferte, hatte ihm bereits eine große Tüte hergerichtet. Dazu kaufte John noch ein frisches Kaninchen und schon war er wieder auf dem Weg zum Auto.

Zurück im Tower musste er zur monatlichen Besprechung aller Beefeater, danach hatte er drei Führungen zu leiten. Er atmete auf, als er kurz nach Mittag zurück in seine Wohnung kam und seine Uniform ablegen konnte. Während er eine Kleinigkeit aß, rief er Renie und Simon an, schmetterte dessen lebhafte Beschwerden über seine Nichterreichbarkeit kurz ab und vereinbarte mit beiden, dass sie sich heute Abend in seiner Wohnung treffen würden. Dann wählte er die Nummer seiner Eltern. Sein Vater musste neben dem Telefon gesessen sein, so schnell hob er ab.

„Wie geht's dir, Dad?"

„Geht so, mein Junge. Ich bin froh, von dir zu hören. Deine Mutter hätte mich gestern fast wahnsinnig gemacht. Sie hat sich große Sorgen gemacht, als wir dich nirgends erreichen konnten. Ich habe ihr zwar gesagt, dass du gewiss Dienst hast, aber du kennst sie ja."

Johns schlechtes Gewissen, das ihn seit dem Morgen mit dem Gewicht eines Pitbulls drückte, schwoll auf die Größe einer Dänischen Dogge an.

„Es tut mir leid, Dad. Ich habe die letzten Tage so wenig Schlaf bekommen, dass ich gestern derart fix und fertig war, dass ich alle Telefone ausgemacht und mich hingelegt habe."

„Schon in Ordnung, Junge. Was konntest du gestern im Museum herausfinden?"

John erzählte ihm das wenige, was er wusste.

„Renie hat gestern Abend noch versucht, mit den Nachbarn und Mietern von Farris zu reden. Was sie erfahren hat, weiß ich noch nicht. Außerdem wollte sie ein wenig nachforschen, ob Michael Hadley irgendeine Verbindung zu Farris hatte. Sie hat ihn wohl bei den Vorbereitungen für die neue Ausstellung kennengelernt und er hat ihr seine Telefonnummer gegeben.", schloss er.

„Hadley? Dieses Marketingfrüchtchen? Hmm. Der ist mit allen Wassern gewaschen."

James´ Ton war ungewohnt kritisch.

„Du kennst den Mann wohl?"

„Natürlich. Er macht ja alle Videos für uns, die wir für die Öffentlichkeitsarbeit verwenden. Mir gefällt seine Art nicht.“

„Was meinst du damit?“

„Nun ja. Er hat schon mehr als eine Praktikantin in unserem Haus bezirzt. Er verspricht den Mädchen, ihnen eine Rolle in irgendeinem Werbefilm zu verschaffen und bringt sie dazu, mit ihm auszugehen. Soweit ich weiß, steckt hinter seinen großspurigen Reden nur heiße Luft. Aber das erkennen die jungen Dinger natürlich anfangs nicht. Ich sollte Renie wirklich vor ihm warnen.“, meinte sein Vater, plötzlich besorgt.

„Um unsere Renie brauchst du dir keine Sorgen zu machen, Dad. Ich kann mir nicht vorstellen, dass sie sich von so einem windigen Typen um den Finger wickeln lässt. Aber nun erzähl, wie war es gestern bei der Polizei?“

„Dieser Briarson ist ein echter Bluthund, sage ich dir. Gestern hat er mich wieder stundenlang in die Mangel genommen. Am Ende habe ich selbst schon fast geglaubt, ich hätte Farris umgebracht.“

John hörte die Erschöpfung in James´ Stimme und wurde wütend. Legte Briarson es darauf an, seinen Vater solange mit Verhören zu malträtieren, bis dieser zusammenbrach?

Voller Ingrimm machte er sich wenig später auf den Weg zu Scotland Yard. Zuvor hatte er Maggie noch erreicht und sie gebeten, hinaus nach Kew zu fahren, um nach ihren Eltern zu sehen.

Als er sich am Empfang meldete, nickte der diensthabende Beamte wissend.

„Ich bringe Sie sofort zum Chief Superintendent.“

John war es, als hätte der Beamte ein mitleidiges Lächeln auf den Lippen, als er ihn in einen Vernehmungsraum führte und dort alleinließ. Gleich darauf schoss ein gut gekleideter Mann herein, der vom Typ her erstaunlich stark an Johns Cousin Simon erinnerte, aber etwas jünger war.

Tante Isabel hatte den Polizisten aus Edinburgh mit einigen ausdrucksvollen Namen bedacht. Einer davon war „ignoranter Emporkömmling.“ Briarson hatte die Mackenzies im Gegenzug als „englische Brut“ bezeichnet. Die Vorzeichen für dieses Gespräch standen also nicht zum Besten.

„Sie! Haben Sie sich endlich hierherbequemt, was? Na, ich hoffe, Sie haben heute nichts mehr vor. Wir werden uns *sehr* ausführlich unterhalten müssen.“, begrüßte Briarson ihn unheilverkündend.

John schluckte, dann jedoch gewann sein Zorn die Oberhand.

„Wollen Sie mich jetzt genauso traktieren wie meinen Vater? Mit sinnlosen Verhören und hanebüchenen Verdächtigungen? Statt sich endlich auf die Suche nach dem wahren Täter zu begeben, verschwenden Sie Ihre Zeit mit uns. Das ist – “

„Ja? Sprechen Sie ruhig weiter.“, fuhr Briarson mit schneidender Stimme dazwischen. „Seien Sie aber darauf gefasst, dass ich bei der geringsten Provokation ein Verfahren gegen Sie wegen Beamtenbeleidigung einleiten werde.“

Er wies auf das bereit stehende Aufnahmegerät.

„Ich denke, dass etwas Derartiges Ihrer weiteren Laufbahn bei der königlichen Wachmannschaft nicht dienlich sein dürfte. Sie müssen wohl kaum daran erinnert werden, dass Sie und Ihre ganze Truppe als Sondereinheit der Metropolitan Police unterstehen.“

Johns Mundwinkel zuckten unwillkürlich. Beinahe dieselben Worte hatte Simon Whittington ihm vor nicht einmal einem Jahr entgegengeschleudert. Damals war er es gewesen, der sich in seinen Ermittlungen von John behindert gefühlt hatte.

Gleich darauf bemerkte er, dass er seine Gesichtszüge besser kontrollieren sollte, da Briarson rot anlief.

„Sie meinen wohl, Sie können sich lustig machen über mich. Na, wir werden schon sehen, ob Ihnen noch zum Lachen zumute ist, wenn ich mit Ihnen fertig bin.“

Mit übertriebener Geste schaltete Briarson den Rekorder ein.

„So, Mr. Mackenzie, nun schildern Sie bitte, wie es dazu kam, dass Sie in der Tatnacht im Gebäude des Naturhistorischen Museums anwesend waren.“

„Das habe ich doch schon alles zu Protokoll gegeben.“

„Die Vernehmungsprotokolle habe ich gelesen. Ich möchte aber die Geschichte noch einmal von Ihnen hören. Also fangen Sie an. Und zwar von vorn und in allen Einzelheiten.“

John fügte sich zähneknirschend und begann zu erzählen, wurde jedoch gleich unterbrochen.

„Warum wurde die Übernachtung genau für jenen Freitag angesetzt?“

„Soweit ich mich erinnern kann, fuhr meine Nichte Bella – das Geburtstagskind – am folgenden Tag in ein Reitcamp."

„So, so. Ein Reitcamp."

John konnte Briarsons Unterton nicht recht deuten.

„Ach ja, da fällt mir ein, Dad sagte noch, dass der Freitag günstig sei, weil er da ohnehin im Museum wäre, um die Ausstellungseröffnung vorzubereiten."

„So, so. Sagen Sie, finden Sie es nicht auffallend, dass Ihr Vater sich und auch Ihnen auf diese Art und Weise einen legitimen Grund verschafft hatte, just in der Nacht vor Ort zu sein, wo Dr. Gordon Farris auf jeden Fall wegen des Empfangs im Gebäude sein würde?"

Häh? Woher nahm Briarson nur seine abstrusen Ideen?

„Und wie kam es dazu, dass ausgerechnet Sie als *Aufpasser*", Briarson zeichnete mit den Händen Anführungszeichen in die Luft, „engagiert wurden?"

John erklärte, dass er für Renies Freund – oder Ex-Freund? Er musste seine Nichte gleich heute Abend nach dem aktuellen Stand der Dinge fragen – eingesprungen war.

„Mr. Andrew Gordon, zeitweise wohnhaft unter der Adresse Ihrer Nichte Ms. Maureen Hughes, London, Belgravia, nun wieder wohnhaft in Edinburgh, Seymour Road 211?"

John nickte.

„Weshalb verließ er so überstürzt die Stadt? Nicht, dass ich nicht vollstes Verständnis dafür hätte, wenn ein hoffnungsvoller junger Mann lieber zu seinen schottischen Wurzeln zurückkehrt als hier in diesem englischen Moloch sein Leben zu fristen. Aber dennoch ein merkwürdiges Verhalten für jemanden, der hier einen Job hatte und noch dazu den Komfort einer kostenlosen Bleibe in einem Nobelviertel wie Belgravia genießen konnte. Warum also hat er seine Zelte hier so plötzlich abgebrochen?"

John sah den Kriminalpolizisten verständnislos an.

„Was hat das mit dem Mord an Dr. Farris zu tun? Andy war Hunderte von Meilen weit weg, als es passierte."

„Das lassen Sie mal meine Sorge sein. Beantworten Sie einfach meine Fragen."

Der Zeiger der Uhr rückte immer weiter vor, während der Chief Superintendent John mit Fragen bombardierte. John gab es auf, den Sinn dieser Befragung zu erkennen. Für ihn war klar, dass kein

Mitglied seiner Familie auch nur im Entferntesten etwas mit dem Tod des Controllers zu tun gehabt hatte. Wahrscheinlich genoss Briarson es einfach, seine Macht auszuspielen. John beschloss, das Verhör ohne weiteren Widerstand über sich ergehen zu lassen. Er hoffte, Briarson würde ihn bald gehen lassen, da er dringend wieder ins Museum wollte. Gestern hatte man ihm gesagt, dass Professor Clarke und auch der Vogelkundler Dr. Nichols heute im Haus wären. Mit beiden wollte er sprechen.

So ratterte er seine Antworten ohne viel Nachdenken herunter und merkte erst auf, als Briarson auf einmal triumphierend die Zähne fletschte, nicht unähnlich einem Wolf, der ein Schaf in eine Ecke getrieben hatte, aus der es kein Entkommen gab.

„Sie sagen, Sie hätten es gemerkt, wenn jemand durch die Halle gekommen wäre. Was Sie aber weder bei der ersten Vernehmung noch heute erwähnten, ist, dass Sie gar nicht die ganze Nacht in der Halle waren."

John durchzuckte ein Schreck.

In der Aufregung nach dem Auffinden von Farris´ Leiche hatte er tatsächlich vergessen, Simon von Charlies Ausflug und seiner Suche nach dem Jungen zu erzählen. Nun ja, vielleicht hatte er es auch verdrängt. Er war überzeugt, dass diese kleine Sache mit dem Mord nichts zu tun hatte und er nur Charlie und seinen Vater unnötig in Schwierigkeiten bringen würde, wenn er der Polizei davon erzählte.

John spürte den bohrenden Blick des Chief Superintendenten auf sich.

„Äh, Sie haben recht. Das war mir völlig entfallen. Allerdings war ich höchstens eine halbe Stunde weg. Ach was, wahrscheinlich waren es nur zwanzig Minuten."

„Sie schildern mir jetzt den kompletten Ablauf minutiös, ohne ein Detail auszulassen. Vielleicht kann ich dann darauf verzichten, den jungen Master Hetherington zur Vernehmung vorzuladen. Soweit ich das verstehe, ist seine Familie recht einflussreich. Ich kann mir vorstellen, dass sein Vater eine Anzeige wegen Verletzung der Aufsichtspflicht stellen würde, wenn er wüsste, dass sein Sohn mutterseelenallein in einem Gebäude unterwegs war, in dem ein Mörder herumlief."

„Seine Eltern wissen das gar nicht? Dann hat Charlie Ihnen gar nichts davon erzählt?"

„Nein, der Junge hat zu Protokoll gegeben, er hätte die ganze Nacht geschlafen. Hatte wahrscheinlich Angst vor einer Strafe, wenn er die Wahrheit gesagt hätte. Tatsächlich war es Ihr Vater, der uns davon erzählt hat, wenn auch sichtlich ungern."

Er schnalzte mit der Zunge.

„Mr. Mackenzie, ich möchte Ihnen die Sachlage nochmal klarmachen: Wenn ich möchte, kriege ich Sie wegen Falschaussage und Verletzung der Aufsichtspflicht über Schutzbefohlene dran. Also kooperieren Sie jetzt besser."

John schluckte und nickte gehorsam.

Kapitel 9

Es war schon später Nachmittag, als John an der U-Bahn-Station South Kensington ausstieg. Drei Stunden lang hatte das Verhör gedauert. Er fühlte sich wie ausgequetscht.

Da seine Gespräche gestern ein ziemlicher Fehlschlag gewesen waren, hatte er beschlossen, es heute anders zu versuchen. Als erstes wollte er zu Sir Edwards Vorzimmerdame, Ms. Evans. An einem Kiosk auf dem Weg hierher hatte er eine große Schachtel Pralinen erstanden, mit der bewaffnet er nun die Stufen zum zweiten Stock des Verwaltungstrakts emporstieg.

„Mr. Mackenzie! Kommen Sie herein!“, begrüßte sie ihn freudig. „Sind die für mich? Das ist aber nett. Sie haben sich wohl an meinen süßen Zahn erinnert, was?“

„Sie können es sich leisten, Ms. Evans.“, erwiderte er galant und setzte sich. „Außerdem können Sie bestimmt zwischendurch eine kleine Nervennahrung brauchen.“

„Das können Sie laut sagen! Heute Nacht hatten wir einen Wasserrohrbruch in einem Keller, der einen Teil des Untergeschosses geflutet hat. Eine Katastrophe, sage ich Ihnen. Die Handwerker sind schon seit dem Morgen am Werk und konnten das Wasser stoppen, aber bis wir dort unten alles wieder trockengelegt haben, wird es Tage dauern. Doch wie sagt man so schön: Ein Unglück kommt selten allein, nicht wahr?“

„Gewiss sind Sie dem Direktor gerade in solchen Krisenzeiten eine große Stütze.“

Sie lächelte geschmeichelt.

„Oh, unser Sir Edward ist ein hervorragender Chef. Wir beide sind nach all den Jahren ein gutes Team. Wenn er in ein paar Monaten in den Ruhestand geht, ist es auch für mich vorbei. Dann habe ich endlich mehr Zeit für meine Enkel.“

Sie kramte in einer Schublade und förderte einen Stapel Fotos zutage. „Sehen Sie her, da sind die Racker.“

Die nächsten Minuten musste John sich Familienaufnahmen ansehen. Einer der kleinen Jungen erinnerte ihn an Pauline Murrays Neffen Justin. Himmel, Pauline! Er musste sie dringend anrufen. Mit Mühe schob er den Gedanken beiseite und konzentrierte sich darauf, passende Bemerkungen zu dem endlosen Strom an Bildern zu machen.

Schließlich verstaute Ms. Evans die Fotos wieder in ihrem Schreibtisch.

„Mit den Kindern werde ich sicher noch oft hierherkommen. Für die Kleinen ist es einfach das wunderbarste Museum. Und ich … ich kann mir momentan noch gar nicht vorstellen, nicht mehr jeden Morgen hierher zu kommen und von Dippy begrüßt zu werden."

John nickte lächelnd.

„Mein Vater hält es bis heute nicht aus, wenn er nicht mindestens einmal die Woche hier sein kann. Es wäre entsetzlich für ihn, wenn er nicht mehr weiter hier mitarbeiten könnte."

„Es wäre auch schlimm für das Museum, wenn er nicht mehr käme.", entgegnete Ms. Evans. „Er leistet großartige Arbeit für uns. Seine Erfahrung ist für die jüngeren Mitarbeiter in der Paläontologie unschätzbar. Und gerade in diesen mageren Zeiten sind wir ohnehin glücklich, wenn ehemalige Mitarbeiter ehrenamtlich weiter für uns tätig sind. Das entlastet unseren knappen Etat."

Ihr Gesicht wurde traurig.

„Kosteneffizienz und Haushaltsdisziplin – das waren die Lieblingswörter von Dr. Farris. Sparen, sparen, sparen, das hat er bei jeder Gelegenheit gepredigt. Natürlich hat er sich dadurch gerade bei den Abteilungsleitern nicht beliebt gemacht. Aber es ist ihm zu verdanken, dass wir heute auf gesunden Füßen stehen."

Sie verfiel in Schweigen. Dann sah sie auf.

„Konnten Sie schon etwas herausfinden?"

„Nicht viel." Er zog seinen mittlerweile schon ziemlich in Mitleidenschaft gezogenen Notizzettel heraus.

„Von den Mitarbeitern, die zur fraglichen Zeit im Haus waren, lassen sich drei nach meiner Einschätzung ausschließen: das Ehepaar Masters und Dr. Simms. Bleiben Dr. Macfarlane, Dr. Tomlinson, Professor Clarke und Dr. Nichols. Mit den ersten beiden habe ich gestern gesprochen, aber ehrlich gesagt waren beide ziemlich kurz angebunden. Clarke und Nichols möchte ich heute aufsuchen. Können Sie mir vielleicht irgendetwas über die Herren sagen?"

„Hm. Lassen Sie mich überlegen. Die ersten drei sind schon viele Jahre bei uns, aber Dr. Tomlinson kenne ich so gut wie nicht."

Sie wandte sich ihrem Computerbildschirm zu und rief ein Programm auf.

„Werfen wir doch einen Blick in die Personalakten."

Ihre Finger tanzten routiniert über die Tastatur.

„Da haben wir ihn ja. Geoffrey Tomlinson. 28 Jahre, frisch promoviert, Spezialgebiet Schmetterlinge Großbritanniens, seit knapp einem Jahr bei uns. Ledig.“

Sie sah auf.

„Wie gesagt, ich kenne den jungen Mann kaum. Allerdings schätze ich, dass er in unserer Entomologieabteilung ziemlich am Ende der Nahrungskette steht. Er muss sich seine Sporen erst verdienen. An der Expedition nach Panama durfte er nur teilnehmen, weil eine Kollegin schwanger wurde und ausfiel.“

John grinste.

„Nachdem ich sein Büro im Keller gesehen habe, kann ich mir gut vorstellen, dass er sich noch keinen so guten Stand in seiner Abteilung erarbeitet hat.“

„Die Insektenkundler sind unsere größte Gruppe, dort forschen rund fünfzig Wissenschaftler unter Leitung von Professor Clarke. Es ist sicher nicht leicht, sich als Anfänger eine Position in einem solchen Team zu erkämpfen.“

„Professor Clarke ist ein renommierter Experte, habe ich gehört. Die BBC brachte vor einiger Zeit ein Interview mit ihm, wo es um die Unterstützung der Polizei in Kriminalfällen ging.“

Ms. Evans nickte stolz.

„Ja, unsere forensischen Entomologen sind eines unserer Aushängeschilder. Als Sachverständige vor Gericht sind sie sehr gefragt. Professor Clarke selbst ist auf diesem Gebiet sehr anerkannt – er war gerade erst für zwei Tage in Liverpool. Die Kriminalpolizei dort hatte ihn angefordert, um als Experte bei einer Mordermittlung mitzuwirken. Er ist aber nicht nur ein herausragender Spezialist für dieses eine Thema, er ist ein echter Allrounder alter Schule. Käfer aller Art sind sein Thema und er hat sie im Lauf der Jahrzehnte sicher auf allen Kontinenten erforscht. Man munkelt sogar, er könnte der nächste Vorsitzende der Britischen Entomologischen Vereinigung werden.“

Ms. Evans klang so ehrfürchtig, als würde Professor Clarke zum Präsidenten des Weltsicherheitsrates ernannt werden.

„Fachlich ist er also herausragend. Wie schätzen Sie ihn als Mensch ein?“, fragte John.

„Ich würde sagen, immer korrekt. Mit hervorragender Haushaltsdisziplin. Gute Umgangsformen. Ehrgeizig, natürlich. Obwohl er mittlerweile auch so an die Sechzig sein dürfte, möchte er doch noch weiterkommen und sich nicht auf seinen Lorbeeren ausruhen."

Nachdenklich sah sie zum Fenster hinaus.

„Vielleicht ist es auch ein wenig seine Frau, die ihn antreibt. Ich habe sie öfter auf Empfängen des Museums getroffen. Ehrlich gesagt finde ich, sie ist ein richtiger alter Dragoner."

Sie kicherte verschämt und fuhr dann fort.

„Soweit ich weiß, stammt sie aus einer wohlhabenden Familie aus Newcastle. Die haben da oben mit Bergbau ihr Vermögen gemacht, denke ich. Er selbst dagegen hat sich aus ziemlich bescheidenen Anfängen nach oben gearbeitet. Genau wie Dr. Macfarlane übrigens."

Sie schüttelte leicht den Kopf.

„Der Mann bringt für alles, was mit Geologie zu tun hat, dieselbe Begeisterung auf wie Ihr Vater für Dinosaurier. Allerdings denke ich manchmal, er wäre an einer Universität besser aufgehoben. Am besten mit seinem eigenen Lehrstuhl. Hier im Museum fühlt er sich häufig im Vergleich zu den Biologen und den Paläontologen ein wenig zurückgesetzt. Da kann er ziemlich giftig werden."

Sie zwinkerte John zu.

„Was haben er und Professor Clarke sich schon für Wortgefechte geliefert! Da ich bei den Sitzungen der Führungsebene immer das Protokoll führe, bekomme ich dort vieles mit. Wie ein Kindergarten ist das manchmal, sage ich Ihnen."

John nickte lächelnd.

„Das kann ich mir lebhaft vorstellen. Das war an der Universität und beim Militär nicht anders. Da krachen des Öfteren ein paar ausgeprägte Egos aufeinander, jeder von seiner eigenen Wichtigkeit überzeugt. Und wehe, es gibt dann noch Gelder zu verteilen, dann pocht in der Regel sowieso jede Abteilung darauf, den dringendsten Anspruch darauf zu haben."

Ms. Evans nickte.

„Sie wissen ja bestimmt, dass die Drittmittelförderung für Forschungsvorhaben immer wichtiger wird. Mittlerweile haben wir in jeder Abteilung Mitarbeiter, die sich hauptsächlich um Anträge an Forschungsgemeinschaften und um die Pflege von Kontakten zur freien Wirtschaft kümmern. In der Hinsicht sind vor allem unsere Biologen sehr erfolgreich. Dr. Macfarlane dagegen … naja, sagen wir, seine Abteilung kann nicht gerade auf sprudelnde Einnahmen verweisen. Diesbezüglich gab es schon häufiger Rüffel aus dem

Verwaltungsrat. Dr. Macfarlane verweist dann immer darauf, dass er an Auftragsforschung für die Industrie nicht interessiert ist."

„Das Argument kenne ich. Zum Teil hat er damit wohl auch recht. Wenn ein Konzern Forschungsarbeiten finanziert, hat er in aller Regel auch ein Interesse daran, dass die Ergebnisse in seinem Sinn ausfallen."

„Es ist eine Gratwanderung.", stimmte Ms. Evans ihm zu. „Unser Dr. Nichols ist auch kein Freund der zunehmenden Kommerzialisierung – obwohl er Amerikaner ist."

„Er ist Vogelkundler, wenn ich mich recht erinnere?"

„So ist es. Sein Spezialgebiet sind Papageien. Und er selbst ist auch ein lustiger Vogel."

Sie kicherte.

„Er ist gewiss der unkonventionellste von unseren leitenden Wissenschaftlern. Bei der letzten Weihnachtsfeier ist er mit seiner Band aufgetreten und hat richtig Schwung in die Bude gebracht. Er ist auch einer der wenigen, die keinerlei Wert darauf legen, mit ihrem Titel angesprochen zu werden. Tatsächlich ist er außer mit Sir Edward wohl unterschiedslos mit jedem per Du."

„Klingt sympathisch." Gedankenverloren starrte John auf seine Liste. „Wem von diesen Männern würden Sie am ehesten zutrauen, Dr. Farris umzubringen?"

Ms. Evans verschränkte die Arme und schob ihren Stuhl ein wenig vom Schreibtisch zurück.

„Wenn Sie mich so fragen, Mr. Mackenzie, muss ich sagen, niemandem. Natürlich, Differenzen gab es schon. Aber wegen Streitigkeiten um das Budget oder wegen persönlicher Eitelkeiten einen Menschen zu töten ... Also, dass irgendeiner von unseren Wissenschaftlern so weit gehen würde, kann ich mir beim besten Willen nicht vorstellen."

„Könnte es Verbindungen zwischen Dr. Farris und einem der Männer geben, die über das rein Berufliche hinausgehen?"

Ms. Evans schüttelte den Kopf.

„Dr. Farris war kein sehr geselliger Mensch, soweit ich das sagen kann. Von irgendwelchen gemeinsamen Aktivitäten mit anderen Kollegen habe ich nie etwas mitbekommen. Wir haben hier diverse Gruppen, die sich an festen Abenden in der Woche zum Beispiel zum Bowling, zum Bridge oder zum Tennisspielen treffen, aber er hat keiner davon angehört."

Sie sah John ein wenig betreten an.
„Es tut mir leid, dass ich Ihnen nicht mehr helfen kann. Aber passen Sie auf, ich werde Professor Clarke und Dr. Nichols auf der Stelle anrufen und ihnen Bescheid sagen, dass Sie kommen. Ich werde auch darauf hinweisen, dass Sir Edward Wert darauf legt, dass alle Mitarbeiter bei den Nachforschungen kooperieren. Dann hoffen wir, dass Sie dort mit offeneren Armen empfangen werden als bei den Kollegen gestern."
„Das wäre großartig, Ms. Evans. Sie sind ein Schatz."

Wenig später ging John den Gang im dritten Stock entlang, wo die Abteilung für Entomologie untergebracht war. Er sah sich beeindruckt um. Einige Türen standen offen und gaben den Blick frei in moderne, lichte Büros und Labors, deren Ausstattung manche Universität hätte vor Neid erblassen lassen. Alles wirkte übersichtlich und aufgeräumt. Er entdeckte ein Schild mit der Aufschrift „Vorzimmer Prof. Dr. Thomas Clarke" und klopfte.
„Herein."
Er steckte den Kopf hinein.
„Guten Tag. Sind Sie Mr. Mackenzie? Ms. Evans hat Ihr Kommen gerade angekündigt.", wurde er von einer freundlich lächelnden jungen Frau begrüßt.
John nickte. „Könnte ich ihn kurz sprechen?"
„Er hat nicht viel Zeit, aber ich bringe Sie gern zu ihm. Er ist oben im forensischen Labor." Sie führte ihn eine enge Treppe hinauf, hoch in einen der Zwillingstürme, die den Eingang des Museums flankierten. Sie klopfte an und bedeutete John, hineinzugehen. Mit einem Winken und einem freundlichen „Ich hoffe, Sie haben keinen empfindlichen Magen." zog sie sich zurück.
Zögernd betrat John die Turmkammer. Drinnen stand ein hochgewachsener, hagerer Mann mit vollem weißem Haarschopf über eine Art Kühltruhe gebeugt.
„Professor Clarke? Hätten Sie ein wenig Zeit für mich? Ich bin – "
„Der Sohn von James Mackenzie, ich weiß. Guten Tag. Verzeihen Sie, wenn ich Ihnen nicht die Hand schüttle, aber ich überprüfe gerade, wie weit unsere fleißigen Helfer hier mit der Präparation dieses Tannenhähers gekommen sind. Sehen Sie her."

Als John sich über den geöffneten Truhendeckel beugte, stieg ihm ein widerwärtiger Geruch in die Nase. Drinnen wimmelte es von braunen Maden und ausgewachsenen Käfern, die sich durch eine Vogelleiche fraßen. Professor Clarke hatte einige Maden hochgehoben und beäugte eingehend, wie sie sich auf seinem Einweghandschuh kringelten.

„Dermestes maculatus, oder für biologisch nicht bewanderte, der Speckkäfer. Eine wunderbare Spezies. Ohne sie könnten wir niemals diese feinen Gerippe so säuberlich reinigen."

Unwillkürlich schlug John die Hand vor den Mund und trat einen Schritt zurück. Clarke warf ihm einen amüsierten Blick zu.

„Es hat durchaus einen Grund, warum man uns für dieses Labor das abgelegenste Zimmer von allen zur Verfügung gestellt hat. Keine Sorge, junger Mann, Sie sind nicht der Einzige, dessen Geruchssinn hier drin überfordert ist."

Liebevoll setzte er die Maden wieder in den Kasten und schloss den Deckel. John schnaufte erleichtert auf.

„Ich muss mich noch um ein paar weitere von unseren nekrophagen Arten kümmern. Ach, wo Sie schon einmal hier sind, könnten Sie den Schrank dort drüben öffnen und eine Büchse mit Hundefutter herausnehmen?"

John tat, wie ihm geheißen.

„Machen Sie bitte einen Strich auf der Inventarliste, die an der Schranktür hängt? So wissen wir immer, wie es um unsere Vorräte bestellt ist. Und dann schreiben Sie das heutige Datum und „Für Cl" daneben. Cl ist mein Kürzel, verstehen Sie? Ich erwarte von allen meinen Mitarbeitern, dass sie unterzeichnen, wenn sie etwas aus den Beständen entnehmen. Vor einigen Jahren hat sich eine Doktorandin ganz ungeniert aus unseren Vorräten bedient, um ihren Hund damit zu füttern. Außerdem hat sie stapelweise Papier und anderes Büromaterial mitgehen lassen. Seitdem habe ich ein genaues Auge auf alle unsere Bestände und das hat sich gut bewährt."

„Als ich noch beim Militär war, gab es dort ähnliche Probleme.", erwiderte John. „Aus einer Kaserne verschwindet auch alles Mögliche, vom Toilettenpapier über Handtücher bis zu Munitionsteilen. Ohne eine engmaschige Kontrolle zweigen wirklich erstaunlich viele Leute Dinge für ihren privaten Gebrauch ab."

„Sie haben recht. Die Hemmschwelle, seinen Arbeitgeber zu bestehlen, ist häufig gering. So. Nun öffnen Sie bitte die Büchse. Der Dosenöffner ist dort in der Schublade."

Der Professor zog die Tür eines wuchtigen Schranks auf.

„Das ist unser Brutkasten. Wenn die Tierchen Proteine bekommen – wie zum Beispiel aus dem Hundefutter oder auch aus einer Portion Leber – dann legen sie Eier ab. Aaskäfer, Käsefliegen, Fleischfliegen, Schmeißfliegen – man könnte wohl mit Fug und Recht sagen, dass ich der Herr der Fliegen bin."

John lächelte höflich ob dieser literarischen Anspielung auf William Goldings Kultroman, während Clarke fortfuhr.

„All diese von den meisten Menschen eher gering geschätzten Arten sind für unsere Forschungen unersetzlich wertvoll. Und trotzdem so genügsam, wie Sie sehen. Es muss nicht mal Markenfutter sein." Ein zynisches Lächeln erschien auf seinem Gesicht. „Da würden die Kollegen in den anderen Abteilungen aber auch protestieren, wenn ich meine Tierchen hier mit Pedigree Pal ernähren würde, während sie ihrerseits mit der Verwaltung um jede Lieferung neuer Bleistifte kämpfen müssen. Oft genug kommen Anträge wieder zurück, mit dem Vermerk „Nicht bedarfsgerecht"."

Er reichte John die halbleere Dose zurück. „Nehmen Sie bitte ein Stück Frischhaltefolie, dort aus dem Fach, und verschließen Sie die Dose damit. Dann stellen Sie sie in den Kühlschrank."

„Für die Einsparungen war Dr. Farris verantwortlich, nicht wahr?", ließ John beiläufig fallen, während er die Folie über dem Dosenrand straffzog.

„Natürlich. Der Mann hätte sich auch bei der EU um den Posten des Sparkommissars bewerben können. Genauso, wie die Bürokraten in Brüssel uns knechten, hat auch Farris das hier im Museum gemacht. Zumindest bei den anderen Abteilungen – in meinem Bereich sind wir Gott sei Dank nicht auf die mageren Budgetzuteilungen aus dem Museumshaushalt angewiesen."

„Ich habe schon gehört, dass Sie sehr erfolgreich darin sind, Gelder von außerhalb zu bekommen.", merkte John an.

„So ist es. Und das ist kein Wunder. Der Gegenstand unserer Forschungen, die Welt der Insekten, ist von immenser Bedeutung für die gesamte Wissenschaft."

Er warf John einen scharfen Blick zu.

„Wussten Sie, dass weit über zwei Drittel aller bekannten Tierarten Insekten sind? Dass es pro Mensch grob gerechnet eineinhalb Milliarden Insekten auf der Welt gibt? Das ergibt insgesamt rund eine Trillion, die unsere Erde zu jedem Zeitpunkt bevölkern.“

John, der auf Anhieb nicht einmal sagen konnte, wie groß eine Trillion war, war schwer beeindruckt.

„Insekten helfen uns unter anderem, die Güte von Gewässern zu beurteilen, Klimaveränderungen nachzuweisen und natürlich – unser Spezialgebiet hier – Verbrechen aufzuklären.“, fuhr Clarke enthusiastisch fort. Er streifte seine Handschuhe ab und warf sie in einen Eimer. „Sehen Sie her, ich zeige Ihnen etwas.“

John folgte dem Professor zu einem Schreibtisch. Aus einer Schublade zog Clarke einen dicken Ordner mit Fotos heraus.

„Hier sehen Sie die verschiedenen Entwicklungsstadien der Blauen Schmeißfliege. Sie ist einer unserer wichtigsten Informanten in der forensischen Entomologie, weil sie eine Leiche aus zehn Meilen Entfernung aufspüren kann.“

Er zeigte nacheinander auf einige Bilder.

„Ei, Larve, Puppe, adulte Form. Wir kennen den Entwicklungszyklus mittlerweile sehr genau. Wir sammeln die Tierchen ein, die wir an einer Leiche finden und studieren ihren jeweiligen Entwicklungsstand. Natürlich muss man die beeinflussenden Faktoren wie die Umgebungstemperatur, die Feuchtigkeit, den Bekleidungszustand der Leiche und so weiter noch berücksichtigen. Aber wenn man alles mit einkalkuliert, lässt sich mit unseren Methoden der Todeszeitpunkt oft genauer bestimmen, als der Pathologe dies vermag. Vor allem dann, wenn ein Körper erst nach längerer Zeit gefunden wird.“

„Das ist wirklich großartig, Professor Clarke.“ John kämpfte mit einer immer stärker werdenden Übelkeit. Er räusperte sich.

„Denken Sie, wir könnten vielleicht ein Fenster öffnen?“

„Das würde ich nur ungern tun, da wir versuchen, die Bedingungen hier drin möglichst konstant zu halten. Schauen Sie her, hier habe ich noch etwas Interessantes.“

Clarke verstaute den Ordner sorgfältig wieder und zog einen anderen heraus, den er aufblätterte.

„Lange Zeit konnten wir unsere Erkenntnisse nur aus Fliegen und Käfern gewinnen, die wir unter kontrollierten Außenbedingungen auf toten Schweinekörpern herangezogen haben. Dann kamen jedoch von

Seiten der Gerichte immer häufiger Zweifel auf, ob sich die Ergebnisse aus diesen Forschungen auf Menschen übertragen lassen. Nun haben wir erfreulicherweise eine Kooperation mit einer ganz außergewöhnlichen Einrichtung in Übersee. Dort hat die Universität von Tennessee eine Forschungsstation aufgebaut, wo Leichen von freiwilligen Spendern in einem kontrollierten Umfeld abgelegt werden und daneben auch Tierkadaver. So können wir wunderbar die Entwicklung auf den verschiedenen Wirtskörpern untersuchen."

John blickte auf ein Foto, auf dem Professor Clarke in einem weißen Schutzanzug, wie er ihn schon bei Spurensicherern der Kriminalpolizei gesehen hatte, mit einer Pinzette eine fette Made aus der kalkweißen Wange einer Frauenleiche holte.

Er würgte ein „Entschuldigen Sie mich…" heraus und stürzte aus dem Raum. Unten am Ende der Treppe hatte er vorhin einen Waschraum gesehen, den er nun eilends ansteuerte. Er beugte sich über das Waschbecken, atmete tief durch und klatschte sich dann einen Schwall kalten Wassers ins Gesicht. Er merkte, wie die Übelkeit abebbte.

„Ist alles in Ordnung mit Ihnen?"

Professor Clarke streckte den Kopf herein und sah John besorgt an.

„Ja, danke. Es geht schon wieder. Mir war nur kurz etwas flau."

Clarke sah zerknirscht drein.

„Es tut mir leid. Ich vergesse manchmal, dass unsere Forschungsarbeit, so faszinierend sie für mich persönlich auch ist, auf Außenstehende auch abschreckend wirken kann."

John trocknete sich Gesicht und Hände ab und schenkte Clarke ein schwaches Lächeln.

„Meine Nichte Renie, die in den letzten Wochen gelegentlich für Sie arbeiten durfte, liegt ganz auf Ihrer Linie. Sie ist so sehr von Ihrer Arbeit begeistert, dass sie sogar überlegt, ob sie ihr Studienfach wechseln soll."

„Tatsächlich?" Clarke sah erfreut drein. „Darüber muss ich mich mit der jungen Dame doch einmal unterhalten. Talentierten Nachwuchs können wir immer brauchen. Wie wäre es nun, wenn wir uns unten in meinem Büro weiter unterhalten?"

John nickte dankbar und folgte dem Professor hinunter in den dritten Stock. Als er dessen Büro betrat, blieb er staunend stehen. Alle Wände waren mit Schaukästen bedeckt, in denen unzählige Käfer in einer kaum glaublichen Farbenvielfalt säuberlich festgepinnt ruhten.

„Donnerwetter, das ist ja eine riesige Sammlung, die Sie da haben.“, meinte er anerkennend.

„Und doch nur ein winziger Ausschnitt aus den rund fünfundzwanzig Millionen Insekten, die wir im Museum haben.“, erwiderte Clarke. „Diese hier gehören alle einer einzigen Familie an, nämlich den Curculionidae oder Rüsselkäfern. Mit über sechzigtausend beschriebenen Arten nach dem derzeitigen Stand der Wissenschaft die artenreichste Familie von Lebewesen, die es gibt. Mein Spezialgebiet.“, setzte Clarke hinzu.

Er setzte sich hinter seinen ausladenden Schreibtisch, der bis auf eine lederne Konferenzmappe und zwei exakt parallel liegende Stifte leer war und wies auf einen bequemen Besuchersessel. „Nehmen Sie doch Platz. Kann ich Ihnen einen Schluck aus meiner Bar anbieten, um Ihren Magen wieder zu beruhigen?“

„Danke, nein. Professor Clarke, ich bin wegen des Todes von Dr. Farris hier.“

„Ich weiß. Es hat sich schon herumgesprochen, dass die Polizei Ihren Vater verdächtigt. Verständlich, dass Sie die Sache anders sehen. Ich für meinen Teil kann auch nicht glauben, dass jemand von uns den Mann auf dem Gewissen hat.“

„Aber Dr. Farris hat sich hier nicht gerade Freunde gemacht, habe ich von vielen Seiten gehört.“, entgegnete John.

„Na, wie ich schon sagte, er war ein pfennigfuchsender Sesselfurzer – wenn Sie meine Ausdrucksweise verzeihen. Ich nehme an, dass er selbst gemerkt hat, dass er als Wissenschaftler nichts taugte, also hat er sich auf das Tätigkeitsfeld des Controllings gestürzt.“ Clarke zuckte mit den Schultern. „Man muss ihm allerdings zugestehen, dass er diesen Job mit Leib und Seele ausgefüllt und das Kostenmanagement ordentlich auf Vordermann gebracht hat. Ein echtes Problem hatten eigentlich nur die Kollegen mit ihm, die es nicht geschafft haben, andere Geldquellen für ihre Abteilungen aufzutun. Wir beide sind eigentlich nicht schlecht miteinander ausgekommen. Er wusste, dass er mich nicht so gängeln konnte wie die anderen, da ich von ihm relativ unabhängig agieren konnte.“

„Darf ich fragen, woher Sie Ihre Gelder beziehen?“

„Oh, da gibt es eine ganze Menge Quellen. Forschungsgemeinschaften, Nahrungsmittelkonzerne, Privatleute…“

„Nahrungsmittelkonzerne?“, fragte John erstaunt.

„Nun ja, gerade Firmen, die sich gerne einen „grünen“ Anstrich geben, sponsern ganz gern die Einrichtung kleiner Schutzgebiete und auch mal die Erforschung endemischer Arten. Mehr Geld kommt durch Aufträge aus der Industrie herein. Der Begriff bionische Forschung sagt Ihnen etwas?“

John nickte. „Da geht es doch um Dinge wie den Lotuseffekt von bestimmten Oberflächen oder Badeanzüge, die eine Art Haischuppenstruktur haben, um weniger Widerstand zu erzeugen.“

„So ist es. Wir übertragen Strukturen oder Phänomene aus der Natur auf die Technik. Ein aktuelles Beispiel wäre die Oberflächengestaltung bestimmter Solarpaneele, die zur perfekten Lichtabsorbierung gitternetzartig aufgebaut sind, analog den Facettenaugen mancher Insekten. In diesem Bereich gibt es mannigfaltige Möglichkeiten der interdisziplinären Zusammenarbeit. Nun ja, und dann verfolgen wir noch konsequent eine der erfolgreichsten Marketingideen der letzten Jahre: Wir verkaufen das Recht, eine neu beschriebene Spezies zu taufen an Firmen und Privatleute. Und voilà: Wir nehmen für jede Spezies ein paar tausend Pfund ein und im Gegenzug erwirbt sich der Spender ein Stück Unsterblichkeit, indem er einem Tier oder einer Pflanze seinen Namen gibt. Und das Beste: Dieses Spiel können wir noch für etliche Forschergenerationen weiterführen. Mittlerweile sind zwar an die zwei Millionen Spezies bestimmt worden, aber nach aktuellen Schätzungen gehen wir davon aus, dass wir rund achtzig Prozent der gesamten Artenvielfalt bisher noch gar nicht zu Gesicht bekommen haben. Und nun raten Sie mal, in welcher Ordnung innerhalb der Tierwelt es die meisten Neuentdeckungen gibt?“

„Käfer?“, tippte John aufs Geratewohl.

„Ganz genau. Während es bei den größeren Tieren eher eine Seltenheit ist, eine neue Spezies zu entdecken, finden wir bei den Käfern jedes Jahr tausende neue Arten.“

Professor Clarke rieb sich vergnügt die Hände.

„Dann klingt das ja wirklich nach einem erfolgreichen Geschäftsmodell für Sie.“, meinte John lächelnd.

„Das kann man wohl sagen. Nun gibt es natürlich Puristen, die so eine Vorgehensweise für, na sagen wir mal, unpassend halten. Das ist in meinen Augen Unsinn. Zu allen Zeiten haben Forscher sich das Recht herausgenommen, neue Arten nach allem Möglichen zu benennen. So gab es vor ein paar Jahrzehnten einen Paläontologen, der alle von ihm entdeckten Säugetierarten nach Romanfiguren von

Tolkien benannte. Auch in anderen Fachbereichen gibt es schon eine ganze Reihe von Spezies, die zum Beispiel nach Comic-Helden benannt sind, wie Stichoplastoris asterix und Stichoplastoris obelix, das sind zwei mittelamerikanische Vogelspinnenarten. Figuren aus dem Star Wars-Imperium stehen bei den jüngeren Kollegen auch immer wieder hoch im Kurs. Ich kann mich an zwei Arten von Grabwespen erinnern, die Polemistus chewbacca und Polemistus vaderi getauft wurden. Eine afrikanische Ameisenart trägt den Namen Proceratium google – "

Clarkes Redeschwall wurde von einem Klopfen unterbrochen. Seine Sekretärin sah herein.

„Ich hätte Professor Mallory am Apparat. Er sagt, es wäre wichtig. Kann ich ihn durchstellen?"

„Mallory? Natürlich." Clarke warf John einen entschuldigenden Blick zu. „Dekan an der Universität Cambridge. Das Gespräch muss ich annehmen. Aber wir sind ja hier sowieso fertig, nicht wahr? Ich bedaure, dass ich Ihnen über Farris nicht mehr sagen kann. Viel Erfolg bei Ihren Nachforschungen und alles Gute für Ihren Vater."

John blieb nichts übrig, als sich für das Gespräch zu bedanken und sich zu verabschieden.

Kapitel 10

„Ich hatte eine kleine Blechbüchse mit einigen Hemden darin, in die ich meine Zeichnungen von Fischen und Palmen legte, die ich glücklicherweise greifen konnte. Meine Sammlung jedoch lagerte im Frachtraum und war unwiderruflich verloren."

John räusperte sich. Der bärtige Mann, der am Schreibtisch sitzend halblaut vor sich hin gesprochen hatte, sah auf.

„Oh, Verzeihung, ich habe dich gar nicht hereinkommen gehört. Ich war so vertieft in diesen Brief. Stell dir vor, du sammelst vier Jahre lang unter unglaublichen Strapazen in den abgeschiedensten Gebieten am Amazonas, wo noch nie zuvor ein Forscher seinen Fuß hingesetzt hat – und dann ist auf einen Schlag alles verloren." Er schüttelte bestürzt den Kopf. Dann erst schien er wirklich wahrzunehmen, dass ein Fremder in seinem Büro saß und er streckte John die Hand hin.

„Hi, ich bin Mike. Und du bist John, nicht wahr? Man sagte mir, du würdest vorbeikommen, um über Dr. Farris zu reden. Setz dich doch."

„Danke. Ich freue mich, Dr. Nichols, äh, Mike, dass du dir die Zeit für mich nimmst. Bestimmt hast du wegen der Ausstellungseröffnung noch viel zu tun."

Dr. Nichols winkte lässig ab.

„Unser Part ist fertig. Tatsächlich bastle ich gerade am Konzept für die nächste Sonderschau. „Expeditionen einst und jetzt" soll das Thema sein. Deswegen lese ich auch gerade nochmal die Briefe von Alfred Russel Wallace und dabei bin ich auf diesen hier aus dem Jahr 1852 gestoßen, in dem er den Untergang seines Schiffs beschreibt, das ihn aus Brasilien zurückbringen sollte. Siebenhundert Meilen vom nächsten Festland entfernt ist es passiert. Wallace und die Schiffsbesatzung konnten sich gerade noch in ein paar Rettungsboote flüchten und trieben dann zehn Tage auf dem Meer, bis eine Brigg sie herausfischte. Und trotzdem hat er sich nicht abschrecken lassen und hat sich wieder aufgemacht, um weiter zu forschen. Acht Jahre lang war er später in Südostasien unterwegs. Ein echt bemerkenswerter Kerl."

John grinste und wies auf das knallrote Poster mit weißem Aufdruck, das hinter Nichols an der Wand hing.

„Wallace wäre wahrscheinlich ein Paradebeispiel für dieses Motto gewesen."

Nichols lachte breit.
„*Keep calm and carry on* – ja, genau, das hätte zu ihm gepasst. Genauso, wie zu den drei Männern, die vor hundert Jahren dieses Exemplar hier unter größter Mühsal für das Museum sammelten."
Er stand auf und holte eine kleine Holzkiste vom Regal. Als er sie öffnete, sah John ein längliches weißes Ei. Fragend sah er Dr. Nichols an.
„Das ist das Ei eines Kaiserpinguins. Edward Wilson und zwei Kollegen haben sich dafür 1911 rund hundertdreißig Meilen zu Fuß, bei minus vierzig Grad und in kompletter Dunkelheit durch den antarktischen Winter gekämpft. Ein Blizzard blies ihr Zelt davon und sie waren zwei Tage und Nächte lang ohne Schutz und Essen den Naturgewalten ausgesetzt. Von den fünf Eiern, die sie einsammelten, gingen zwei schon kaputt, bevor sie nach fünf Wochen das Basislager wieder erreichten. Die restlichen drei erreichten jedoch tatsächlich das Museum. Eins der präparierten Embryos und diese Eierschale werden Teil der Ausstellung sein. Dazu noch einige Ausrüstungsgegenstände der Expedition und eine Originalausgabe des Buchs, das einer der drei Männer später darüber schrieb: *The worst journey in the world.*"
Nichols stellte das Holzkästchen sorgsam wieder ins Regal.
„Im Vergleich dazu ist eine Expedition heute eigentlich eine Luxusreise: mit Satellitentelefonen, High-Tech-Zelten, Computern mit Zugriff auf alle erdenklichen Datenbanken, Helikoptern für den Transport… dennoch muss man auch heute noch eine ganze Portion Abenteuerlust mitbringen. Taifune, Überschwemmungen, Ungeziefer aller Art, Montezumas Rache… Es ist nicht jedermanns Sache dort draußen. Dr. Farris zum Beispiel – für den war das nichts. Soweit ich mich erinnern kann, war er nur ein einziges Mal auf einer von unseren Forschungsreisen dabei. Warte mal, ich habe hier irgendwo ein Foto von damals …"
Mike Nichols wühlte in dem Durcheinander auf seinem Schreibtisch herum. Da klingelte das Telefon. Mit einem entschuldigenden Blick zu John nahm Nichols ab.
„Harriet, was gibt´s?"
Während Nichols lauschte, verdüsterte sich sein Gesicht.
„Verdammte Idioten. Manche Leute sind einfach verantwortungslos."
Während der Ornithologe weitersprach, musterte John ihn unauffällig. Er schätzte Mike Nichols auf Anfang Fünfzig, auch wenn

sein graues Haar ihn etwas älter aussehen ließ. Mit seinen zahlreichen Lachfältchen, dem Vollbart und seiner beträchtlichen Leibesfülle, die durch ein schrillbuntes, von Papageien bevölkertes Hawaiihemd noch betont wurde, hätte er einen guten Santa Claus abgegeben, dachte John bei sich.

Das Büro wirkte unaufgeräumt und übervoll, aber gemütlich. Im Regal gab es mehrere Fotos einer hübschen dunkelhaarigen Frau und eines Jungen. In einer Ecke stand ein zerschlissenes Sofa, auf dem Boden davor ein kleiner Reisewecker. Im Ganzen hätte das Zimmer keinen größeren Kontrast zu Professor Clarkes Büro darstellen können.

„Tut mir leid, aber das war eine meiner Mitstreiterinnen bei der RSPB." Dr. Nichols hatte sein Gespräch beendet. „Die Royal Society for the Protection of Birds.", erläuterte er auf Johns fragenden Blick hin. „Ich arbeite bei einer Auffangstation mit. Wir päppeln verletzte Wildvögel auf, kümmern uns aber auch um Tiere, die ihren Besitzern weggenommen werden mussten. Vor allem, wenn es um Papageien geht – die sind mein Spezialgebiet – bin ich gefragt. Es gibt einfach immer noch Leute, die sich so ein Tier anschaffen, obwohl sie überhaupt keine Ahnung haben, wie es zu halten ist."

Er geriet zunehmend in Fahrt.

„Der Kardinalfehler ist schon mal, dass sie oft einen Papagei allein halten, was für so ein Tier absolut nicht artgerecht ist. Und dann wundern sie sich, wenn der arme Vogel sich irgendwann in seiner Verzweiflung alle Federn ausrupft." Er fuhr sich durch die Haare.

„Aber was rege ich mich auf." Er zwinkerte John zu und deutete mit einem Kopfnicken auf das Poster hinter sich. „Ruhe bewahren und weitermachen. Das ist auch hier die Devise."

Er wurde wieder ernst.

„Wir müssen einfach noch mehr Aufklärungsarbeit betreiben. Ab Herbst werden ich und ein paar weitere Ehrenamtliche an die Elementarschulen gehen und versuchen, die Kinder für den Tierschutz zu sensibilisieren. Darauf freue ich mich schon."

John beugte sich erregt nach vorn.

„Ich arbeite im Tower als Assistent des Ravenmasters. Gerade brüte ich an einem Konzept, um Schulklassen Wissenswertes über Raben nahezubringen. Allerdings fehlen mir da noch ein paar richtig gute Ideen. Denkst du, du könntest mir dabei ein paar Tipps geben?"

„Na, aber logisch, Mann. Du arbeitest also mit den berühmten Tower-Raben? Das stelle ich mir sehr spannend vor. Intelligenzmäßig stehen Papageien und Rabenvögel ja durchaus auf einer Stufe."

John nickte lächelnd.

„Es sind wirklich kluge Tiere. Unser jüngster Rabe, Gworran, kann hervorragend Geräusche nachmachen und er scheint auch den Zusammenhang zu verstehen, in dem sie stehen. Zum Beispiel begrüßt er mich zur Fütterungszeit oft mit dem Geräusch einer aufklappenden Kühlschranktür. Und erst vor einigen Tagen schien es mir, als hätte er sich selbst im Spiegel erkannt."

Dr. Nichols sah ihn interessiert an. „Den Vogel würde ich gern einmal sehen."

„Vielleicht möchtest du ja einmal zu einem Besuch kommen? Ich würde mich sehr freuen."

„Hervorragende Idee, John. Das machen wir. Aber nun sind wir schon wieder vom Thema abgekommen. Du wolltest mit mir über Dr. Farris reden. Wo habe ich nun dieses Bild? Ich hatte es doch vorhin noch... Ah, da ist es ja." Triumphierend zog er ein Gruppenfoto aus einem Stapel.

„Sieh her, da ist er." Er deutete auf einen mageren Mann mit einer übergroßen schwarz gefassten Brille, der sich in seinen Khakishorts nicht sehr wohl zu fühlen schien.

„Wo ist das aufgenommen?"

„Das war 1994 in Costa Rica, ganz oben im Norden, in der Forschungsstation La Selva. Wir haben damals zu den ersten Forscherteams gehört, die die Natur oben in den Baumwipfeln studiert haben. Wir haben hoch über der Erde Plattformen gebaut. An Seilzügen konnte man von einer zur nächsten schweben. Das war ein Knochenjob, aber die wissenschaftliche Ausbeute war damals bahnbrechend." Er lächelte erinnerungsselig. „Damals war die Regenzeit unüblich heftig und wir saßen tagelang in unserem Camp fest. Keiner hatte noch einen trockenen Faden am Leib. Natürlich war es unangenehm, aber so etwas gehört auf Expeditionen nun mal dazu. Farris war ein echter Jammerlappen, sage ich dir. Er nölte so viel herum, dass er mir und einigen anderen gewaltig auf den Geist ging." Er gluckste.

„Eines Tages kamen wir auf die Idee, ihm einen Streich zu spielen. Wir hatten einen Arachnologen dabei, der die hiesigen Vogelspinnen studierte." Wieder entfuhr ihm ein Kichern.

„Du weißt vielleicht, dass Vogelspinnen sich häuten, wenn sie wachsen? Wir hatten einige von diesen abgeworfenen Häuten gesammelt, die auf den ersten Blick wie die echte Spinne aussehen. Und dann haben wir ihm so ein Teil in den Schlafsack gelegt. Den Schrei hättest du hören sollen.“

John hob eine Augenbraue, worauf Nichols´ Grinsen erlosch.

„Das war kindisch, ich weiß. Meine Frau, Sophie – “ er wies auf die Fotos im Regal, „ – hat mich damals ordentlich zur Schnecke gemacht, als ich es ihr erzählte. Aber keine Sorge, Farris hat es mir ganz schön heimgezahlt. Bald nach dieser Expedition ist er in die Finanzabteilung gewechselt und seitdem hat er mir Knüppel zwischen die Beine geschmissen, mehr noch, als allen anderen.“

„Nun ja, nach dem, was ich bisher gehört habe, hat er wohl alle Abteilungen mit Kürzungen überzogen und sich allgemein nicht gerade beliebt gemacht. Der Einzige, dem er offenbar nichts am Zeug flicken konnte, war Professor Clarke. Zumindest stellte Clarke es mir gegenüber so dar.“

„Das glaube ich gern. Er ist unser unumstrittener Marketingstar. Der bekommt so viele Gelder von außerhalb in den Hintern geblasen, dass er vom Verwaltungshaushalt des Museums und damit von Farris tatsächlich ziemlich unabhängig war. Na, ich vergönne es ihm. Er ist Forscher mit Leib und Seele, genauso wie ich. Wir haben schon viele Expeditionen gemeinsam gemacht. Schau, da ist er auf dem Foto.“

„Donnerwetter, da hätte ich ihn gar nicht erkannt. Sind noch mehr von den Leuten hier heute noch im Museum?“

„Mal sehen. Hier, das sind unsere Affenforscher, Jean und Gerry Masters, damals noch rank und schlank – genauso wie ich zu der Zeit noch.“ Er klopfte sich grinsend auf seinen beachtlichen Bauch.

„Dann Gavin Macfarlane.“

„Was hat er als Geologe damals im Regenwald gemacht?“, fragte John erstaunt.

„Eine Expeditionsmannschaft setzt sich eigentlich immer aus verschiedenen Professionen zusammen. Soweit ich mich erinnern kann, hatte er zuvor am Arenal – das ist ein großer Vulkan in der Nähe der Forschungsstation – geforscht und ist dann zu uns gestoßen. Zu seinen Spezialgebieten gehört die Gewinnung hydroelektrischer Energie. Der Rio Sarapiquí, der durch das Naturschutzgebiet fließt, eignet sich gut für Wasserkraftwerke. So eine natürliche Energiequelle ist einerseits natürlich ein Segen für die Menschen dort, andererseits sind die schädlichen Effekte dieser Kraftwerke und der nötigen Stauseen für die Umwelt natürlich auch nicht zu vernachlässigen." Er wog den Kopf. „Ein hochkomplexes Thema. Nach meiner Auffassung müsste der Schutz des einzigartigen Ökosystems dort Vorrang haben vor dem wirtschaftlichen Nutzen, aber ich verstehe auch teilweise die Gegenseite. Aber lassen wir das."

Er studierte das Foto. „Wen haben wir da noch? Hmm ... die anderen sind entweder schon ausgeschieden in den letzten zwanzig Jahren oder kamen von Haus aus von anderen Institutionen. Damals hatten wir eine Abordnung der lokalen Universität San José, die mit uns arbeitete. Ich kann mich nur noch an diese junge Frau hier erinnern, Rosario Mendez. Eine brillante junge Doktorandin – Ameisenforscherin – und ein ganz liebes Ding. Sie ist kurze Zeit später ganz plötzlich gestorben." Einen Moment schien er in Erinnerungen versunken. Dann hob er den Kopf.

„Was kann ich dir sonst noch sagen, John? Ich möchte dem alten James gern helfen. Ich verstehe nicht, wie die Polizei ihn ernsthaft verdächtigen kann. Er ist eine Seele von Mensch."

John lächelte dankbar.

„Das ist er. Ist dir an dem Abend beim Direktor irgendetwas aufgefallen? Schließlich muss der spätere Mörder ja mit dir und Dr. Farris gemeinsam auf der Party gewesen sein."

„Hm. Also, die ganze Angelegenheit war ziemlich ausgelassen. Nachdem wir ja wichtige Sponsoren hier hatten, wollte sich nicht mal der Verwaltungsrat lumpen lassen und hat ein paar echt edle Tropfen aufgefahren. Da habe ich natürlich ganz schön zugelangt. Ich bin dann wohl so gegen eins, halb zwei hierher geschwankt und habe mich hingelegt." Nichols wies auf das Sofa. „Darauf halte ich normalerweise mein Mittagsschläfchen. Ich sag dir, Mann, in dem Moment, wo mein Kopf auf das Kissen fällt, bin ich weg. Sophie sagt immer, in meinem früheren Leben war ich wahrscheinlich ein Murmeltier. Allerdings verlieren die den Speck, den sie sich im Herbst angefressen haben, während ihres Winterschlafs wieder. Ich dagegen trage meinen Vorrat für schlechte Zeiten immer mit mir herum." Er lachte dröhnend und klopfte sich auf seinen Bauch. Dann schien ihm etwas einzufallen. „Hadley, unser Werbefilmer, hatte auf der Party einen kleinen Disput mit Farris."

„Worum ging es dabei?"

„Das habe ich nicht mitbekommen. Ich war gerade auf dem Weg nach draußen und die beiden standen direkt neben der Tür …“ Er legte angestrengt die Stirn in Falten. „Ich glaube, Hadley sagte so etwas wie *Das können Sie nicht machen* und dann irgendein Schimpfwort.“ Er zuckte mit den Schultern. „Mehr kann ich beim besten Willen nicht sagen. Aber vielleicht lässt du mir deine Telefonnummer hier, falls mir noch etwas einfällt. Warte, ich schreibe dir meine auch auf.“

John bedankte sich herzlich und machte sich auf den Weg zurück in den Tower. Wenn er für Renie und Simon noch etwas kochen wollte, musste er sich beeilen.

Auf die Minute pünktlich klingelte es um neunzehn Uhr an seiner Tür und Simon stand vor ihm. Renie trudelte ein wenig später ein und hob sofort schnuppernd die Nase.

„Hmm, was riecht da so gut?“

„Das ist ein Mangoldauflauf. Dazu gibt’s frisches Weißbrot. Simon, du isst doch auch mit?“

„Ich denke nicht. Ich werde euch über die Erkenntnisse meiner Nachforschungen berichten, während ihr esst.“

„Auch gut, dann bleibt uns mehr.“ Renie zwinkerte John zu und häufte sich den Teller voll. „Also dann schieß los, Simon.“

„Folgendes: Meine Leute haben sich auf fünf Rennbahnen im Umkreis nach Farris erkundigt. Und was hat sich herausgestellt – wie ich im Übrigen von vorneherein vermutete: Der Mann war offensichtlich wettsüchtig. Er war jedes Wochenende beim Rennen und er hat gewettet, dass sich die Balken bogen. Leider hatte er wohl nicht viel Pferdeverstand und hat meistens verloren. Seine Einsätze wurden dabei immer höher. Nach meinen Berechnungen liegt der Betrag, den er in den letzten Jahren bei den Pferderennen in den Sand gesetzt hat, im mittleren fünfstelligen Bereich. Nun verdiente er zwar nicht schlecht und er hatte auch die Einnahmen aus den beiden vermieteten Wohnungen, aber dennoch frage ich mich, wo er so viel Geld herhatte.“

Renie pfiff durch die Zähne. „Voll verzockt, was? Jetzt wundert mich nichts mehr. Ich habe herausgefunden – “

„Darf ich vielleicht fortfahren? Ich bin noch nicht zu Ende.“ Simon sah sie mit gerunzelter Stirn an.

„In Ordnung. Aber dann berichte ich.“

„Ich habe Fotos der Leute herumzeigen lassen, die für den Mord in Frage kommen. Und einer wurde in der Tat wiedererkannt.“

Simon verschränkte die Arme und lehnte sich mit einem selbstzufriedenen Lächeln auf seinem Stuhl zurück.

„Oh, Mann, Simon. Nun spann uns nicht auf die Folter.“, stöhnte Renie.

„Unser adliger Freund, der 21. Baron Fairhall, oder wie mein Informant ihn nannte, das Riesenbaby.“ Er zog ein Foto aus seiner Aktentasche, das einen übergewichtigen jungen Mann mit Pausbacken und schütterem Haar zeigte.

John warf einen Blick darauf.

„Tatsächlich? Das ist Charles Willoughby, der mit seinem ererbten Geld so großzügig das Museum sponsert und sich bestens auch hinter den Kulissen auskennt?“

„So ist es. Mehrere Zeugen haben Farris und Willoughby zusammen gesehen. Und einer hat sogar beobachtet, wie Willoughby Farris einen Umschlag übergeben hat.“

„Einen Umschlag! Hah, na wenn das nicht nach einer hübschen Erpressung klingt. Leute, da haben wir doch einen maßgeschneiderten Verdächtigen. Garantiert hatte es der Herr Baron satt, immer Geld abdrücken zu müssen und hat Farris um die Ecke gebracht.“ Renie strahlte. „Nun müssen wir es ihm nur noch beweisen.“

Simon warf ihr einen säuerlichen Blick zu. „Immer langsam mit den jungen Pferden, Fräulein. Aus den vorliegenden Erkenntnissen lässt sich lediglich ableiten, dass es sich lohnt, den jungen Willoughby genauer unter die Lupe zu nehmen. Und genau das werde ich morgen tun, wenn Patricia und ich auf diesem Wohltätigkeitsball der Hospizstiftung sind. Willoughby und auch seine Mutter stehen auf der Gästeliste.“ Er lächelte Beifall heischend in die Runde. „Und was habt ihr zu bieten?“

Renie streckte ihre Gabel in die Luft.

„Ich bin jetzt dran. Also, passt auf. Ich bin zu der Adresse gegangen, wo Farris lebte, in Shoreditch. Dort habe ich seine Nachbarn und seine Mieter befragt.“

Misstrauisch sah Simon sie an.

„Wie meinst du das, befragt? Wie hast du die Leute dazu gebracht, mit dir zu reden? Du hast dich doch nicht etwa als Polizistin ausgegeben? Das wäre Amtsanmaßung!“ Seine Augen blitzten.

„So ´n Quatsch, das würde ich doch nie machen. Was denkst du überhaupt von mir?“

Simon quittierte Renies empörten Blick mit Schweigen.

„Außerdem hab ich mir was viel Besseres einfallen lassen. Ich hab mich als Studentin ausgegeben – die ich ja schließlich auch bin – und hab den Leuten gesagt, dass ich für eine Semesterarbeit am Lehrstuhl für Soziologie eine Umfrage zum Thema „Langfristige Effekte der Gentrifizierung ausgewählter Stadtviertel auf die dort ansässige Wohnbevölkerung“ mache.“

Sie warf sich in Pose und fuhr sich durch ihr kurzes rotes Haar, wie eine Filmdiva auf dem roten Teppich. „Ihr hättet mich sehen sollen. Ich war schlicht sagenhaft. Die Leute haben mir aus der Hand gefressen und freimütig alles Mögliche erzählt.“

Während Simon lediglich mit den Augen rollte, gab John ein gutmütiges Lachen von sich. „Das glaube ich dir aufs Wort. An dir ist wahrscheinlich doch eine Schauspielerin verlorengegangen.“

„Genau das dachte ich auch. Ich überlege ernsthaft, ob ich nicht doch an einer Schauspielschule vorsprechen soll, anstatt weiter zu studieren. Stellt euch doch vor, das wäre ein Job, wo mir nie langweilig werden würde. Man könnte immerzu in neue Rollen schlüpfen. Wäre das nicht phantastisch?“

Sie sprang auf, schnappte sich eine Blume aus der Vase, die auf dem Tisch stand und eilte zum Fenster. Sie riss es auf, lehnte sich hinaus und deklamierte, „Oh Romeo, Romeo, warum bist du Romeo …“

„Der Rest ist Schweigen.“, murmelte Simon und vergrub das Gesicht in Händen.

John konnte nicht anders, er platzte vor Lachen heraus. Renie funkelte ihn an. „Du wirst schon sehen. Ich schicke dir Logenkarten, wenn ich eines Tages im Globe Theatre die Julia spiele.“

„Meinst du nicht, dir würde die Titelrolle in „Der Widerspenstigen Zähmung“ besser liegen?“, kommentierte Simon trocken, worauf die beiden Männer sich in seltener Einigkeit angrinsten.

„Ihr seid Banausen.“, gab Renie zurück, steckte die Blume zurück in die Vase und setzte sich wieder.

„Vielleicht berichtest du uns nun, was du herausgefunden hast.“, regte Simon an. „Und John, vielleicht probiere ich doch ein bisschen von diesem Auflauf. Er riecht in der Tat … nicht so übel.“

„Sehr gern, Simon.“ John häufte seinem Cousin eine großzügige Portion auf den Teller und reichte ihm den Brotkorb.

„Also, hört zu: Die Hausbewohner haben ihn als geldgierig, pedantisch und zurückgezogen beschrieben. Er hatte nie Besuch, noch nicht mal von seiner Schwester. Am Wochenende war er oft den ganzen Tag weg. Wenn einer mal die Miete ein wenig verspätet zahlte, stand er gleich mit Leichenbittermiene vor der Tür und verlangte sein Geld. Wenn es mal zu laut war, drohte er sofort mit Kündigung. War aber mal etwas kaputt, zum Beispiel die Heizung, dauerte es oft ewig, bis er jemanden zum Reparieren vorbeischickte."

„Warum haben die Mieter sich das gefallen lassen?", erkundigte sich John.

Renie zuckte die Achseln. „Es ist so verdammt schwer, in London an eine bezahlbare Wohnung zu kommen, dass die Leute viel mit sich machen lassen, um sie behalten zu können. Die Mieten, die er verlangt hat, waren bis vor einiger Zeit auch reell. Aber im letzten Jahr hat er sie kräftig erhöht, was die Mieter zähneknirschend hingenommen haben. Letzten Endes muss in dem Viertel jetzt überall mehr bezahlt werden, einfach weil es zunehmend in ist."

„Das war´s schon? Recht viel Neues hat deine Aktion ja nicht erbracht.", merkte Simon kritisch an.

Renie schob verschnupft die Unterlippe nach vorn. John sprang ihr bei. „Nun ja, es bestätigt zumindest, dass Farris nicht eben für überragenden Charme berühmt war. Er triezte seine Mieter genauso, wie er es mit den Museumsmitarbeitern machte. Irgendeine Form der Partnerschaft schien er nicht zu haben, so dass wir eine Beziehungstat wohl ausschließen können. Und er schien ziemlich knapp bei Kasse zu sein. Daher wäre doch ein Erpressungsszenario durchaus denkbar."

„Und zwar nicht nur mit Willoughby.", warf Renie scharfsinnig ein. „Vielleicht hat er ja noch andere unter Druck gesetzt. Wer käme denn noch in Frage? Lass doch mal die Liste sehen, John."

„Von den Museumsmitarbeitern übrig sind noch Dr. Nichols, Professor Clarke, Dr. Macfarlane und der junge Tomlinson. Ich habe bereits alle von ihnen kennengelernt." Er berichtete Renie und Simon von den Gesprächen, die er mit den vier Männern gehabt hatte.

„Macfarlane und Tomlinson waren insgesamt wenig auskunftsfreudig. Professor Clarke scheint der einzige Abteilungsleiter zu sein, der mit Farris einigermaßen auskam, schlicht weil er von dessen Budgetzuteilungen relativ unabhängig war. Mike Nichols hat nach eigener Aussage dagegen mit am meisten unter Farris gelitten. Aber ihn halte ich als Täter für unwahrscheinlich.", schloss er.

„Worauf gründest du deine Einschätzung?“, fragte Simon scharf nach und sah von dem Block auf, auf dem er sich laufend Notizen gemacht hatte.

„Naja“, John wand sich ein wenig, „ich muss zugeben, der Mann ist mir sympathisch. Er ist geradeheraus und er nimmt sich selbst auch nicht so wichtig, wie viele andere Wissenschaftler das tun.“

Simon seufzte. „Verbrechensermittlung für Anfänger, Lektion Nummer Eins: Lass dich nie von deinen Gefühlen leiten.“

„Danke für diese Weisheit, Superintendent Whittington.“, gab John mit leichtem Spott zurück, musste aber eingestehen, dass Simon recht hatte.

Sein Cousin legte das Besteck sorgfältig auf den blank gegessenen Teller und sah John und Renie auffordernd an.

„Strategieplanung: Was sind unsere nächsten Schritte? Ich für meinen Teil werde an Willoughby dranbleiben. Ansonsten habe ich mit einer Reihe von Messerstechereien draußen in Hackney zu tun, die mir der Commissioner aufs Auge gedrückt hat.“

„Ich treffe mich heute Abend noch mit Michael Hadley und werde ihm bei einem Drink ein bisschen auf den Zahn fühlen. Vielleicht verrät er mir ja, worum es bei seinem Wortwechsel mit Dr. Farris auf der Party ging. Er ist sehr zugänglich für einen kleinen Flirt, habe ich mitbekommen.“ Renie klapperte mit den Lidern.

„Dad sagt, er ist mit Vorsicht zu genießen, Renie. Er hat wohl schon mehr als eine junge Dame mit irgendwelchen unrealistischen Versprechungen … äh … geködert.“

Renie kicherte. „Ich spring schon nicht gleich mit ihm in die Kiste, John, keine Sorge.“

„Also, das hätte ich auch, äh, nicht gedacht.“, stotterte ihr Onkel verlegen.

Renie legte die Hand auf seinen Arm.

„Weißt du, John, manchmal kommt es mir echt vor, als wärst du aus dem viktorianischen Zeitalter übriggeblieben.“, meinte sie amüsiert. „Aber das macht dich ja grade so liebenswert.“

Simon hüstelte. „Zurück zum Thema, bitte. Ich habe nicht den ganzen Abend Zeit.“

„Na gut.“, erwiderte Renie gnädig. „Morgen werde ich mir diesen Tomlinson mal ansehen. Da lässt sich bestimmt irgendeine Hilfstätigkeit finden, die ich für ihn machen könnte. Ach, und dann könnte ich mich noch überwinden und Andy anrufen, die Kanalratte.

Wir hatten zwar bei unserem letzten Telefonat ausgemacht, dass wir uns eine Woche Zeit geben, um über unsere Zukunft nachzudenken. Aber darauf pfeife ich jetzt mal. Er kann uns nämlich möglicherweise etwas über Macfarlane sagen. Schließlich hat er zwei Wochen lang in dessen Abteilung gearbeitet."

Simon nickte ihr zu. „Sehr gut. Was hast du vor, John?"

„Ich werde versuchen, ein Treffen mit Dr. Nichols zu vereinbaren. Wir hatten ohnehin darüber gesprochen, dass er hierher kommt, um sich die Raben anzusehen und mir vielleicht mit meinem Schulprojekt zu helfen. Und ich werde Dad berichten, was wir bis jetzt herausgefunden haben. Vielleicht fällt ihm zu einem der Verdächtigen noch irgendetwas ein."

„Alles klar." Simon erhob sich. „Bei wichtigen Entwicklungen erwarte ich, auf dem Laufenden gehalten zu werden. Ansonsten treffen wir uns übermorgen zur nächsten Lagebesprechung. Und John: Dein Handy bleibt ab sofort immer an, verstanden? Nicht, dass du plötzlich wieder auf Tauchstation gehst."

Kapitel 11

Nachdem Simon und Renie gegangen waren, schnappte John sich das Telefon und setzte sich aufs Sofa.

Als erstes rief er bei Dr. Nichols an. Eine Frau hob ab. Kaum hatte John seinen Namen gesagt, ließ sie ein warmes Lachen hören.

„Na so ein Zufall, wir haben gerade von dir gesprochen, John. Ich bin übrigens Sophie, Mikes Frau."

„Ich freue mich, dich kennenzulernen, Sophie. In Mikes Zimmer habe ich schon ein Foto von dir gesehen."

„Mike hat mir gerade beim Abendessen von dir und den Tower-Raben erzählt. Er brennt schon darauf, dich besuchen zu kommen und sich deine Vögel anzusehen. Warte, ich hole ihn."

Gleich darauf war Nichols am Apparat, offenbar ehrlich erfreut über Johns Anruf. Sie vereinbarten, dass er gleich am folgenden Tag nach Johns Dienstende um fünfzehn Uhr vorbeikommen würde.

„Ich hole dich am Seiteneingang ab und bringe dich herein.", versprach John und verabschiedete sich. Dann wählte er Pauline Murrays Nummer. Er hatte es tagsüber schon einige Male probiert, aber ohne Erfolg. Auch diesmal meldete sich nur die Mailbox. Er beschloss, diesmal eine Nachricht zu hinterlassen.

„Pauline, ich kann dir gar nicht sagen, wie leid es mir tut. Ich … habe unsere Verabredung buchstäblich verschlafen. Bitte ruf mich an, sobald es dir möglich ist, damit ich dir erklären kann, wie es dazu kam. Ich hoffe, bei deinem Umzug ist alles glatt gelaufen. Ähm … ich schicke dir noch ein Email. Pass auf dich auf."

Unzufrieden starrte er für einen Moment den Telefonhörer an, dann rief er im Haus seiner Eltern in Kew an. Dort meldete sich sein Bruder.

„Hi, John. Na, hast du und Simon den Fall gelöst?"

„Noch nicht, David. Wie geht´s Mum und Dad?"

„Seit ich mit Christopher hier bin und der seine Großmutter auf Trab hält, hat sich die Lage einigermaßen entspannt. Mum hat Dad mit ihrer übertriebenen Fürsorge schon fast mehr genervt als dieser schottische Polizist." David gluckste. „Dad sagt, seit diesem Mord hat er schon drei Pfund zugenommen, weil Mum ihn ständig mit seinen Leibspeisen mästet. Wahrscheinlich befürchtet sie, er wird in den Kerker geworfen und bekommt dort nur Wasser und Brot."

Sie unterhielten sich noch ein paar Minuten, dann holte David James Mackenzie ans Telefon.

„Guten Abend, mein Sohn. Was gibt es Neues?"

John erzählte ihm, was Renie, er und Simon herausgefunden hatten. „Es tut mir leid, Dad. Wir sind bisher nicht wirklich weitergekommen. Am erfolgversprechendsten erscheint noch die Theorie, dass Farris Willoughby und vielleicht noch andere erpresst hat und eines seiner Opfer nun zurückgeschlagen hat. Was meinst du dazu?"

„Hm. Lass mich nachdenken." James schwieg eine Weile.

„Also, Farris wäre so etwas in meinen Augen durchaus zuzutrauen. Ja, ich denke tatsächlich, er hätte wohl wenig Skrupel gehabt, andere unter Druck zu setzen, wenn er etwas gegen sie in der Hand hatte."

„Kannst du dir auch vorstellen, was das bei den Einzelnen konkret hätte sein können?"

„Hm. Das ist nicht so einfach. Gut, bei Hadley denke ich als erstes an irgendwelche Frauengeschichten. Schon möglich, dass es da etwas gab, wovon er nicht gewollt hätte, dass es an die Öffentlichkeit kommt. Wen haben wir noch? Willoughby. Nun ja, nicht der hellste Stern am Firmament, könnte man sagen. Aber absolut fasziniert von allem, was mit Sauriern zu tun hat. Und nicht kleinlich mit seinen finanziellen Mitteln. Soweit gibt es also nichts Ehrenrühriges. Aber warte mal…" Plötzlich klang er aufgeregt. „Mir ist, als hätte ich da vor ein paar Jahren etwas über Willoughby gehört. Was war das noch? Irgendein Kollege hat mir da etwas erzählt. Momentan fällt mir nicht ein, worum es da ging, aber ich komme schon noch drauf."

„Was ist mit Macfarlane?"

„Ein ziemlicher Griesgram, wenn du mich fragst. Aber abgesehen davon wüsste ich nichts Nachteiliges über ihn."

„Tomlinson?"

„Den kenne ich überhaupt nicht, allenfalls vom Sehen."

„Okay. Dann zu Professor Clarke."

„Ah, einer unserer Stars. Ein hervorragender Wissenschaftler, wenn er auch einen Hang zu einer gewissen Kommerzialisierung hat. Soweit ich mich erinnern kann, kam er ursprünglich aus ganz bescheidenen Verhältnissen. Das prägt einen Menschen natürlich. Wahrscheinlich hat er deswegen die Finanzen seiner Abteilung so gut im Griff. Er verschwendet nichts, obwohl er wirklich vergleichsweise üppige Mittel zur Verfügung hat."

„Ms. Evans hat mir erzählt, dass er Vorsitzender der Entomologischen Gesellschaft werden will."

„Das kann ich mir gut vorstellen. Ich schätze ihn als einen Mann ein, der immer versucht, weiterzukommen."

„Traust du ihm irgendwelche krummen Dinger zu? Gefälschte Studienergebnisse oder etwas Ähnliches?"

„Nein, keinesfalls.", wehrte James entschieden ab. „Ich halte ihn für sehr korrekt."

„Dann bleibt uns noch Mike Nichols."

„Dem guten Mike war wahrscheinlich in seinem ganzen Leben noch nie etwas peinlich.", meinte James belustigt.

Auch John schmunzelte. „Wer in den hohen Hallen des Naturhistorischen Museums mit solchen Hemden herumläuft, gibt wohl wirklich nicht viel auf die Meinung von anderen."

„Du sagst es. Er ist auf jeden Fall nicht der Typ, der jemandem Geld geben würde, um irgendetwas unter der Decke zu halten."

Beide schwiegen einen Moment, dann ergriff James Mackenzie wieder das Wort. „Wenn mir nur einfiele, was ich über Willoughby gehört habe … Es ging um irgendein Gerücht. Aber von wem habe ich das damals gehört?", grübelte er. „Ich glaube, es war auf einem internationalen Kongress irgendwo in Asien. Ah, jetzt erinnere ich mich: Ich habe mich dort mit einem Kollegen von der Universität Ulan Bator unterhalten – "

John hörte, wie eine Tür geöffnet wurde. „Was gibt´s, Em? Ich telefoniere gerade mit John." Nach einer kurzen Pause hörte John seinen Vater sagen, „Gut, ich komme gleich." Dann sprach er wieder in den Hörer.

„Ich soll dich von deiner Mutter grüßen, John. Meine Dienste als Märchenonkel sind jetzt gefragt. Christopher will nicht einschlafen."

„Wenn du ihm eine deiner Sauriergeschichten erzählst, ist er bestimmt in kürzester Zeit im Land der Träume.", grinste John in Erinnerung an seine eigenen Kindertage.

„Ich bin ja so froh, dass David mit dem Jungen hier ist.", bekannte James im Flüsterton. „Und Maggie hat versprochen, dass sie morgen Nachmittag mit Tommy herkommt. Versteh´ mich nicht falsch, Junge, Emmeline ist die beste aller Frauen, aber ich bin froh, wenn sie von ihren Enkeln mit Beschlag belegt wird und mich nicht ständig bemuttern kann." Mit normaler Stimme fuhr er fort, „Ich rufe dich an, sobald mir wieder eingefallen ist, was ich über Willoughby gehört habe, John. Gute Nacht."

John räumte den Tisch ab und schloss das Küchenfenster, das von Renies Balkonszene vorhin noch offenstand. Draußen war es immer noch ein wenig hell, dennoch beschloss er, schlafen zu gehen. Aber er sollte keine rechte Ruhe finden. Durch seine Träume geisterte die fliegenübersäte Leiche von Gordon Farris, von der Professor Clarke mit Kennermiene einige Maden entnahm. Dann trat Mike Nichols im Santa Claus-Gewand auf, einen großen Sack auf dem Rücken und rief, „Hohoho, meine Fliegenkinder. Ich habe leckeres Marken-Hundefutter für euch mitgebracht." Auf seiner Schulter saß ein Papagei, der kreischte, „Lammschlegel in Minzsauce, Lammschlegel in Minzsauce, esst, esst." Renie schwebte vorbei und hauchte, „Es war die Nachtigall und nicht die Lerche …", während Pauline Murray vom Dach des Buckingham Palace sang, „Love of my life". Als er die Augen aufschlug, musste er enttäuscht feststellen, dass er nicht Paulines Stimme, sondern die des unvergessenen Freddie Mercury gehört hatte, die im Morgengrauen aus seinem Radiowecker drang. Er schüttelte benommen den Kopf und stand ächzend auf.

„Ich habe herausgefunden, worum es bei der Geschichte um unseren jungen Baron ging.", vermeldete James Mackenzie mittags freudig. John klemmte sich den Hörer unters Ohr und öffnete die Kühlschranktür. Die Mittagspause war heute nur kurz und er wollte sich ein Sandwich machen. „Schieß los, Dad."

„Ich habe heute früh mit dem Kollegen telefoniert, den ich vor mehreren Jahren auf diesem Kongress getroffen habe. Er ist Paläontologe an der Universität in Ulan Bator. Nun musst du wissen, dass die Mongolei seit Längerem gegen kommerzielle Ausgräber kämpft, die die Fossilienschätze des Landes plündern und alles unter der Hand an reiche Sammler, in der Regel im Westen, verkaufen. Dabei erlaubt das dortige Gesetz grundsätzlich nicht, Fossilienfunde auszuführen. Dennoch gelingt es skrupellosen Geschäftemachern immer wieder, in den endlosen Weiten der Wüste Gobi Grabungen anzustellen, von denen die Behörden nichts erfahren. Nur manchmal kommen solche Deals auf, wie vor einiger Zeit, als ein geschmuggeltes Tarbosaurus-Skelett bei einer Auktion bei Christie´s hier in London auftauchte. Auch der Fall eines amerikanischen Händlers – ein ganz übler Geschäftemacher, wenn du mich fragst – ging vor Kurzem durch die Medien, der wegen illegaler Einfuhr von Fossilien zu einer hohen Haftstrafe verurteilt wurde."

John hatte sich während des Vortrags seines Vaters sein Sandwich hergerichtet und trug den Teller zum Küchentisch.

„Hochinteressant, Dad. Was hat das Ganze mit Charles Willoughby zu tun?"

„Darauf wollte ich gerade kommen. Mein Kollege hatte von einem Mitarbeiter des Grabungsteams, das im Auftrag der Universität in der Gobi tätig ist, erfahren, dass ein Händler im Grabungscamp aufgetaucht ist. Er bot eine hohe Summe für einzelne Funde des Teams. Und: Er gab an, er wäre ein Mittelsmann für einen britischen Baron. Dreimal darfst du raten, für welchen."

John stand auf und holte sich ein Glas Wasser.

„Soll das heißen, Willoughby hat damals versucht, illegal an Fossilien zu kommen? Wurde die Sache weiterverfolgt?"

„Nein. Dieser Händler verschwand offenbar spurlos, nachdem er gemerkt hatte, dass dort nichts zu holen war. Niemand weiß, ob er überhaupt die Wahrheit sagte, als er Willoughby als seinen Auftraggeber nannte."

„Hm. Das ist ja eine sehr vage Geschichte. Aber ich werde dennoch Simon anrufen und ihm davon erzählen. Vielleicht hat er Möglichkeiten, in diese Richtung zu ermitteln."

John verabschiedete sich von seinem Vater, nahm den letzten Bissen und wählte Simons Nummer. Der Superintendent klang zwar skeptisch, versprach aber, sich intern nach einer möglichen Verwicklung des jungen Adligen in illegale Einfuhren umzuhören.

Nach dem Ende seiner letzten Führung eilte John zu einem Seiteneingang des Towers, der nur von den Beefeatern und ihren Familien benutzt wurde.

Draußen stand Mike Nichols, angetan mit einem Rucksack, der schon bessere Zeiten gesehen hatte und einem knallgelben Hemd.

„Hi, John. Wow, cool siehst du aus mit deiner Uniform. Pass auf, da muss ich gleich mal ein Foto machen." Er holte aus seinem Rucksack eine Kamera und knipste ein paar Bilder. „Ich freu mich, dass es so schnell geklappt hat. Außerdem sehe ich dann dieses alte Gemäuer auch endlich einmal von innen."

Erstaunt sah John ihn an. „Du warst noch nie hier? Wie lange lebst du schon in London?"

„Vierundzwanzig Jahre. Aber irgendwie hat es sich nie ergeben, dass ich hier hereingekommen wäre. Nur Sophie war vor Jahren mal mit unserem Sohn hier."

John ging voraus und sperrte die Tür wieder hinter ihnen ab.

„Wie alt ist euer Sohn?"

„Julian ist zweiundzwanzig. Er macht gerade ein Auslandsjahr an der Universität in Saragossa."

„Was studiert er? Biologie?"

Mike lachte. „Mit Eltern, die beide Biologie studiert haben, brauchte der Junge wohl ein Kontrastprogramm. Er studiert interkulturelles Management." Er zwinkerte John zu. „Wie das mit dem interkulturellen Zusammenleben funktioniert – oder auch manchmal nicht funktioniert – kennt er von zuhause. Schließlich hat er eine englische Mutter und einen amerikanischen Vater."

Sie hatten den Innenhof des Towers erreicht und Mike pfiff anerkennend durch die Zähne.

„*Holy moly!* Nicht schlecht. Gefällt mir. Erzähl mir doch ein bisschen was über die Festung."

Während Mike eifrig fotografierte, gab John ihm eine Kurzfassung der wichtigsten Fakten über den Tower. „Möchtest du jetzt das Rabenhaus sehen?", fragte er schließlich. „Die Vögel sind aber noch alle draußen. Sie kommen erst mit Sonnenuntergang in die Voliere."

„Denkst du, wir könnten uns zuerst auf die Suche nach diesem Raben machen, von dem du erzählt hast? Wie hieß er noch, Gorp oder so ähnlich?"

„Gworran. Er müsste zu finden sein. Meistens strolcht er auf dem Tower Green herum, gleich hier links." In diesem Moment drang Hundegebell an sein Ohr. „Hörst du? Da ist er schon." Einige Touristen, die in der Nähe standen, schauten sich um, offensichtlich rätselnd, wo sich hier ein Hund versteckte.

„Das Bellen hat er sich von einem der Sprengstoffhunde abgeschaut, die routinemäßig in Abständen hier hindurch geführt werden. Es scheint ihm zu gefallen, wenn er damit für Aufsehen sorgen kann." Er grinste. „Mittlerweile müssen wir ihn immer einsperren, wenn die Hunde kommen. Er macht sie nicht nur mit diesem Gebell verrückt, nein, er hat auch schon einmal einen davon, einen Schäferhund, am Schwanz gezogen. Da hätte nicht viel gefehlt und der Vierbeiner hätte ihn erledigt."

„Das ist interessant. Dasselbe Verhalten wird von wild lebenden Raben berichtet. Sie fallen in großen Schwärmen ein, sobald ein Wolfsrudel ein Beutetier erlegt hat. Dann ärgern sie die Tiere so lang, bis die von dem Kadaver ablassen und ihnen nachsetzen. So kriegen die Vögel die Chance, etwas vom Fleisch zu stibitzen."

Die beiden Männer beobachteten, wie sich mehrere Besucher um Gworran scharten, der sich am Rand des Rasenstücks postiert hatte. Als nächstes ergötzte er sein Publikum, indem er *God save the Queen* trompetete.

„Das gehört zu seinem Standardrepertoire.", kommentierte John und startete gleich darauf zu der Touristengruppe. Eines der Kinder hatte Kekse aus seinem Rucksack geholt und machte Anstalten, Gworran einen anzubieten. Freundlich, aber bestimmt erklärte John den Gästen, dass das Füttern der Raben zum Schutz der Vögel verboten wäre. Daraufhin wurde er mit einer Vielzahl von Fragen bombardiert. „Kann der Vogel auch miauen?" „Kann ich ihn streicheln?" „Wie heißt er?" „Was frisst er?"

John beantwortete alles geduldig und ließ sich mit Gworran fotografieren. Endlich zerstreuten die Besucher sich und Mike, der im Hintergrund geblieben war, kam näher.

„Denkst du, wir können ihn irgendwohin bringen, wo nicht so viele Besucher sind?", fragte er. John nickte. „Wir können zur Voliere gehen. Dort und auf dem Rasenstück dahinter haben Besucher keinen Zutritt."

„Wird er dir denn dorthin folgen?"

„Normalerweise ja. Mit der Aussicht auf einen zusätzlichen Happen lässt er sich schon locken. Außerdem freut er sich immer über eine Ablenkung." Er schnalzte mit den Fingern und drehte sich um. „Komm, Gworran." Tatsächlich hopste der Vogel hinter ihm her. An der Voliere angekommen, holte John schnell ein kleines Stück Fleisch aus dem Kühlschrank und warf es Gworran hin. Mike ging in die Knie und betrachtete den Vogel eingehend.

„Erzähl mir von ihm. Wie alt ist er?"

„Knapp drei Jahre. Er hat noch nicht lange sein Erwachsenengefieder. Als ich ihn vor rund einem Jahr kennenlernte, waren seine Federn noch eher bräunlich und ganz ohne Glanz. Auch seine Augenfarbe war noch nicht so dunkel wie jetzt, sondern blaugrau. Aber mittlerweile hat er sich zu einem prächtigen Männchen herausgewachsen. Falls er nicht wieder unbedacht irgendwelche unverdaulichen Teile wie Schrauben frisst, hat er eine gute Chance, sein Leben hier noch weit über zwanzig Jahre zu genießen. Der älteste Rabe, den es hier jemals gab, hat mir unser Ravenmaster erzählt, wurde sogar vierundvierzig Jahre alt."

Mittlerweile hatte Gworran, der zuerst noch mehrere Fuß Sicherheitsabstand zu Mike gewahrt hatte, sich angenähert und beäugte dessen Rucksack.

„Ich bin kein Corviden-Spezialist, aber dieses Exemplar sieht mir kerngesund aus und er scheint tatsächlich ein besonders aufgewecktes Kerlchen zu sein." Mike richtete sich wieder auf. „Ich habe mich gestern nach deinem Anruf noch ein wenig schlau gemacht und mich mit einem Kollegen in Verbindung gesetzt, der für die Konrad-Lorenz-Forschungsstelle in Österreich arbeitet. Dort wird unter anderem die Intelligenz von Raben erforscht – "

„Oh, so ein Zufall. Darüber habe ich vor einiger Zeit eine Dokumentation gesehen und ich hatte schon vor, mit den Experten dort Kontakt aufzunehmen. Ich würde Gworran gern ein bisschen mehr Abwechslung bieten. Manchmal habe ich das Gefühl, er langweilt sich. Versteh mich nicht falsch, ich will ihn nicht wie ein Zirkustier dressieren. Aber er könnte ein paar neue Herausforderungen brauchen, denke ich."

Mike nickte. „Es gibt ein paar einfache Versuche, die wir machen können. Ähnlich werden sie auch verwendet, um die Lernfähigkeit von Papageien zu testen."

Er öffnete seinen Rucksack. „Ich habe ein paar Sachen mitgebracht. Kann ich in die Voliere?"

„Natürlich." John sperrte die Gittertür auf. Drinnen sah Mike sich genau um und erklärte dann zufrieden, „Die Tiere haben hier genügend Platz und es gibt Rückzugsmöglichkeiten. Außerdem haltet ihr offensichtlich alles sehr sauber. Solch professionelle Haltungsmethoden würde ich mir überall wünschen." Er holte eine lange Schnur aus der Tasche. „Ich bräuchte zwei Stücke Fleisch."

John holte zwei kleine Brocken aus dem Kühlschrank, aufmerksam beobachtet von Gworran, der den Männern in die Voliere gefolgt war.

Mike befestigte eine Schnur an einem querstehenden Ast und band einen Bissen daran, so dass er gute fünf Fuß über dem Boden baumelte. Dann gesellte er sich zu John und sie warteten ab.

Gworran saß unter dem Fleischbrocken auf dem Boden und reckte den Hals. Dann hüpfte er versuchsweise nach oben, konnte die begehrte Beute aber nicht erreichen. Nach einigen Augenblicken schwang er sich auf eine Plattform, von der aus er auf den Ast klettern konnte. Er überquerte den Ast, bis er direkt über der Schnur stand und reckte den Kopf nach unten. Und dann – John hielt unwillkürlich den Atem an – zog er mit dem Schnabel die Schnur Stück für Stück nach oben, legte sie sich auf dem Ast zurecht und stellte einen Fuß darauf, damit sie nicht wieder abrutschte. Nach ein, zwei Minuten hatte er das Fleischstück nach oben befördert, löste es mit seinem starken Schnabel aus der Schnur und verschlang es.

John applaudierte. „Gworran, du bist ja ein Schlaufuchs.“ Dann schlug er sich an die Stirn. „Das hätten wir filmen sollen. George hätte das sicher auch gern gesehen. Und außerdem hätte ich so einen kleinen Film bei meinen Spezialführungen für Schulklassen herzeigen können.“

Mike klopfte ihm auf die Schulter. „Nur kein Stress, John. Der Versuch lässt sich beliebig wiederholen. Nächstes Mal hast du eine Kamera bereit, dann halten wir alles fest.“ Er ging langsam zu Gworran hinüber, der vorsichtig ans andere Ende des Asts rückte. „Jetzt kommt der zweite Teil.“ Er band das zweite Fleischstück an die Schnur und justierte ihre Länge neu, so dass das Ende nur noch einen Fuß über dem Boden baumelte. Dann entfernte er sich wieder.

Gworran beäugte die neue Anordnung einen Augenblick mit schiefgelegtem Kopf, dann hüpfte er hinunter auf den Boden. Von dort konnte er das Fleisch, das jetzt auf Schnabelhöhe hing, ohne Anstrengung erreichen. Er pflückte es aus der Schnur, schluckte es hinunter und schritt dann aus der Voliere.

John staunte. „Ich hätte erwartet, dass er nach dem gleichen Muster wie vorhin vorgeht. Stattdessen hat er gemerkt, dass es nun einen Weg gab, sich das Fleisch auf bequemere Art und Weise zu schnappen.“

Mike nickte. „Rabenvögel sind eine hochentwickelte Spezies. Sie beherrschen die Strategie, mit geringstmöglichem Aufwand das maximale Ergebnis zu erzielen, perfekt. Vielleicht hast du im Internet schon Videos von Krähen gesehen, die hartschalige Nüsse von Ampeln herab auf die Straße werfen? Dort werden sie von den Reifen der Autos zermahlen. Kaum ist Rot und die Lage sicher, kommt der Vogel angeflogen und pickt seine Mahlzeit auf. Andere Krähen piesacken junge Kälber auf der Weide solange, bis diese aufstehen. Die Krähen wissen, dass die Kälber dann Kot absetzen und schon stürzen sie sich auf den Leckerbissen.“

„Davon habe ich schon gehört. Ich habe auch einen Bericht gesehen, dass Raben freilebende Wolfsrudel verfolgen, weil die Wölfe Beutetiere erlegen können, die für die Vögel zu groß wären. Und was ich auch bei unseren Raben schon beobachtet habe, ist, dass sie auch versuchen, einander zu täuschen. Vor allem Bran, der der Verfressenste von allen ist, hat eine Reihe von Verstecken für Leckerbissen, die er tagsüber auf dem Gelände findet. Er passt beim Verstecken aber immer wie ein Schießhund auf, ob einer der anderen Vögel in der Nähe ist. Er holt auch nie ein Beutestück aus einem Versteck, wenn er sich beobachtet fühlt. Dann steht er herum, putzt sich das Gefieder und tut ganz unauffällig. Gleichzeitig versucht er ständig, die Verstecke der anderen auszuspionieren."

„Das Gleiche machen die Raben in freier Natur. Echte Überlebenskünstler." Mike warf einen Blick auf Gworran, der die Voliere nach seinem Snack verlassen hatte.

„Er hat für heute genug, glaube ich. Ich hätte zwar noch Materialien für einen anderen Versuchsaufbau dabei, aber den heben wir uns für nächstes Mal auf."

„Okay, du hast recht. Ich würde dich auch gern George Campbell vorstellen, unserem Ravenmaster. Er hat heute frei, aber wenn du wieder herkommst, musst du ihn unbedingt kennenlernen."

„Dem legendären Ravenmaster die Hand zu schütteln, wäre mir eine Ehre. Wie wär´s, wenn wir uns jetzt dein Konzept für die Schulklassen ansehen?"

„Sehr gern, Mike. Gehen wir in meine Wohnung. Sie ist gleich da drüben, neben unserer Kapelle St. Peter ad Vincula."

Kurze Zeit später saßen sie am Küchentisch und John tischte zum Tee einen von den Glaskuchen auf, mit denen Maggie ihn regelmäßig versorgte. Mike schob sich in Windeseile drei Stücke hinein. „Mm, der ist ja hervorragend. Allerdings hat er eine komische Form.", brachte er mit vollem Mund hervor.

„Der spezielle Nusskuchen meiner Schwester. Er wird in großen Wurstgläsern gebacken und hält sich da drin locker ein halbes Jahr. Davon bekomme ich immer einen Vorrat."

„Hast du ein Glück. Sophie ist allerdings auch eine tolle Bäckerin, muss ich sagen. Ihr gefüllter Dödel ist ein Gedicht. Sie hat ihn zum ersten Mal gemacht, nachdem wir uns damals diesen göttlichen Film angesehen haben, *King Ralph*. Als er damals in die Kinos kam, war ich noch nicht lange in England. Ich sag dir, ich hab mich gekringelt."

„Den Film habe ich mir auch schon mindestens vier Mal angesehen und finde ihn jedes Mal wieder zum Lachen.", stimmte John zu.

Mike nahm sich noch ein Stück Kuchen und fuhr fort, „Ich mag auch die Filme eurer großartigen Monty Pythons. Vor allem das „Leben des Brian" ist der Knaller. Aber mein absoluter Favorit sind die hier – " Er fischte seine Sonnenbrille aus dem Rucksack, setzte sie auf und sprach mit dunkler Stimme, „Wir sind im Auftrag des Herrn unterwegs."

„Die Blues Brothers!", erriet John mühelos und grinste. „Die mag ich auch."

„Mögen! Hah! Die sind Kult. Ich liebe ihre anarchistische Ader." Mike nahm die Brille wieder ab. „Und natürlich ihre Musik. Hey, du musst bald zu einem unserer Auftritte kommen. Ich spiele nämlich in einer Band – Blues, was sonst. Wir treten morgen Abend in einem Club oben in Camden Town auf. Komm doch vorbei, dann kannst du auch meine Frau kennenlernen. Um neun geht's los." Erwartungsvoll sah er John an. Der überlegte schnell. Um sieben wollten Simon und Renie zur Lagebesprechung kommen. Wenn er danach zu Fuß zur London Bridge lief und von dort die Northern Line nahm, war die Strecke in einer guten halben Stunde zu schaffen. Außerdem war am Freitag sein freier Tag, so dass er dann ausschlafen konnte.

„Ja, warum nicht? Ich komme gern, Mike."

„Okay, dann ist das gebongt. Jetzt sehen wir uns mal das Zeug hier an. Ein Wissensquiz ist immer gut. Allerdings solltest du nicht versuchen, die Kinder mit Fakten über Kolkraben oder Rabenvögel im Allgemeinen vollzustopfen, davon behalten sie ohnehin das Meiste nicht. Wenn du die Kids für die Vögel begeistern willst, zeigst du ihnen am besten, zu welch faszinierenden Leistungen sie fähig sind."

„Ich möchte Gworran oder die anderen Raben aber nicht vorführen wie bei einer Tiershow. Sie sollen nicht irgendwelche Tricks lernen und diese auf Befehl zeigen müssen.", wandte John ein.

„Und genau das, mein Freund, finde ich gut. Du willst die Vögel nicht zu Besucherattraktionen degradieren, die auf Knopfdruck funktionieren müssen – so, wie es zum Beispiel in manchen Papageienparks gemacht wird, wo die Tiere dann dreimal am Tag mit kleinen Skateboards über die Bühne fahren oder Münzen in Sparschweine werfen müssen. Nein, so etwas wollte ich dir auch gar nicht vorschlagen. Ich würde mit Videomaterial arbeiten. An deiner Stelle würde ich in nächster Zeit bei der Arbeit mit den Vögeln die Kamera immer dabeihaben, damit du möglichst viel aus ihrem Alltag dokumentieren kannst. Dann werden wir mit Gworran noch einiges ausprobieren, was mein Kollege mit seinen Kolkraben in der Forschungsstation gemacht hat. Auch das werden wir aufzeichnen. Gut wäre auch, wenn du irgendwelche lustigen Laute, die Gworran macht, aufnehmen könntest. Du könntest sie im Wechsel mit Geräuschen abspielen, die du ansonsten hier im Umfeld des Towers aufzeichnest, und die Kinder raten lassen, was nachgeahmt ist und was nicht."

Beeindruckt lehnte John sich zurück. „Danke, Mike. Das klingt wirklich gut. Allerdings bin ich technisch nicht gerade begabt. Ich könnte mir zwar sicherlich eine Kamera von meinem Schwager ausleihen, der ist da immer auf dem neuesten Stand. Aber das Material muss dann ja auch geschnitten werden und so weiter." Nachdenklich kaute er auf einem Bissen Kuchen herum.

„Vielleicht könntest du Michael Hadley fragen, der hat auf jeden Fall das Knowhow für sowas und das nötige Equipment. Allerdings käme so eine professionelle Dokumentation auch nicht ganz billig."

John wog skeptisch den Kopf. „Ob Chief Mullins, unser Kommandant, dafür ein größeres Budget lockermachen könnte, weiß ich nicht." Dann hellte sein Gesicht sich auf.

„Vielleicht kann mein Neffe so was. Er ist jetzt vierzehn und hat die Begeisterung seines Vaters für Technik geerbt. Da ja noch Sommerferien sind, hätte er vielleicht Zeit für einen Ferienjob." Unternehmungslustig rieb er sich die Hände.

Mike sah auf die Uhr und wuchtete sich aus dem Stuhl hoch. „Ich muss los, John. Wir telefonieren und machen etwas für unser nächstes Treffen aus. Und morgen Abend sehen wir uns beim Konzert."

Sie schüttelten sich die Hand.

„Ich danke dir von Herzen für deine Unterstützung, Mike."

„Keine Ursache, ehrlich. Ist mir ein Vergnügen. Ich glaube, das wird eine gute Sache. Wir dürfen nicht vergessen, dass die Kolkraben im letzten Jahrhundert in weiten Teilen Europas ausgerottet waren, weil sie Jägern und Bauern als Schädling galten. Dabei sind sie fantastische Tiere, deren Intelligenz locker dem eines zweijährigen Kindes gleichkommt. Wenn du es schaffst, mit diesem Projekt über die Jahre bei ein paar hundert oder tausend Kindern Interesse für die Raben zu wecken, dann ist schon viel gewonnen. Die Menschen schützen nun mal nur das, was sie kennen."

Erst nachdem er Mike Nichols, bepackt mit zwei Gläsern von Maggies Nusskuchen hinausbegleitet hatte, fiel es John ein, dass der Zweck dieses Treffens ja gewesen war, den Vogelkundler noch ein wenig über Dr. Farris auszufragen. Nun hatten sie kein einziges Wort über den Mord im Museum gesprochen. Er konnte sich Simons Reaktion jetzt schon lebhaft vorstellen, wenn er ihm morgen von diesem Gespräch erzählte. „Stümper" würde noch einer der freundlicheren Ausdrücke sein, mit denen sein Cousin ihn wohl belegen würde.

Kapitel 12

„John, könntest du dich morgen vielleicht ein wenig um Mum und Dad kümmern? Die beiden sind wirklich mit den Nerven ganz schön runter, auch wenn Dad versucht, es sich nicht anmerken zu lassen. Mum steckt voll nervöser Energie und macht damit noch alle ganz kirre."

John schob das Dossier über Gordon Farris beiseite, in dem er geblättert hatte, als seine Schwester anrief.

„Oje, dann hattet ihr heute wohl einen anstrengenden Tag.", meinte er mitfühlend.

„Naja, es ging so. Ich habe Tommy abkommandiert, mit Dad den Schuppen zu streichen und bin mit Mum in die Stadt gefahren. Sie sollte mir helfen, ein Kostüm für den jährlichen Justizball auszusuchen. So hatten die beiden mal ein bisschen Abstand voneinander. Aber morgen muss ich dringend ins Büro und David ist heute früh wieder nach Cambridge zurückgefahren. Bella kommt erst übermorgen aus dem Reitcamp zurück."

John überlegte kurz, dann hatte er eine Idee.

„Sag mal, was macht Tommy morgen? Ich bräuchte jemanden, der unsere Raben einen Tag lang mit der Kamera verfolgt und sie filmt. Er könnte sich damit auch ein bisschen was verdienen. Chief Mullins hat mir hundert Pfund zugesagt. Damit kann ich keinen professionellen Filmer beauftragen, aber für Tommy wäre es doch ein schönes Taschengeld. Denkst du, er würde das machen?"

„Aber liebend gern! Gib ihm ein elektronisches Spielzeug – und von denen haben wir ja ein ganzes Arsenal – und er ist glücklich. Er kennt sich mit dem ganzen Zeug mittlerweile schon besser aus als Alan. Aber was machen wir mit unseren Eltern?"

„Nachdem ich morgen bis siebzehn Uhr Dienst habe, könnte Dad Tommy unterstützen und vielleicht sogar noch gezielt Geräusche aufnehmen, das würde ich ihm dann genau erklären. Und Mum könnte mitkommen und für uns alle Mittagessen kochen. Ich könnte auch Edwina Dunders von unserer Handarbeitsgruppe fragen, ob sie vielleicht Unterstützung bei irgendwelchen Basteltätigkeiten für den nächsten Basar bräuchte. Wir würden auf jeden Fall eine Beschäftigung für die beiden hier finden."

„Das hört sich gut an, John. Ich werde sie gleich mal fragen. Wenn alle einverstanden sind, dann bringe ich dir die ganze Schar morgen früh vorbei, wenn wir zurück in die Stadt fahren. Abends kann ich sie wieder abholen und hinaus nach Kew bringen. Und wenn Bella übermorgen wieder da ist, freut sie sich bestimmt darauf, ihren Großeltern gaaaaaanz ausführlich von ihrem Reiturlaub zu erzählen und ihnen die tausend Fotos zu zeigen, die sie gemacht hat. Damit wären sie wieder für ein paar Stunden beschäftigt. Bleib dran, John, dann spreche ich schnell mit Mum, Dad und Tommy."

Nach ein paar Minuten kam Maggie wieder an den Apparat.

„Alles klar, John. Alle drei sind begeistert. Ich lade sie um acht am Seiteneingang ab. So gegen achtzehn Uhr bin ich wieder da. Passt das?"

„Wunderbar, Maggie. Dann kann ich alles mit ihnen besprechen, bevor ich mit den Führungen starten muss."

„Wir fahren zuvor noch bei uns zuhause vorbei, damit Tommy die Ausrüstung einpacken kann, die ihr brauchen werdet. Er sagte gerade, er würde morgen möglichst viel Material filmen. Dann könnt ihr alles sichten und Alan wird ihm dann später beim Schnitt helfen."

„Großartig. Ich freue mich schon auf morgen."

Maggie kommentierte dies mit einem trockenen Gelächter und einem „Wart´s ab, Bruderherz.", bevor sie auflegte.

Während sie am nächsten Morgen gemeinsam die Voliere säuberten, erzählte John dem Ravenmaster von Mikes gestrigem Besuch und der heute geplanten Filmaktion.

„Ich möchte aber nicht, dass unsere Vögel dadurch aufgescheucht werden, indem ihnen jemand den ganzen Tag mit einer Kamera vor dem Schnabel herumwedelt.", brummelte George.

„Das werden sie nicht, das verspreche ich dir. Ich werde Tommy klarmachen, dass er ihnen nicht zu nahe auf den Pelz rücken soll. Außerdem sind sie es ja gewöhnt, dass in ihrer Nähe den ganzen Tag Fotoapparate klicken."

„Hm. Du hast recht. Deine Idee mit den speziellen Rabenführungen gefällt mir auch wirklich. Und dabei ist es sicher besser, du zeigst den Schülern Videos von den Raben, statt dass sie im Rudel hinter den Tieren herlaufen." Er klopfte John auf die Schulter. „Also mach nur, mein Junge. Und nächstes Mal, wenn der Vogelkunde-Doktor vom

Museum kommt, möchte ich wirklich gern dabei sein und sehen, wie Gworran sich bei solchen Intelligenztestspielchen schlägt."

Punkt acht holte John seine Verwandten am Seiteneingang ab und brachte sie erst einmal in seine Wohnung, um den Tagesablauf zu besprechen. Kaum war Emmeline eingetreten, verschwand sie schon geschäftig in der Küche.

„Ich muss mal sehen, was du alles da hast, John. Heute Mittag mache ich uns einen schönen Braten, dazu Yorkshire Pudding und Bohnen. Die meisten Zutaten habe ich von zuhause mitgebracht, allerdings brauche ich noch ein schönes Stück Rindfleisch. Wo kaufe ich das am besten hier in der Nähe?"

„Der nächstgelegene Laden ist der von Mr. Shrinaga, nur ein paar Minuten zu Fuß. Dort kaufe ich das Meiste. Allerdings gibt es dort kein Rindfleisch. Das hole ich eigentlich immer am Smithfield Market – oh, pass auf, da habe ich eine Idee. George fährt nachher sowieso dorthin, um Nachschub für die Raben zu kaufen. Er könnte dir eine zusätzliche Portion mitbringen."

Emmeline sah ihn etwas zweifelnd an. „Also, den Braten, den ich meiner Familie auftische, würde ich schon gerne selbst aussuchen. Aber er könnte mich doch vielleicht mitnehmen?"

„Das geht sicher. Wir fragen ihn gleich, wenn wir Dad und Tommy zum Rabenhaus hinüberbringen. Sieh her, Mum, das ist mein zweiter Wohnungsschlüssel, dann kannst du nach Belieben hinaus und wieder herein, auch wenn ich arbeite. Falls du heute Nachmittag Lust hast, könnte ich dich zu Edwina Dunders bringen. Sie würde sich über ein zusätzliches Paar helfender Hände freuen. Ihre Gruppe bastelt schon an den Karten für den Weihnachtsbasar."

„Ich weiß nicht, ob ich dafür Zeit haben werde. Hier drin gehört mal wieder so richtig saubergemacht." Sie sah sich mit kritischem Blick um. „Abgestaubt hast du wohl schon länger nicht mehr. Und die Fenster gehörten geputzt. Die Speisekammer werde ich dann auch inspizieren. Die Cattleya dort gehört im Übrigen dringend umgetopft."

„Aber Mum", protestierte John, verstummte aber, als sein Vater ihm zuzwinkerte und unmerklich den Kopf schüttelte.

„Lass sie doch. Grandma muss sich austoben.", raunte Tommy ihm grinsend zu.

„Okay, Mum, du hast freie Hand." John bemühte sich um ein Lächeln. Dann erklärte er seinem Vater und Tommy, wie er sich die

Videoaufnahmen der Raben vorstellte. „Vor allem: Nervt mir die Vögel nicht. Sie sollen sich nicht verfolgt fühlen.“, schärfte er ihnen ein.

Tommy winkte ab. „Ich habe eine Kamera mit hervorragendem Teleobjektiv dabei. Dad hat sie verwendet, als wir letztes Jahr auf der Safari in Namibia waren. Damit kannst du aus fünfzig Schritt Entfernung noch jedes Mähnenhaar bei einem Löwen erkennen. Grandpa bekommt ein älteres Modell, das wir noch zuhause hatten. Die Tonqualität ist bei dem Ding ganz in Ordnung. Natürlich kriegen wir kein Studioniveau hin, aber für deine Zwecke wird´s reichen. So, und jetzt lass uns gehen.“ Es war deutlich, dass Tommy schon darauf brannte, sich als Filmemacher zu betätigen.

Nachdem alle George begrüßt hatten und er eingewilligt hatte, Emmeline mit zum Markt zu nehmen, brachte John seinen Vater und Tommy zu Gworran, der mit einem der anderen Raben in einem Vogelbad planschte.

„Oje, wie soll ich die Vögel denn auseinanderhalten?“ Tommy runzelte die Stirn. „Die sehen ja alle gleich aus.“

In diesem Moment hüpfte Gworran aus dem Wasser, schüttelte sich und kam auf sie zu. Einige Schritte vor ihnen blieb er stehen und legte den Kopf schief, als wollte er fragen, „Schon wieder Besucher für mich?“ Dann krähte er, „Guten Morgen zusammen!“

„Oh Scheiße, und ich hatte die Kamera noch nicht an.“, fluchte Tommy.

„Keine Sorge, Tommy. Ihr werdet noch genügend Laute von ihm aufs Band bekommen. Er ist ein sehr redseliger Zeitgenosse. Nicht wahr, mein Alter?“ John ging in die Knie und holte aus seiner Tasche ein paar Stückchen eines Trockenfutters, das Gworran mochte.

Dann richtete er sich wieder auf. „Also, dann überlasse ich euch das Feld. Ihr könnt natürlich auch jederzeit die anderen Raben filmen. Bran, unser größtes und ranghöchstes Tier, lässt sich manchmal beim Verstecken von irgendwelchen Leckerbissen beobachten. Wenn es irgendetwas gibt, ruft mich einfach an, ich trage mein Handy bei mir. Ansonsten sehen wir uns beim Mittagessen.“ Er winkte und ging zurück in seine Wohnung, um sich umzuziehen.

Gegen Ende seiner ersten Führung kam Emmeline Mackenzie vom Markt zurück und schwenkte fröhlich ihre Einkaufstasche, als sie ihren Sohn vor dem White Tower erblickte. Dann blieb sie am Rand der

Touristengruppe stehen und lauschte, was zur Folge hatte, dass John aus unerklärlichen Gründen nervös wurde. Er musste sich mehrfach räuspern und einen Satz von neuem beginnen. Zutiefst erleichtert kam er endlich zum Schluss. Während er noch für die üblichen Fotos posierte, kam Emmeline heran und tätschelte ihm den Arm.

„Fein machst du das, mein Junge. Ich muss James sagen, er soll ein paar schöne Aufnahmen von dir machen, während du sprichst." Sie senkte die Stimme zu einem verschwörerischen Ton.

„Übrigens habe ich ein paar Frauen tuscheln gehört. Stell dir vor, sie fanden dich süß. Eine sagte, du erinnerst sie an den wunderbaren Marc Darcy aus dem Tagebuch von Bridget Jones." Sie kicherte entzückt. „Jetzt, wo sie das gesagt hat, fällt es mir auch auf. Also, wenn man schon aussieht wie ein Oscar-Preisträger, muss man doch Chancen bei den Frauen haben, oder? Was ist eigentlich aus dieser netten Lehrerin geworden? Die hat dir doch gefallen, oder etwa nicht?"

Während John hektisch überlegte, wie er sich von seiner Mutter loseisen konnte, ertönte unmittelbar hinter ihm eine Alarmsirene. Er fuhr herum, genauso wie alle anderen im Umkreis von fünfzig Schritten.

Gleich darauf schnaufte er erleichtert auf und rief laut, „Keine Sorge, meine Herrschaften. Das war kein echter Alarm, lediglich eine gute Imitation von einem unserer Tower-Raben." Er drehte sich zu seiner Mutter um.

„Mum, wir reden später. Ich muss jetzt wirklich weiterarbeiten." Dann bückte er sich zu Gworran hinunter, der direkt hinter ihm auf dem Boden hockte und drohte ihm mit dem Finger.

„Mein Freund, mach das nicht noch einmal. Ich weiß zwar zu schätzen, dass du mich damit vor meiner Mutter gerettet hast, aber dieses Geräusch musst du sofort wieder aus deinem Repertoire streichen. Sonst wird noch irgendwann aus Versehen der ganze Tower geräumt."

Gworran zog angesichts des ungewohnt scharfen Tons den Kopf ein und stelzte davon. Tommy, der in der Nähe stand, konnte sich kaum noch halten vor Lachen.

„Hey, wenn ich die Szene auf Youtube stelle, wird das der Kracher des Monats."

„Untersteh dich." John warf seinem Neffen einen alarmierten Blick zu. Der kicherte unbeeindruckt. „Rabe rettet königlichen Beefeater vor der eigenen Mutter – damit schaffe ich es sogar in die Clipshow im

Fernsehen. Wetten, dass Grandma dir zu Weihnachten so einen endkrassen Rentierpulli strickt, wie der Typ in Bridget Jones anhat?" Damit nahm er die Kamera in Anschlag und heftete sich wieder an Gworrans Fersen.

Während des Vormittags erhaschte John immer wieder Blicke auf seinen Vater und Tommy, die filmten, was das Zeug hielt. James Mackenzie verließ die Raben für einige Zeit und kam herüber, um John aufzunehmen, der gerade über berühmte Gefangene des Towers sprach, von Thomas Morus über Anne Boleyn bis zu Rudolf Heß, der 1941 im Krieg gegen Nazi-Deutschland hier inhaftiert worden war.

John hörte, wie sein Vater mit einem Mal grummelte, „So ein Mist! Jetzt ist der Akku leer." Dann ging er davon, wohl auf der Suche nach Tommy. Während seiner dritten Führung spürte John plötzlich ein Zupfen an seinem Ärmel.

„Wo hast du deinen Pfeffervorrat? Die Mühle ist leer.", zischte seine Mutter ihm zu. Sie hatte sich Johns Schürze umgebunden, die ihr fast bis zu den Knöcheln hing. Mühsam beherrscht lächelte er in die Runde und presste heraus, „Meine Damen und Herren, bitte entschuldigen Sie mich einen Moment." Dann zog er seine Mutter beiseite und erklärte ihr in knappen Worten, wo die Pfefferkörner zu finden waren. „Und jetzt lass mich bitte meine Arbeit machen, Mum. Störungen nur noch im Notfall."

„Das war doch ein Notfall." Emmeline sah ihn erstaunt an und zog sich dann würdevoll zurück.

Beim Mittagessen zeigte Tommy voll Begeisterung, welche Aufnahmen er bisher gemacht hatte. Auch James Mackenzie war mit seiner Ausbeute zufrieden.

„Ich habe drauf, wie Gworran einen deiner Kollegen nachahmt und krächzt, „Bitte nicht den Rasen betreten". Dann, wie er das Zischen beim Aufmachen einer durchgeschüttelten Wasserflasche imitiert, wirklich zum Täuschen echt. Und – "

Tommy unterbrach seinen Großvater aufgeregt. „Ich habe hier zwei andere Raben, die was Komisches gemacht haben. Der eine nimmt ein Ästchen mit dem Schnabel hoch und scheint es dem anderen zu zeigen. Dann sieht es so aus, als ob sie es beide anschauen würden. Danach lässt er das Ding fallen und sie reiben ihre Schnäbel aneinander."

„Das sind Florrie und Hugin. Die beiden sind ein Paar und was sie da machen, nennt man Schnabelgesten. Sie zeigen sich gegenseitig etwas, so ähnlich wie Kleinkinder Sachen hochheben und möchten, dass die Eltern sie anschauen. Beobachten kann man das bei Vögeln, die auf Partnersuche sind oder schon ein Paar sind.“, erklärte John.

„Jetzt hört doch einmal mit diesen Vögeln auf. Viel wichtiger ist doch, wie es mit den Ermittlungen in unserem Mordfall weitergeht. Der Täter muss endlich gefunden werden, damit James entlastet wird.“, mischte Emmeline sich ein.

„Aber Em, John und Simon und nicht zu vergessen Renie tun mit Sicherheit alles, was möglich ist. Wenn es etwas Neues gibt, werden wir es sicher als Erste hören.“, beschwichtigte James sie. „Ich halte das schon aus. Wer mich kennt, weiß sowieso, dass ich mit so etwas nichts zu tun habe. Allerdings ist die Ausstellungseröffnung in wenigen Tagen. Denkst du, ihr schafft es bis dahin, John?“ Hoffnungsvoll sah er seinen Sohn an.

„Ehrlich, Dad, ich habe keine Ahnung. Renie und Simon kommen heute Abend wieder vorbei und wir halten Kriegsrat.“

Seine Mutter sah auf. „Aber du hast ja gar nichts zu essen zuhause. Was willst du ihnen vorsetzen?“

„Ich dachte, ich mache ein schnelles Wok-Gericht. Oder ich taue etwas Eingefrorenes auf.“

„Nichts da. Renie ist ohnehin so ein mageres Ding, die braucht etwas Ordentliches. Pass auf, ich bereite dir etwas vor. Das brauchst du dann nur noch aufzuwärmen. Wie wäre es mit einem ordentlichen Hackbraten? Oder einem Eintopf? Einer Pastete?“

John atmete tief durch. „Ich freue mich über alles, was du machst, Mum. Ich habe ein paar gefrorene Hühnerfilets im Gefrierfach, vielleicht kannst du die verwenden.“

„Ich werde schon etwas zusammenschustern. Und nun esst auf, Männer. Es ist noch genügend da.“

Als John gegen halb sieben Maggies Auto nachwinkte, die mit Tommy und ihren Eltern davonfuhr, schnaufte er erleichtert auf. Am Nachmittag hatte Emmeline ihn noch zweimal mitten in einer Führung unterbrochen, einmal, um herauszufinden, wo er sein Fensterputzmittel lagerte, ein andermal, um ihm zu sagen, dass sie beim Abstauben eines seiner gerahmten Fotos hinuntergeworfen hatte und das Glas zerbrochen war. Schließlich hatte er nach der Rückkehr in seine Wohnung feststellen müssen, dass sie die Ordnung seiner Töpfe und Pfannen im Küchenschrank verändert hatte, mit dem Hinweis, so sei es doch viel praktischer. Dafür hatte er nun blitzblank geputzte Fenster und eine verführerisch duftende Hühnerpastete fürs Abendessen.

Seinem Vater war es nach einigen Stunden zu anstrengend geworden, ständig mit der Kamera auf der Lauer zu liegen und er hatte sich mit George Campbell, der aus derselben Gegend in Schottland stammte wie er, auf ein Gläschen Whisky in dessen Wohnung verzogen. Tommy dagegen war unermüdlich im Tower unterwegs gewesen und das Material, das sie nach Johns Dienstende noch gesichtet hatten, war wirklich vielversprechend. Er hatte seinem Neffen herzlich gedankt und ihm sein wohlverdientes Geld gegeben. Tommy hatte verlegen protestiert, „Das ist ja viel zu viel, John. Das war doch keine Arbeit. Mir hat´s ja Spaß gemacht."

„Freu dich nicht zu früh, Tommy. Die Nachbearbeitung des ganzen Materials wird sicher noch sehr aufwändig werden. Da wirst du einige Stunden beschäftigt sein, selbst wenn dein Vater dir dabei hilft. Am besten machen wir einen Termin aus, an dem ich zu euch komme und wir entscheiden, welche Szenen wir für die Schüler brauchen können – und welche keinesfalls für die Öffentlichkeit geeignet sind."

Tommy schnaubte belustigt, „Alles klar, Mr. Rentierpulli." und stieg ins Auto. John blieb nicht viel Zeit zum Durchschnaufen, bevor Renie und Simon eintrudelten.

„Hm, das duftet wie Emmelines Hühnerpastete." Simons angesäuerter Gesichtsausdruck hellte sich auf, als er die Küche betrat und sich schwer auf einen Stuhl fallen ließ.

„Genau das ist es auch. Mum war heute hier und war so nett, sie für uns vorzubereiten."

„Dann hätte ich gern eine Portion."

Renie dagegen beäugte das Gericht wenig begeistert. „Fleisch! Stammt das wenigstens von glücklichen Hühnern?"

Das konnte John mit gutem Gewissen bejahen. „Am Smithfield Market gibt es den Stand eines Bauern aus Kent, der die Tiere artgerecht hält."

Seine Nichte sah skeptisch aus. „Pah, das behauptet der wahrscheinlich nur, um viel Geld verlangen zu können und in Wirklichkeit sitzen die armen Hühnchen in winzigen Käfigen." Sie warf dem Superintendenten einen Blick zu. „Schaut da eigentlich manchmal einer nach dem Rechten, Simon? Ob das auch alles stimmt, was die Erzeuger behaupten und die Tiere es wirklich gut haben?“

„Für die Lebensmittelüberwachung ist die Food Standards Agency zuständig und nicht Scotland Yard, Renie. Aber dieses Huhn hier schmeckt, als ob es sein Leben glücklich herumscharrend verbracht hätte.“ Er schob sich mit genießerischem Lächeln einen weiteren Bissen in den Mund.

„Hm. Eigentlich bin ich trotzdem nicht scharf drauf. Hast du nicht was Anderes da, John?“

Seufzend stand ihr Onkel auf. „Es müssten noch ein paar Karotten da sein. Ansonsten kann ich dir nur noch eine Packung Haferkekse anbieten.“

„Das ist gut. Bring doch mal beides. Oder warte, ich hole es mir selbst. Und dann muss ich euch erzählen, was ich herausgefunden habe. Also mindestens einen von unseren Verdächtigen können wir ausschließen – “

„Zwei.“, unterbrach Simon sie.

John sah seinen Cousin erstaunt an. „Du konntest den guten Baron entlasten? Wie das?“ Simon wirkte nicht sehr erbaut, so als ob er auf ein hoffnungsvolles Pferd gesetzt und dieses sich beim Rennen als Versager erwiesen hätte.

„Lassen wir erst Renie erzählen.“, antwortete er lediglich.

„Okeydokey. Also passt auf.“ Renie hatte eine Handvoll Karotten gewaschen und brachte sie zusammen mit den Keksen zum Tisch. „Erstmal Michael Hadley: Das ist echt ein Schleimbolzen.“ Sie schüttelte sich. „Aber ich habe voll einen auf naives Püppchen gemacht – für die Leistung hätte ich schon wieder einen Oscar verdient – “, bemerkte sie mit einem Seitenblick auf John, „ – und habe ihn so lange eingelullt, bis er herausrückte, warum er diesen Disput mit Dr. Farris hatte. Der alte Geizkragen hat die volle Bezahlung eines Trailers verweigert, weil der angeblich nicht den Vorgaben entsprach. Das hat Hadley fuchsteufelswild gemacht und er hat auf der Party gedroht, ab sofort keine Aufträge mehr vom Museum anzunehmen. Darauf hat ihm Dr. Farris eiskalt gesagt, er hätte ohnehin schon Angebote von anderen Firmen eingeholt, die ihn ersetzen könnten.“

Simon hob die Augenbrauen. „Das wäre für Hadley ein herber Verlust gewesen. Wenn er sich nicht mehr auf die Fahnen hätte schreiben können, dass er für das Naturhistorische Museum arbeitet, hätte er mit Sicherheit auch etliche andere Werbeaufträge nicht bekommen."

John sah erfreut drein. „Na, das klingt doch nach einem Motiv." Zu seinem Erstaunen winkte Simon ab.

„Dann wäre es eine Affekthandlung gewesen. Vor der besagten Party hätte Hadley gar keinen Grund gehabt, Farris umzubringen. Aber der ganze Ablauf der Tat sieht nicht nach einem spontanen Akt aus, sondern wirkt gründlich vorausgeplant. Damit wäre Hadley aus dem Rennen. Zumindest, wenn seine Aussage stimmt, dass das Zerwürfnis erst am Tatabend zustande kam."

„Das glaube ich schon. Ich hatte mit Hadley darüber geredet, wie die Berufsaussichten im Werbefilmgeschäft sind. Da sagte er, dass man selbst langjährige gute Kunden auf einen Schlag verlieren könne, wenn irgendetwas in der Auftragsabwicklung schiefgehe. Früher hatten sie offenbar durchaus vernünftig zusammengearbeitet. Er vermutete, dass Farris den angeblich missglückten Trailer nur als Vorwand verwenden wollte, um ihn gegen einen billigeren Konkurrenten auszutauschen." Renie sah in die Runde. „Sind wir uns einig, dass wir damit wieder einen Kandidaten ausschließen können?"

Beide Männer nickten.

„Also, dann weiter. Zu Dr. Macfarlane kann ich noch nichts sagen, weil ich Andy noch nicht erreicht habe. Aber zu Geoff Tomlinson." Sie kicherte. „Das ist ja ein putziger junger Mann."

John sah sie erstaunt an. „Ich fand ihn ziemlich sauertöpfisch."

Sie schenkte ihm ein überlegenes Lächeln. „Ach, du hast ihn nur falsch angepackt. Wie das die meisten Leute offensichtlich tun. Geoff ist so ein klassischer Fall, der von allen Seiten unterschätzt wird und sich dann beleidigt in sein Schneckenhaus zurückzieht. Dabei hat er ordentlich was auf dem Kasten. Er bräuchte nur mal ein bisschen Anerkennung. Ich hätte nicht übel Lust, ihn unter meine Fittiche zu nehmen."

Simon warf John einen Blick zu und hüstelte. „Aha, gestern noch auf dem Weg zur Schauspielkarriere, heute schon den nächsten Berufswunsch: Sozialarbeiterin."

Renie sah ihn ungnädig an. „Phh, das mache ich in meiner Freizeit. Und glaubt mir, ich kann das gut. Könnt ihr euch an Li erinnern? Die Chinesin aus dem Laughing Dragon, die von ihrer Familie so unterdrückt wurde?"

Die Männer nickten.

„Sie ist von zuhause ausgezogen und wohnt jetzt in einer WG von Freunden von mir. Die Arbeit im Lokal ihrer Familie hat sie aufgegeben und jobbt jetzt in einem Supermarkt. Das ist natürlich nichts auf Dauer, aber so kann sie sich über Wasser halten, während sie überlegt, was sie mit ihrem Leben anstellen soll.“

„Und was ist mit ihrer Familie? Haben die das klaglos hingenommen?“, erkundigte sich Simon skeptisch.

„Naja, das nicht gerade.“ Renie rutschte unbehaglich auf dem Stuhl herum. „Ihre Brüder haben wohl wüste Drohungen ausgestoßen und ihr Vater, Mr. Chan, hat geschrien, dass sie sich nicht mehr blicken zu lassen braucht, wenn sie ihre Familie verlässt.“

John blickte seine Nichte besorgt an. „Renie, es ist wirklich lieb von dir, dass du dem Mädchen helfen wolltest. Aber wenn du dich in eine solche Geschichte einmischst, kann es passieren, dass du zwischen die Fronten gerätst.“

Renie starrte auf ihren Teller. „Naja, so ein bisschen ist das schon passiert.“

„Wie bitte?“, fuhr John auf.

Renie schluckte. „Vor ein paar Wochen, als Andy und ich noch keinen Job hatten, stand plötzlich vormittags einer von Lis Brüdern vor der Haustür. Gott sei Dank war sonst niemand zuhause. Er wollte wohl herausfinden, ob ich wüsste, wo Li ist und mir bei der Gelegenheit klarmachen, dass die Familie Chan meine Einmischung überhaupt nicht zu schätzen wusste. Andy ist hinausgegangen und hat dem Typen ordentlich die Meinung gegeigt. Und ihr wisst ja, Andy kann durchaus so wirken, als wäre mit ihm nicht zu spaßen.“

John hatte Andy Gordon seit der Rückkehr des Mackenzie-Clans aus Schottland nicht mehr gesehen, konnte sich aber lebhaft an den Punkrocker aus Edinburgh erinnern. Genauso lebhaft, wie ihm der Gesichtsausdruck seiner Schwester im Gedächtnis geblieben war, als sie Andy zum ersten Mal gesehen hatte.

„Naja, auf jeden Fall ist der Typ dann abgezogen und seither auch nicht wieder aufgetaucht.“, schloss Renie.

„Wissen deine Eltern davon?“, fragte Simon.

„Um Himmels Willen. Mum würde die Krise kriegen und wahrscheinlich einen bewaffneten Sicherheitsdienst engagieren. Oder einen Kampfhund anschaffen.“ Plötzlich hellte ihre Miene sich auf.

„Hey, das wäre vielleicht gar nicht schlecht. Einen Hund wollte ich immer schon."

John knirschte mit den Zähnen. „Renie, mit solchen Leuten ist nicht zu spaßen. Und du hast schließlich noch zwei minderjährige Geschwister. Stell dir vor, Bella wäre mit Tommy allein zuhause gewesen, als dieser Mensch vor der Tür stand."

Simon stimmte ihm zu. „Du musst wirklich allmählich lernen, erst nachzudenken, bevor du handelst. Deine guten Absichten in allen Ehren, aber du möchtest doch nicht deine eigene Familie in Gefahr bringen."

Renie schob eigensinnig die Unterlippe nach vorn. „Ich konnte doch Li nicht einfach wieder sich selbst überlassen. Das hätte ich nicht übers Herz gebracht."

„Na gut, jetzt ist die Situation nun mal so. Du versprichst uns jetzt, dass du noch heute Abend mit deinen Eltern über die ganze Sache sprichst. Sie müssen darüber Bescheid wissen.", sagte Simon eindringlich.

Sie rollte mit den Augen. „Also, ihr tut grade so, als wäre ich ein kleines Kind."

Da platzte John der Kragen. „Ich sage dir jetzt etwas, Fräulein: Ich rufe Maggie morgen Vormittag an. Wenn du bis dahin nicht mit ihr geredet hast, dann kannst du dich auf etwas gefasst machen."

Während Simon beifällig nickte, blieb Renie der Mund offenstehen.

„Na gut.", sagte sie dann kleinlaut. Allerdings erholte sie sich wie üblich schnell und fuhr, nachdem sie von einer Karotte abgebissen hatte, munter fort.

„Aber eigentlich wollte ich euch ja von Geoff erzählen. Also, ich habe ihm die Post gebracht und ihn ein bisschen nach seiner Arbeit ausgefragt. Er ist echt ein wandelndes Lexikon, vor allem was Schmetterlinge betrifft. Nachdem er gemerkt hat, dass ich mich ehrlich dafür interessiere, was er tut, ist er total aufgetaut und hat sich so richtig bei mir ausgekotzt. Dass ihn keiner von den Entomologen für voll nimmt und er immer nur die untergeordneten Arbeiten bekommt und in dieser Abstellkammer im Keller sitzen muss…"

Simon unterbrach sie. „Die Geschichte rührt mich zu Tränen. Hast du auch etwas Relevantes zu unserem Fall herausgefunden?"

„Klar doch. Ich sagte doch zu Beginn schon, dass wir einen von der Liste streichen können. Damit meinte ich Geoff."

„Und wie kommst du darauf?"

„Wenn du mich hättest weitererzählen lassen, wüsstest du das schon, liebster Simon. Also, auf dem Empfang in der Mordnacht kam Geoff sich wie üblich total deplatziert vor und er hat sich dann in seinem Frust ziemlich schnell zwei Gläser Whisky hinter die Kiemen gekippt. Er verträgt aber nicht viel und deshalb ist er auch schon ziemlich früh von dem Empfang weg. Er hat immerhin noch gemerkt, dass es sonst peinlich hätte werden können. Dann ist ihm auf dem Weg in den Keller speiübel geworden und er hat sich vor seiner Bürotür volles Rohr übergeben. Es war ihm total peinlich, als er mir das erzählte. Also kann ich mir nicht vorstellen, dass er in der Nacht fähig gewesen wäre, einen Mann mit einem gezielten Schlag ins Jenseits zu befördern."

„Hm. Klingt plausibel. Allerdings gibt es keinen Beweis dafür, dass er wirklich derart betrunken und damit nicht im Vollbesitz seiner Kräfte war.", wandte Simon ein.

„Denkst du. Ich war natürlich so schlau und habe mit der Putzfrau gesprochen, die an dem Morgen Frühdienst hatte. Die Arme war gerade mit einem ganzen Geschwader von Kolleginnen damit beschäftigt, den Teil des Kellers zu reinigen, wo der Wasserrohrbruch war. Der ganze Bereich ist immer noch gesperrt – wir mussten schon mehreren Schulklassen absagen, die dort unten in den Räumen Anschauungsunterricht machen wollten. Aber egal. Auf jeden Fall hat sie mir bestätigt, dass sie an dem Morgen nach dem Mord genau dort, wo er es sagte, Geoffs Abendessen wegmachen musste." Renie verschränkte die Arme und sah triumphierend in die Runde.

Simon hob widerwillig anerkennend eine Augenbraue. „Das war ein guter Gedanke, die Reinigungskraft zu fragen. Dann streichen wir Dr. Tomlinson. Gut, die Liste wird kürzer. Wie ich schon angedeutet habe, können wir auch Charles Willoughby vergessen."

John nahm sich eine zweite Portion von der Pastete und fragte, „Wie bist du zu dem Schluss gekommen?"

Simon tupfte sich geziert mit der Serviette den Mund ab. „Nach deinem Anruf gestern Mittag habe ich mit den Kollegen vom Art and Antiques Unit bei uns im Yard Kontakt aufgenommen. Die sind nicht nur für gefälschte oder geraubte Kunstwerke zuständig, sondern auch für die Einfuhr illegal erworbener Fossilien. Nun ist die Gesetzeslage bei uns etwas kompliziert. Bisher steht der Besitz solcher Objekte nicht unter Strafe, lediglich Import und Handel unrechtmäßig erworbener Ware.“ Er schlug die Beine übereinander und lehnte sich zurück.

„Der Name des 21. Barons Fairhall ist im Zuge einer solchen Ermittlung bereits einmal aufgetaucht, allerdings ganz am Rande und die Kollegen haben sich damals nicht weiter mit ihm beschäftigt. Nun, um eine längere Geschichte abzukürzen, ich habe mich gestern Abend auf dem Ball ein wenig mit ihm unterhalten, während Patricia die Mutter des jungen Mannes zu deren großem Entzücken ein paar prominenten Ballgästen aus der Welt von Film und Fernsehen vorstellte. Ich kam relativ schnell zu der Einschätzung, dass der gute Charles wohl aus einer etwas degenerierten Seitenlinie der Fairhalls stammt.“

Renie starrte ihn verständnislos an. „Was meinst du damit?“

„Nun ja, sein IQ dürfte nicht wesentlich über dem dieses biologisch-dynamisch erzeugten Huhns liegen. Kurz gesagt: Geld wie Heu, aber im Oberstübchen ziemlich Ebbe.“

Renie kicherte. „Klingt ja nach einem Traummann. Ein Wunder, dass ihn sich noch keine geschnappt hat.“

„Ich halte ihn für den Typ Muttersöhnchen. Aber wir wollten darüber sprechen, warum er für unseren Mord nicht in Frage kommt, nicht ob er ein geeigneter Heiratskandidat wäre.“ Ein Lächeln umspielte seine Lippen. „Es sei denn, du hättest aktuell diesen Posten zu besetzen, Renie. Ja, warum nicht? Er wäre ein toller Mäzen für dich, der dir nach Belieben dein Schauspielstudium finanzieren und sogar Filme für dich produzieren könnte – “

„Vorausgesetzt, die zweite Hauptrolle wird mit einem Tyrannosaurus Rex besetzt.“, fiel John ein.

„Ihr seid mir vielleicht ein Paar … Punkt Dödel.“, fauchte Renie die grinsenden Männer an. „Vielleicht klärst du uns jetzt endlich mal auf, was mit Willoughby ist, Simon.“

Der Superintendent wurde wieder ernst. „Patricia stellte mich den Willoughbys als ihren Ehegatten vor, natürlich ohne dazuzusagen, was ich beruflich tue. Allerdings hatte ich erwartet, dass der junge Mann weiß, wer ich bin. Schließlich war mein Bild schon oft genug in den Zeitungen. Aber nein, dieser Einfaltspinsel hatte keine Ahnung, wer ihm da gegenüberstand.“

John unterdrückte ein Grinsen. Simons aufgeblasenes Ego war offensichtlich schwer gekränkt.

„Na, wie dem auch sei, diese bedauerliche Ignoranz hat mir natürlich in die Hände gespielt. So konnte ich mich ganz, ohne Verdacht zu erregen, als passionierter Sammler von Versteinerungen aller Art ausgeben. Dafür hatte ich mich natürlich vorher gründlich briefen lassen, unter anderem von James. Ich ließ im Gespräch die Namen von einigen Saurierarten fallen, von denen Überreste in erster Linie in China und der Mongolei gefunden worden sind – also Ländern, aus denen die Ausfuhr kategorisch verboten ist. Daraufhin hat Willoughby sich dazu hinreißen lassen, mir unter dem Siegel der Verschwiegenheit anzuvertrauen, dass er ein paar besonders schöne Stücke aus diesen Gegenden besitzt.“ Simon zuckte mit den Schultern.

„Dieser schon fast bedauernswerte Tropf hat es mir wirklich einfach gemacht. Nun ja, heute standen auf jeden Fall einige Kollegen vom Art and Antiques Unit vor der Residenz des hochwohlgeborenen Charles. Nachdem sie seine Sammlung in Augenschein genommen hatten, brachten sie ihn in den Yard, wo er sich zu seiner grenzenlosen Verblüffung mir gegenüber sah.“

Er zog ein Papier aus seiner Aktentasche.

„Hier habe ich das Vernehmungsprotokoll. Die Kollegen ließen mich die Unterredung führen, nachdem ich schließlich den entscheidenden Hinweis geliefert hatte und hörten im Nebenraum mit. Nachdem ich ein paar meiner bewährten Verhörtaktiken eingesetzt hatte, packte Willoughby aus. Er nannte Kontaktpersonen, Daten und Summen. Die Kollegen wären fast in Ohnmacht gefallen vor Freude. Mit diesen Informationen werden sie, wenn sie es vernünftig anstellen, einen empfindlichen Schlag gegen den internationalen Fossilienschmuggel führen können. Im Gegenzug konnte Willoughby das Gebäude als freier Mann verlassen.“

„Aber hattest du nicht gesagt, bei der derzeitigen Gesetzeslage hättet ihr ihm sowieso kaum etwas anhaben können, sofern er nicht selbst mit den illegalen Objekten gehandelt hat?“, wandte John ein.

Simon ließ ein teuflisches Grinsen aufblitzen. „Hätte ich mir die Zeit nehmen sollen, diesem Trottel den Gesetzestext vorzulesen, wo er doch geradezu begierig darauf war, eine Aussage zu machen? Und damit den Erfolg einer konzertierten Aktion zweier Fachabteilungen von Scotland Yard zu gefährden? Wohl kaum.“

Renie sah ihn bewundernd an. „Du bist ganz schön durchtrieben, das muss man dir lassen. Aber wie bringt uns das in Bezug auf unseren Fall weiter?“

Simons gute Laune schwand augenblicklich. „Genau die Beschränktheit, die Willoughby in meine Falle tappen ließ, rettet ihn jetzt vom Verdacht des vorsätzlichen Mordes, so sehr ich das auch bedaure.“

„Das verstehe ich nicht.“, meinte Renie und nahm sich einen Haferkeks.

„Willoughby hat unumwunden zugegeben, dass Farris ihn erpresst hat. Irgendwie muss er herausgefunden haben, dass Willoughby illegal importierte Fossilien besaß. Er drohte ihm damit, dieses Wissen an die Verantwortlichen im Museum weiterzugeben. Das hätte zur Folge gehabt, dass Willoughby dort ab sofort *persona non grata* gewesen wäre. Die dortigen Wissenschaftler – und auch der Rest der Fachwelt – hätten mit Sicherheit für die Zukunft jede Kooperation mit ihm abgelehnt. Damit wäre der Traum des Barons zerplatzt, eines Tages als Finanzier einer Ausgrabung an der Entdeckung des Jahrhunderts beteiligt zu sein.“ Simon schüttelte den Kopf. „Willoughby hat Farris jedes Wort geglaubt. Dabei hätte der sicher einen Teufel getan, diese Melkkuh von den Töpfen des Museums zu vertreiben.“

„Farris selbst hatte aber mit irgendwelchen Schmuggelgeschichten nichts zu tun?“, erkundigte sich John.

„Darauf gibt es keine Hinweise. Wir haben keine Verbindungen von ihm zu den Namen gefunden, die Willoughby nannte. Außerdem sind wir seine Passdaten noch einmal durchgegangen, um etwaige Reisen in die fraglichen Gebiete nachvollziehen zu können. Tatsächlich war er in den vergangenen Jahren kaum einmal im Ausland. Einige Kurztrips zum Kontinent gab es wohl. In Übersee war er zuletzt, warte mal, 1994.“

John horchte auf. „1994? Da war er in Costa Rica, nicht wahr?“

Simon nickte. „Zweimal sogar. Scheinbar hat es ihm dort gefallen.“

John zog verwundert die Augenbrauen nach oben. „Zweimal? Das verstehe ich nicht. Nach dem, was ich gehört habe, war er nämlich von der Gegend überhaupt nicht angetan.“

Simon schob ihm eine Aufstellung mit Daten hin. „Sieh her. Einmal im August, drei Wochen.“

„Das war die Regenwald-Expedition des Museums.“

„Und dann nochmal im Oktober, da ist er allerdings nur für zwei Tage geblieben.“

„Merkwürdig.“, meinte John nachdenklich.

„Meine Güte, vielleicht hat er sich ja bei seinem ersten Aufenthalt in eine Latina verknallt und hat sie dann nochmal besucht, das ist doch jetzt egal.“ Renie wurde ungeduldig. „Und warum bist du dir jetzt sicher, dass Willoughby Farris nicht erledigt hat?“

„Das liegt doch auf der Hand, hätte ich gedacht.“, gab Simon zurück. „Ich traue Willoughby einfach nicht zu, sich so einen Plan auszudenken und ihn so stringent durchzuziehen, dass die Polizei seit mittlerweile fast einer Woche im Dunklen tappt. Dazu fehlt ihm einfach die Raffinesse.“

„Und wenn er in Wirklichkeit gar nicht so dumm ist, wie du meinst?“

Simon schnaubte. „Ich erkenne einen Hohlkopf, wenn ich ihn vor mir habe, glaub mir. Oder um es in Theatersprache auszudrücken: Wenn ich ein Casting für die Rolle dieses Mörders veranstalten würde, wäre Willoughby eine klassische Fehlbesetzung.“

Er zog die Liste der Verdächtigen hervor, die ziemlich kurz geworden war. Dann nahm er seinen edlen Füllfederhalter zur Hand und strich den Namen von Charles Willoughby, 21. Baron Fairhall mit einem exakten Strich aus.

Kapitel 13

Als John kurz vor neun das Pigwidgeon betrat, drängte sich dort bereits eine beachtliche Menge Musikbegeisterter vor der Bühne. Auch die Stehtische im hinteren Bereich waren gut besetzt. Ganz am Rand entdeckte er im Halbdunkel Sophie Nichols, die er nach dem Foto in Mikes Büro erkannte. Sie trug ein T-Shirt mit dem Aufdruck „The Moochers – Edelfan“.

Er holte sich an der Bar ein Ginger Ale und schob sich zu ihr durch.

„Sophie? Hi, ich bin John Mackenzie.“

„John, schön, dass du gekommen bist. Mike hat mir schon viel von dir und deinen Raben erzählt.“

„Genau genommen sind es die Raben Ihrer Majestät. Ich darf mich nur um sie kümmern.“, meinte er lächelnd.

„Und du kümmerst dich sehr gut, sagt Mike. Und der ist da immer sehr kritisch, das kannst du mir glauben.“ Sie nahm einen Schluck aus ihrem Weinglas. „Ich finde es sehr gut, dass du ein Konzept für spezielle Rabenführungen für Schüler entwickelst. Wenn du einen Testlauf machen möchtest, sobald du fertig bist, stehe ich dir gern zur Verfügung.“ Sie bemerkte seinen verständnislosen Blick. „Ich unterrichte an der Tottenham Elementary School. Biologie und Geographie.“ Es gab John einen kleinen Stich, als er beim Stichwort Schule an Pauline dachte. Sie hatte auf seine Nachrichten bisher nicht reagiert.

„Das ist eine gute Idee. Spätestens im Oktober muss das Konzept stehen. Würdest du dann mit einer deiner Klassen vorbeikommen?“

„Wenn wir über eine reduzierte Eintrittsgebühr reden können, gern.“ Sie zwinkerte ihm zu. „Unsere Schüler kommen in der Regel nicht gerade aus begüterten Elternhäusern, daher müssen wir darauf achten, erschwingliche Angebote zu machen.“

„Das dürfte kein Problem sein. Da lässt unser Kommandant sicher mit sich reden. Vielleicht kannst du mich bei der Gelegenheit gleich noch ein wenig coachen, wie man so eine Rasselbande im Zaum hält. Ehrlich gesagt bin ich mir noch nicht sicher, wie mir das gelingen wird.“

„Das lernst du schnell, da bin ich sicher. Oh, da sind die Jungs. Es geht los.“

Auf der Bühne hatte Mike, wie der Rest der Band in einen schwarzen Anzug gekleidet, das Mikrofon ergriffen und legte sofort mit „Everybody needs somebody to love“ los. Am Ende des Stücks warf er seiner Frau über den Rand seiner Sonnenbrille hinweg einen frivolen Blick zu und wackelte mit seinen buschigen Augenbrauen. Sophie lachte und warf ihm eine Kusshand zu.

Nach einer guten Stunde beendete Mike mit einem stilechten Peitschenknall den Westernsong „Rawhide“ und kündigte schwer atmend eine Pause an. Dann schnappte er sich ein Handtuch und bahnte sich einen Weg zu ihnen. Er gab Sophie einen schmatzenden Kuss und schlug John auf die Schulter.

„Schön, dass du da bist, altes Haus. Wie findest du die Moochers?“

„Ihr seid klasse.“, antwortete John ehrlich. „Die Show, die du abziehst, steht der von John Belushi in nichts nach. Ich hatte schon erwartet, dass du auch noch einen Flicflac machst.“

Mike grinste und fächelte sich mit seinem schwarzen Hut Luft zu. „Bis vor zwei Jahren hatten wir noch einen zweiten Frontmann, der vom Typ her eher der Elwood zu meinem Jake war. Aber er ist leider weggezogen und seither haben wir unser Repertoire erweitert und geben nicht nur Blues Brothers-Titel zum Besten, wie du im zweiten Teil sehen wirst.“

Während Mike eine Wasserflasche, die Sophie vor ihn hingestellt hatte, in einem Zug lehrte, erzählte John ihm von der heutigen Raben-Filmaktion.

„Das ist gut.“, kommentierte Mike. „Dann komme ich in nächster Zeit nochmal zu dir und wir schauen weiter, wieviel Grips Gworran hat. Hast du nun eine Kamera, damit wir das aufzeichnen können?“

„Mein Neffe hat keine so hohe Meinung von meinen technischen Fertigkeiten und wollte mir keine anvertrauen. Er hat mir aber versprochen, dass er dann nochmal vorbeikommt, wenn du Zeit hast.“

Mike überlegte. „Pass auf, wie wär´s gleich morgen am späten Nachmittag? Da hätte ich ein wenig Luft und die Sache wäre erledigt, so dass du das Material für dein Video beieinander hättest.“

John sah auf die Uhr. „Kurz vor halb elf. Ich weiß nicht, ob Tommy noch wach ist. Ich könnte ihm ein SMS schreiben.“

Amüsiert beobachteten Mike und Sophie gleich darauf, wie John auf seinem altertümlichen Mobiltelefon im Zeitlupentempo eine Kurznachricht verfasste. „Da merkt man gleich, dass ein Profi am Werk ist.“, kommentierte Mike trocken.

„Diese winzigen Tasten sind eine Zumutung.“, brummte John. Dann hielt er das Handy auf Armeslänge weg, um die Schrift im Display erkennen zu können. „moqgen17h filmen mögk?john“

Sophie las Johns mühselig eingegebene Botschaft ebenfalls und lachte schallend. „Denkst du, er kann das entziffern?“

„Das sehen wir jetzt gleich.“ John drückte auf die Sendetaste. Keine halbe Minute später klingelte das Telefon. „Hey, John, was geht ab?“ meldete Tommy sich. „Bei dir ist´s ja voll laut. Treibst du dich etwa in deinem Alter im Nachtleben herum?“

John schnitt eine Grimasse. „Ja, stell dir vor, auch bei uns alten Säcken ist noch nicht gleich nach dem Abendessen Bettruhe. Konntest du den Sinn meiner Nachricht entschlüsseln? Mike hätte morgen am Spätnachmittag Zeit, in den Tower zu kommen und ich habe morgen meinen freien Tag. Könntest du gegen fünf mit der Kamera anrücken?“

„Logo. Dann muss ich wenigstens nicht wieder mit zu den Großeltern. Morgen kommt Bella nach Hause, da kann sie mal das Unterhaltungsprogramm für die beiden machen.“

John runzelte die Stirn. „Denkst du, dass deine Mutter damit einverstanden ist, wenn du allein in der Stadt bleibst, während sie mit Bella nach Kew fährt?“

„Hey, ich bin doch kein Baby. Aber damit du beruhigt bist, frag ich sie gleich mal.“ Gleich darauf war Tommy wieder da. „Alles cool, Mann. Ich stehe dann um fünf auf der Matte. Dann lass mal weiter krachen, Alter.“

Konsterniert starrte John das Telefon an. „Alter! Der Junge hat Nerven.“

Mike gluckste. „Weißt du schon, dass es spezielle Seniorenhandys gibt? Mit richtig großen Tasten. Und vielleicht solltest du dir eine Lesebrille zulegen.“

„Und vielleicht noch einen schicken Rollator und eine Rheumadecke, was?“, konterte John grinsend.

Sophie beugte sich zu ihm und flüsterte vernehmlich, „Du solltest Mike sehen, wenn er morgens aufsteht. Ich dachte schon daran, dass wir uns einen mobilen Kran besorgen sollten, der seine alten Knochen hochhievt.“

„Was redest du da, Frau?“ Mike sah sie mit gespielter Entrüstung an. „Ich bin topfit, in der Form meines Lebens. Oder könntest du stundenlang da oben auf der Bühne herumhüpfen wie ein junger Gott?"

Dann wandte er sich an John. „Was ist eigentlich mit deinem Vater? Hat die Polizei jetzt endlich gecheckt, dass er unschuldig ist?"

„Das glaube ich nicht. Sag mal, wusstest du, dass Gordon Farris im Oktober 1994, kurz nach eurer Expedition, noch einmal in Costa Rica war?"

Mike sah ihn verblüfft an. „Davon habe ich nichts mitbekommen. Was wollte er dort? Ich hätte nicht gedacht, dass er freiwillig noch einmal dorthin zurückgegangen wäre."

„Könnte es etwas mit eurer Expedition zu tun gehabt haben? Dass er vielleicht noch irgendetwas abholen wollte, das ihr dort gelassen hattet? Ausrüstungsgegenstände oder Proben, die ihr genommen hattet?"

Mike schüttelte den Kopf. „Das wäre ein völlig unübliches Vorgehen." Er starrte einen Augenblick in die Ferne. „Oktober sagtest du? Hm. Das Einzige, was mir dazu einfällt, ist der Tod von Rosario Mendez. So um diese Zeit ist sie gestorben."

„Weißt du etwas Näheres darüber?"

„Der Kollege aus San José, der mir damals Bescheid gab, sprach von einem Unfall."

Mit wachsender Spannung beugte John sich nach vorn. „Ich weiß, es klingt weit hergeholt, aber vielleicht gibt es da einen Zusammenhang. Denkst du, du könntest herausfinden, was damals passiert ist? Farris ist am 14. Oktober in San José eingereist und am 16. zurückgeflogen."

Mike nickte langsam. „Ich kann es versuchen. Allerdings müsste ich mir erst einmal die Kontaktdaten von ein paar Leuten heraussuchen, die damals dabei waren. Von den meisten habe ich seit Jahren nichts gehört, da wir seither unsere Forschungsaktivitäten in Mittelamerika eher auf Panama verlagert haben."

„Probier´s doch bei Jorge.", schlug Sophie vor. „Er ist Biologe und ein altgedienter Umweltaktivist in Costa Rica und kennt dort Gott und die Welt.", ergänzte sie, zu John gewandt.

„Gute Idee. Er ist zwar damals nicht im Team gewesen, aber er kann mir mit Sicherheit sagen, wie ich einige der dortigen Kollegen erreichen kann. Okay, John, ich kümmere mich darum. Und jetzt muss ich mir dringend ein neues Hemd anziehen, ich stehe hier quasi im eigenen Saft. Bis später, Leute."

Am nächsten Tag schlief John bis neun. Nachdem das Konzert nach etlichen Zugaben zu Ende gewesen war, hatte er noch ein wenig mit Mike und Sophie zusammengesessen. Obwohl er die beiden noch kaum kannte, mochte er sie sehr. Wie zu erwarten, hatte Simon gestern Abend dennoch darauf bestanden, dass Mike Nichols auf der Liste der restlichen Verdächtigen blieb. Für John stand jedoch fest, dass einer der beiden anderen Männer, die noch übrig waren, der Schuldige sein musste: Professor Clarke oder Dr. Macfarlane.

Er köpfte gerade genüsslich ein Frühstücksei, als das Telefon klingelte.

„Dieser Hornochse Briarson hat Charles Willoughby verhaftet und unter Mordverdacht gestellt." Simons Stimme, die aus dem Hörer drang, schnappte über. „Dieser Blindgänger! Stümper! Nichtskönner! Das ist kein Polizist, sondern höchstens der eitrige Pickel am Arsch eines Polizisten!"

John riss die Augen auf. Simon musste vollkommen außer sich sein, wenn er sich zu solchen Ausdrücken hinreißen ließ.

„Und dann beschuldigt er auch noch mich, ich hätte diesen dringend Tatverdächtigen gestern fahrlässig auf freien Fuß gesetzt! Mich! Das schlägt dem Fass doch den Boden aus. Er hat einen solchen Stunk gemacht, dass der Commissioner mir doch tatsächlich eine Rüge erteilt hat, von wegen ich hätte dringende Verdachtsmomente ignoriert. Mir! Eine Rüge!"

Nun begann John, sich ernstlich Sorgen um seinen Cousin zu machen. Simon klang, als stünde er kurz vor einem Zusammenbruch.

„Es wurde überhaupt nicht gewürdigt, dass ich dem Art and Antiques Unit einen fabelhaften Kronzeugen geliefert habe, nein, die ganze Aktion wird als unzulässige Einmischung meinerseits in die laufende Mordermittlung ausgelegt. Ich durfte mir anhören, dass ich Briarson unverzüglich hätte dazuholen sollen, als klar wurde, dass es Hinweise auf eine Verwicklung Willoughbys in den Mord gibt. Und keinesfalls hätte ich ihn gehen lassen dürfen, heißt es jetzt.", tobte Simon weiter.

„Um welche Verdachtsmomente geht es denn konkret?", fragte John ruhig.

„Fingerabdrücke! Nachdem mein Bericht über die Vernehmung Willoughbys gestern auf Briarsons Schreibtisch gelandet ist, hat er sich darauf gestürzt wie der Teufel auf die arme Seele. Mittel, Motiv und Gelegenheit – all das sieht dieser …“ Offenbar waren Simon die Schimpfwörter ausgegangen. „Armleuchter“, half John aus.

„Genau, das sieht dieser Armleuchter bei Willoughby. Er war noch auf der Party zum Tatzeitpunkt, hätte unauffällig für einen kurzen Zeitraum verschwinden können, kannte sich hinter den Kulissen aus und hatte ein Motiv.“

„Soweit liegt er ja nicht verkehrt.“, gab John zu bedenken.

Simon knurrte nur. „Auf jeden Fall hatten wir Willoughby routinemäßig erkennungsdienstlich behandelt, als wir ihn gestern zum Yard brachten. Briarson hatte es zu Beginn der Ermittlung versäumt, systematisch von allen im Museum Anwesenden Fingerabdrücke zu nehmen, da er sich erstens sofort auf deinen Vater eingeschossen hatte und zweitens an der Waffe selbst ja eine solche Vielzahl von Abdrücken gefunden worden war, dass eine Auswertung wenig Sinn gemacht hätte. Im Lauf der Zeit hatten einfach zu viele Menschen das Ding in der Hand gehabt. Allerdings wurde im Rahmen der Spurensicherung die gesamte T-Rex-Grube genauestens unter die Lupe genommen. Und Bingo: Willoughbys Abdrücke fanden sich zwar nicht auf der Waffe, aber an mehreren Stellen des mechanischen Sauriers. Und damit liegt der Beweis vor, dass Willoughby am Tatort gewesen sein muss.“

„Aber – was für eine Art von Beweis soll das sein? Die Abdrücke kann er doch irgendwann früher hinterlassen haben. Außerdem – wie erklärt Briarson sich dann, dass Willoughby den T-Rex mit bloßen Händen tätschelt, sich dann aber Handschuhe anzieht, um keine Spuren auf der Waffe zu hinterlassen?“ John schüttelte verständnislos den Kopf.

„Dazu kommt, dass das Geschlecht der Fairhalls über ungeheure Geldmittel verfügt. Willoughby hätte Farris noch auf Jahre hinaus bezahlen können, ohne dass es ihm auch nur irgendetwas ausgemacht hätte. Im Endeffekt ist Briarsons Vorgehen gegen den jungen Baron genauso abstrus wie zuvor gegen James. Ich schätze, er hat gemerkt, dass sein Verdacht gegen James unhaltbar war und nun hat er händeringend einen neuen Verdächtigen gesucht. Und ich – ausgerechnet ich – präsentiere ihm einen auf dem Silbertablett.“

Simon stöhnte auf. „Und nun wird Briarson ihn mit allen zur Verfügung stehenden Mitteln in die Mangel nehmen. Weiß der Himmel, was der arme Junge alles gesteht, nur um dieser Psychofolter zu entkommen.“

Der arme Junge! John verzichtete angesichts Simons angegriffenen Zustands auf den Hinweis, dass dieser selbst am Vortag keinerlei Skrupel gehabt hatte, Charles Willoughby nach eigenem Gutdünken unter Druck zu setzen, um an Informationen zu gelangen.

Beide schwiegen eine Weile. Schließlich atmete Simon tief durch und grummelte, „Das einzig Positive an der Misere ist, dass James damit vom Haken ist. Auf der anderen Seite läuft der Mörder, davon bin ich überzeugt, immer noch frei herum. Einer von unseren verbliebenen Kandidaten lacht sich gerade ins Fäustchen."

„Clarke oder Macfarlane – wir müssen mehr über sie herausbekommen.", grübelte John.

„Oder Nichols.", warf Simon scharf ein. „Oder hast du mittlerweile etwas Handfestes, aufgrund dessen wir ihn ausschließen können?"

„Nein.", gestand John widerwillig zu. „Aber ich sehe bei ihm wirklich kein Motiv. Und außerdem ist er ein ganz friedfertiger Typ und ein netter Kerl." Kaum waren die Worte aus seinem Mund, wusste er, dass er einen Fehler gemacht hatte. Simon stürzte sich darauf wie eine hungrige Katze auf eine Maus.

„Verdammt, wann lernst du es endlich? Du kannst eine Ermittlung nicht nach Gefühl führen! Was wir brauchen, ist eine Indizienkette. Wahrscheinlich hat dich dieser ach so lustige Amerikaner mit seinem Vogelspleen um den Finger gewickelt und du siehst mal wieder den Wald vor lauter Bäumen nicht – "

„Ich darf dich erinnern, dass du Charles Willoughby ebenfalls entgegen aller Indizien für unschuldig hältst – und das allein aufgrund deiner Einschätzung seiner etwas beschränkten Geistesgaben?", fuhr John dazwischen.

„Jetzt fällst du mir auch noch in den Rücken. Oh, ihr seid doch alle…" Tuut, tuut. Simon hatte den Hörer auf die Gabel geschmissen.

John ließ den Kopf auf die Tischplatte fallen, bedeckte ihn mit den Armen und schloss die Augen. Nach einigen Minuten richtete er sich wieder auf, pflückte sich ein paar Stückchen Eierschale aus seinem Schopf, die sich darin verfangen hatten und griff zum Telefon.

Einige Augenblicke später hatte er seinen Vater in der Leitung.

„Dad, frohe Kunde. Das Auge des Gesetzes blickt jetzt in eine andere Richtung. So, wie es aussieht, bist du aus dem Schneider."

„John, das ist ja fantastisch. Ich muss es sofort Emmeline sagen." James klang zutiefst erleichtert. „Und wen hat Scotland Yard jetzt im Visier?"

„Charles Willoughby."

„Wie bitte?", fragte James überrascht. John schilderte ihm, was Simon ihm erzählt hatte.

„Hm. Ich gebe Simon recht, dass unser großzügiger Sponsor ein eher schlichtes Gemüt besitzt und ihm die durchdachte Planung so einer Tat nur schwerlich zuzutrauen ist. Andererseits hatte er vielleicht auch einfach nur viel Glück bei der Sache. Außerdem ist er ein nach Strich und Faden verwöhnter Bursche, dem es nicht gefällt, wenn er nicht kriegt, was er sich wünscht."

„Wie siehst du die Geschichte mit den Fingerabdrücken auf dem T-Rex? Weißt du etwas darüber, ob Willoughby schon einmal in der Grube gewesen ist?"

„Das kann ich nicht sagen. Mit mir nicht, aber vielleicht hat sich einer meiner Kollegen breitschlagen lassen, ihn mit hineinzunehmen. Vielleicht auch Steve, der Techniker." James atmete tief durch. „Junge, ich muss ehrlich sein. Einerseits tut der junge Willoughby mir leid, sollte er doch unschuldig sein. Ich kann mir lebhaft vorstellen, wie Briarson mit ihm umspringen wird. Andererseits bin ich auch erleichtert. Nicht nur wegen mir – und natürlich Emmeline, die jetzt endlich wieder ruhig schlafen kann – sondern auch wegen der Ausstellungseröffnung. Ich muss gleich mal mit Sir Edward sprechen, wie es um die Vorbereitungen steht. Die letzten Tage habe ich bewusst keinen Kontakt zu ihm oder zu den anderen Museumsmitarbeitern aufgenommen. Briarson hatte mir ja nahegelegt, mich fernzuhalten. Aber das dürfte jetzt wohl hinfällig sein. Ah, ich glaube, ich mache mich gleich auf und fahre selbst hin."

„Sei aber bitte vorsichtig und posaune Willoughbys Verhaftung nicht hinaus, solange sie offiziell nicht bekannt ist. Sonst kommt Simon in Teufels Küche."

„Natürlich, natürlich. Ich werde einfach erklären, dass die Polizei kein weiteres Interesse an mir hat. Ach, ich kann dir gar nicht sagen, welche Last von mir abgefallen ist. Heute Abend werde ich Emmeline groß zum Essen ausführen."

John wurde leicht ums Herz, als er seinen Vater so beschwingt hörte. Dennoch nagte ein ungutes Gefühl an ihm. Nachdem sie sich verabschiedet hatten, griff er abermals zum Telefon und rief Maggie an, um ihr über die neue Entwicklung zu berichten.

„Das ist ja fantastisch, John. Mir fällt ein Stein vom Herzen.", freute sie sich, nachdem er ihr von Willoughbys Verhaftung erzählt hatte.

„Ich fahre trotzdem heute mit Bella hinaus nach Kew, selbst wenn Dad dann nicht da sein sollte. Aber wir werden mit Mum Tee trinken und Bella kann von ihren Abenteuern erzählen."

„Ist es in Ordnung, dass Tommy nochmal zu mir in den Tower kommt?"

„Natürlich, John. Es tut ihm gut, das mit der Filmerei für dich erledigen zu können, da kann er endlich mal seine Talente vernünftig einsetzen. Ich glaube, er fühlt sich schon wie Steven Spielberg oder wenigstens Sir David Attenborough."

John hörte, wie Maggie mit jemandem im Hintergrund sprach. „Bin wieder da.", sagte sie gleich darauf. „Das war nur eine Kollegin von mir. Heute höre ich mittags auf zu arbeiten, hole Bella ab und wir fahren gleich weiter nach Kew. Ich habe mit Tommy vereinbart, dass ich ihn auf der Rückfahrt bei dir abhole. Dann muss er nicht zweimal mit der U-Bahn durch die ganze Stadt."

„Ihr könntet zum Abendessen bleiben. Ich habe heute frei und könnte uns ein schönes Panang Curry machen."

„Das klingt gut. Bella freut sich sicher, ihre Pferdegeschichten ein zweites Mal zum Besten zu geben. Und Alan ist sowieso dienstlich schon wieder mal in Glasgow."

„Ich könnte auch Renie fragen, ob sie Lust hat, zu kommen.", meinte John. „Hat sie mit dir über diese Chinesen gesprochen?"

„Heute früh. Und sie hat mir auch gebeichtet, dass du und Simon sie dazu gezwungen habt." Maggie seufzte. „Das Kind macht mich irgendwann noch wahnsinnig."

Das war Maggies Standardsatz. John konnte nicht mehr zählen, wieviel Dutzend Male er ihn schon gehört hatte. „Einerseits finde ich es großartig, wie sie sich für andere einsetzt. Anderseits kennt sie dabei wie üblich keine Grenzen und Vorausdenken war sowieso noch nie ihre Stärke. Nachdem es allerdings schon einige Wochen her ist, dass dieser Mensch hier vor der Tür stand und Renie sagt, sie hätte in der Zwischenzeit nichts mehr von den Chans gehört, können wir vielleicht hoffen, dass Lis Familie sich mit der Situation abgefunden hat. Jetzt freue ich mich erstmal, dass Mum und Dad wieder ruhig schlafen können. Ich rufe gleich mal David an und sage ihm auch Bescheid."

Nachdem sie sich verabschiedet hatten, saß John noch lange am Küchentisch, unentschlossen, was er nun tun sollte. Vielleicht lag Simon mit seiner Einschätzung falsch – und John wusste aus

Erfahrung, dass auch Simon nicht dagegen gefeit war, vorschnelle Schlüsse zu ziehen – und Chief Superintendent Briarson hatte nun doch den Mörder gefunden. Es lag auf der Hand, dass ein möglicher Erfolg des gehassten Konkurrenten Simons Welt in ihren Grundfesten erschüttern würde. Daher war es nachvollziehbar, dass er jede Theorie des Schotten schon aus Prinzip in Bausch und Bogen verdammte.

John beschloss, die Sache erst einmal auf sich beruhen zu lassen und zum Einkaufen zu gehen. Die Hauptsache war doch, dass sein Vater nicht länger unter Verdacht stand. Das konnten sie heute beim Abendessen ein wenig feiern. Als er eine Stunde später wieder zurückkam, blinkte das Licht seines Anrufbeantworters.

„John, hier Mike. Pass auf: Ich habe über verschiedene Ecken nun ein wenig über den Tod von Rosario herausgefunden. Sie ist am Abend des 16. Oktober, also einen Tag nach Farris´ Abreise auf der Straße vor ihrem Haus gefunden worden. Sie wohnte im obersten Stock in einem Apartmentblock gleich neben der Universität. Scheinbar hatte sie die Fenster geputzt und dabei das Gleichgewicht verloren. Ich hoffe, das hilft dir weiter. Dann bis später."

Nachdenklich machte John sich daran, seine Einkäufe zu verstauen. War es ein seltsamer Zufall, dass eine Teilnehmerin der Costa Rica-Expedition so kurz nach Farris´ unerklärlichem Kurztrip nach San José starb? Die Art, wie Rosario Mendez gestorben war, klang verdächtig nach Selbstmord. Was, wenn Renie mit ihrer Idee richtig lag und Farris hatte während des dreiwöchigen Aufenthalts in Costa Rica tatsächlich eine Beziehung zu einer Einheimischen geführt – zu Rosario Mendez nämlich? Vielleicht hatte sie sich mehr davon erhofft und nachdem Farris ihr bei seiner zweiten Reise den Laufpass gegeben hatte, hatte sie sich aus Verzweiflung umgebracht?

Einem plötzlichen Einfall folgend rief er im Vorzimmer von Sir Edward an. Als Ms. Evans sich meldete, kündigte er kurz an, dass sein Vater nicht mehr länger unter Verdacht stünde und wohl innerhalb kurzer Zeit im Museum anlangen werde.

„Das ist ja eine großartige Nachricht, Mr. Mackenzie. Ich werde es gleich Sir Edward erzählen.", rief sie. Dann dämpfte sie ihre Stimme. „Wissen Sie denn, ob die Polizei nun jemand anderen im Auge hat?"

„Scotland Yard gibt sich wie üblich zugeknöpft.", antwortete er ausweichend. „Ich hätte noch eine Frage, Ms. Evans."

„Immer gern. Schießen Sie los."

„Mein Vater hat bei einer seiner Vernehmungen mitbekommen, dass Dr. Farris im Jahr 1994 kurz nach der Regenwald-Expedition des Museums noch einmal in Costa Rica war. Könnten Sie zufällig herausfinden, ob das eine Dienstreise oder privat war?“

„Hm. 1994 … Ja, das könnte ich herausfinden. Wir hatten damals natürlich ein anderes EDV-Programm, aber immerhin haben wir Dienst- und Urlaubspläne damals schon elektronisch geführt. Wann hat die fragliche Reise stattgefunden?“

„14. bis 16. Oktober.“

„ Das haben wir gleich. Können Sie einen Moment dranbleiben?“

„Natürlich. Ich warte.“

Es dauerte nicht lange, bis Ms. Evans wieder an den Apparat kam. „Eine Dienstreise ist im Oktober nicht eingetragen. Dr. Farris hatte allerdings am Freitag, den 14. sowie am Montag, den 17. frei. So ein verlängertes Wochenende ist nichts Ungewöhnliches. Und in dieser kurzen Zeit ist er nach Mittelamerika geflogen, sagen Sie? Wie merkwürdig. Das passt gar nicht zu ihm.“

„Es wird wohl ein ungelöstes Rätsel bleiben, was er dort wollte. Ich danke Ihnen auf jeden Fall, Ms. Evans.“

„Sie kommen doch zur Ausstellungseröffnung?“

„Das würde ich mir keinesfalls entgehen lassen. Hat nun der königliche Besuch zugesagt, trotz der laufenden Mordermittlung?“

„Das wissen wir immer noch nicht. Ich sage Ihnen, ich zittere bei jedem Telefonklingeln. Aber der Palast hält sich vorerst bedeckt. Nervenaufreibend ist das, das können Sie mir glauben.“

„Das kann ich mir vorstellen. Aber auch wenn keiner der Royals erscheinen sollte, ist die Gästeliste doch sicher voll von illustren Persönlichkeiten.“

„So ist es. Wissenschaftler, Politiker, Societygrößen, alles gibt sich zu diesem Anlass die Ehre. Mr. Mackenzie, ich würde gern noch länger mit Ihnen plaudern, aber ich habe noch so viel zu tun. Kommen Sie mich aber in den nächsten Wochen noch einmal besuchen.“

John versprach es und legte auf. Dann ging er zum Fenster und sah hinaus. Bei schönstem Spätsommerwetter drängten sich Touristenscharen im Tower. Er sah auf die Uhr. Bis Mike und Tommy kommen würden, blieben ihm gut fünf Stunden. Er könnte den herrlichen Tag nutzen, um einen langen Spaziergang zu machen oder nach Hampstead Heath hinauszufahren, vielleicht auch wieder einmal eine kleine Bootsfahrt auf dem Regent´s Canal zu unternehmen. Aber der Tod von Dr. Farris ließ ihm keine Ruhe. Was, wenn Simon doch recht hatte und der wahre Täter in aller Gemütsruhe dort draußen umherlief?

Kapitel 14

Eine Stunde später saß er vor einem Stapel ausgedruckter Seiten. Bei seiner Internet-Recherche zu Professor Clarke war er auf eine Unzahl Artikel gestoßen, die sich mit ihm und seinen Forschungsarbeiten beschäftigten. Zu Dr. Macfarlane gab es so gut wie nichts. Einzig die Homepage des Naturhistorischen Museums listete einige dürre Informationen über ihn auf.

Vorname Gavin, Alter neunundfünfzig Jahre, Geburtsort Dunedin, Studium an der Universität Edinburgh, Forschungsarbeiten in den Bereichen Vulkanologie und Management geothermaler Ressourcen. Über die üblichen Suchmaschinen gab es nur noch Hinweise über Fachartikel, die Macfarlane veröffentlicht hatte, sowie über seine Teilnahme an diversen Konferenzen.

Unzufrieden starrte John auf den Bildschirm. Dann rief er seine Nichte an.

„Hallo, Renie. Hast du schon gehört? Dein Grandpa ist jetzt nicht mehr im Visier der Polizei.“ Sie quiekte begeistert und bestürmte ihn, ihr alles haarklein zu erzählen.

„Wo bist du? Sind Museumsmitarbeiter in der Nähe?“, fragte er vorsichtig.

„Nein. Ich verteile gerade die Post im Haus und bin auf dem Weg in den Keller. Zu Geoff.“ Sie kicherte. „Mal sehen, was heute wieder für Überraschungen geliefert worden sind. Einer der Umschläge scheint sich zu bewegen. Aber das ist jetzt egal. Ich bin hier auf jeden Fall allein. Also erzähle.“

John gab die Kurzfassung der Ereignisse wieder und fragte dann, „Möchtest du heute Abend in den Tower kommen? Dann feiern wir ein bisschen. Deine Mutter, Tommy und Bella sind auch da und ich mache uns ein Panang Curry. Mit ökologisch erzeugtem Rindfleisch.“

„Na logisch komme ich. Ich arbeite heute voraussichtlich bis sechs, da ich bei den Vorbereitungen für die Eröffnung helfen muss, danach kann ich gleich loszischen. Dann sehen wir uns später, John – “

„Moment noch, Renie.“, unterbrach er, bevor sie auflegen konnte. „Hast du in der Zwischenzeit Andy erreicht? Ich würde gern ein wenig mehr über Dr. Macfarlane herausfinden.“

„Sprich mir nicht über dieses Stinktier!“

„Macfarlane?“, fragte John verwirrt.

„Quatsch! Andy natürlich. Ich habe ihm jetzt schon x-mal auf die Mailbox gesprochen, aber er reagiert nicht. Und er nimmt nie ab, wenn ich anrufe. Ich glaube, er will mir aus dem Weg gehen."

„Könntest du mir seine Nummer geben? Ich würde es gern selbst versuchen."

„Klaro. Ich habe seine Festnetz- und seine Handynummer." Sie diktierte ihm beide Nummern. John wählte sogleich die erste der beiden Nummern, nachdem er aufgelegt hatte. Prompt meldete sich eine Frau.

„Hier spricht John Mackenzie. Ich versuche, Andy Gordon zu erreichen. Ist er da?"

„Mhm. Wir sind gerade aufgestanden."

John hörte sie rufen, „Hey, Baby! Da ist jemand für dich dran."

Hey, Baby? Johns Stirn legte sich in Falten.

„Wie war noch mal Ihr Name, Mister?"

„Mackenzie. John Mackenzie."

„Ein John Mackenzie! Klingt wie einer aus dem Süden.", brüllte sie in den Raum. Dann war nichts mehr zu hören, scheinbar hatte sie die Hand über den Hörer gelegt. John war kurz davor, aufzulegen und Andys Handynummer zu wählen, als sie sich endlich wieder meldete.

„Mr. Mackenzie? Sie sind ein Verwandter von Andys Ex, nicht wahr?"

Ex?

„Also, die Sache ist die, Andy hatte bisher nicht den Mut, es ihr zu sagen. Er ist jetzt wieder mit mir zusammen. Aber nun können Sie es dem kleinen Rotschopf ja sagen. Und sagen Sie ihr auch, sie soll nicht mehr ständig hier anrufen."

Kleiner Rotschopf?? John hieb unwillkürlich mit der freien Hand auf den Tisch.

„Sie – wer auch immer Sie sind – holen mir jetzt auf der Stelle Andy ans Telefon!", donnerte er.

„Nun bleiben Sie mal cool, Mister.", nölte sie. Dann hörte John, wie sie sagte, „Ich habe versucht, ihn dir vom Hals zu halten, aber ich lasse mich nicht wegen deiner Feigheit von so einem Typen anschreien. Da, sprich selbst mit ihm." Dann war Andy am Apparat.

„John? Äh, hallo. Also, ich hab eigentlich gar keine Zeit, muss gleich im Pub sein, du weißt schon, Sandwiches schneiden und so weiter – "

„Halt den Mund.“, herrschte John ihn an. „Ist es wahr, was die junge Dame gerade sagte?“

„Äh, ja. Caitlin und ich … wir waren schon zwei Jahre zusammen, bevor sie im Frühling zurück nach Belfast ging. Nun … ist sie wieder da und, naja, du weißt schon, wie das so ist ...“

„Nein, das weiß ich nicht.“, presste John zwischen zusammengebissenen Zähnen heraus. „Warum hast du das Renie nicht schon längst gesagt?“

„Naja, ich wollte sie nicht verletzen …“

Aargh. Das war ja erbärmlich.

„Du wirst Renie jetzt auf der Stelle anrufen und ihr die Wahrheit sagen. Ansonsten, so wahr mir Gott helfe, setze ich mich in den Zug und komme nach Edinburgh. Und dann schleife ich dich höchstpersönlich zurück nach London, damit du es ihr von Angesicht zu Angesicht sagst.“

Einen Moment herrschte Schweigen. Dann seufzte Andy und meinte kleinlaut, „Okay, okay. Ich rufe sie an. Jetzt gleich. Allerdings finde ich es schon ein starkes Stück, dass sie mir ihren Onkel auf den Hals hetzt, nur weil ich mich ein paar Tage nicht melde.“

John atmete tief durch und zwang sich zu einem beherrschten Ton.

„Renie hat mit meinem Anruf überhaupt nichts zu tun. Es geht um den Mordfall im Naturhistorischen Museum. Du wirst doch sicher darüber in den Zeitungen gelesen haben?“

„Äh, eigentlich hatte ich in den vergangenen Tagen so viel um die Ohren, dass ich gar nicht auf die Nachrichten geachtet habe, und schon gar nicht auf die von euch unten im Süden. Wer ist denn ermordet worden?“

John schloss gequält die Augen. Dieser junge Mann konnte selbst den Sanftmütigsten auf die Palme treiben. Er war großmäulig, feige und dazu noch ignorant. Eigentlich ein Glück, dass Renies Beziehung zu ihm ein so abruptes Ende gefunden hatte. Dieser Gedanke half ihm, einen zivilisierten Ton beizubehalten, als er weitersprach.

„Der Controller des Museums, Dr. Gordon Farris ist erschlagen worden. Hast du ihn während deines Aushilfsjobs dort kennengelernt?“

„Nicht, dass ich wüsste. Wir haben am ersten Tag bei irgend so einer Tante von der Personalabteilung einen Vertrag unterschrieben und ansonsten hatte ich mit den Leuten von der Verwaltung nichts zu tun.“

„Du warst doch in der Abteilung Erde eingesetzt, nicht wahr? Was kannst du mir über Dr. Macfarlane sagen?“

„Wieso fragst du genau nach dem alten Gavin? Und wieso stellst *du* überhaupt solche Fragen? Ach, ich hatte ganz vergessen, du und Renie seid ja das mobile Sonderermittlungskommando Ihrer Majestät, das die besten Polizisten in den Schatten stellt.“

John bemühte sich, den beißenden Spott in Andys Stimme zu ignorieren und fuhr in sachlichem Ton fort.

„Einer der Männer, die in der fraglichen Nacht im Gebäude waren, ist Dr. Macfarlane. Also bitte denk nach. Alles, was du mir an Eindrücken über den Mann schildern kannst, könnte hilfreich sein.“

Andy brummte, ließ sich dann aber doch zu einer Äußerung herbei.

„Er ist ganz ok, würde ich sagen. Fachlich voll gut drauf. Kommt sich aber immer ´n bisschen untergebuttert vor von den ganzen Biofuzzis.“

John nickte geistesabwesend. Das deckte sich mit dem, was er schon über Macfarlane gehört hatte.

„Zu mir war er immer korrekt. ´N bisschen wortkarg vielleicht.“, setzte Andy noch hinzu. „Mehr kann ich dir nicht sagen, ehrlich. Und wenn du willst, dass ich Renie jetzt gleich anrufe, müssen wir dieses Gespräch jetzt beenden. Ich muss nämlich tatsächlich bald in den Pub. Also dann Cheers.“

„Cheers“, antwortete John tonlos und legte auf. Dann rief er noch einmal bei Maggie an. Die Schimpftirade, die seine Schwester abließ, nachdem er ihr von seinem Gespräch mit Andy berichtet hatte, wäre von jedem Radiosender mit Pieptönen überlagert worden. John hob beeindruckt eine Augenbraue. Ein solches Repertoire hätte er Maggie gar nicht zugetraut. Schließlich jedoch hatte sie jedes mögliche Synonym für Abschaum verbraucht.

„Was denkst du, wie Renie reagieren wird?“, erkundigte John sich, als sie eine Atempause machte.

„Ich weiß es nicht.“, antwortete sie seufzend. „Vom hysterischen Heulkrampf bis zur selbstgebastelten Paketbombe, die sie ihm nach Edinburgh schickt, ist alles möglich. Ich warte jetzt mal eine Weile ab, dann rufe ich Renie an, um zu hören, wie es ihr geht. Wir sehen uns dann abends, John.“

Nachdem er aufgelegt hatte, starrte John eine Weile lang aus dem Fenster. Ob Andy gerade in diesem Moment mit Renie sprach? Bestimmt würde seine Nichte am Boden zerstört sein, wenn sie erfuhr, dass der junge Schotte, für den sie in Edinburgh Feuer und Flamme gewesen war, sie fallengelassen hatte wie eine heiße Kartoffel. Seinetwegen hatte sie ihr Anthropologiestudium in London sausen lassen und sich an der Universität Edinburgh um einen Studienplatz im Eventmanagement beworben. Er seufzte. Dann beschloss er, ihr zum Trost wenigstens ihre absolute Lieblingsnachspeise, Apple Crumble, zu machen. Als er das duftende Backwerk eine Stunde später aus dem Ofen holte, klingelte das Telefon. Am Display erkannte er, dass es seine Nichte war.

„Renie? Wie geht's dir, Mädchen?“, erkundigte er sich teilnahmsvoll, als sie sich meldete.

„Schon wieder besser. Ich habe zehn Minuten geheult, dann zehn Minuten getobt und jetzt denke ich mir, ich kann froh sein, dass ich diesen egomanischen Möchtegernpunkstar los bin. Allein schon die Tatsache, dass er wieder zu diesem Biest zurück ist, sagt ja schon, dass er mächtig einen an der Klatsche hat.“

„Biest?“

„Caitlin O´Brien.“ Renie spie den Namen geradezu aus. „Sie hat früher in Andys Band mitgespielt und ist dann aus irgendwelchen Gründen vor ein paar Monaten zurück nach Nordirland. Gott, was hat mir dieser Typ vorgejammert, wie sie ihn früher oft behandelt hat und welche Szenen sie ihm gemacht hat. Und kaum ist sie wieder da, kriecht er schon wieder zu ihr zurück, dieser Schwachkopf. Also echt, da bin ich sprachlos.“ Sie verstummte kurz. „Aber Gott sei Dank war ich gerade bei Geoff, als Andy anrief. Und der war total lieb und hat mich getröstet und mich für heute Abend zum Essen eingeladen. Also wollte ich dir Bescheid geben, dass ich heute doch nicht zu dir kommen kann.“

„Das ist schon in Ordnung, Renie.“, antwortete John warm. „Geh ruhig mit dem jungen Mann aus. Dann gebe ich Maggie die Schale Apple Crumble mit, die ich gerade für dich gemacht habe.“

„Oh, Apple Crumble, extra für mich? Oh, das ist aber süß …“ Ihre Stimme brach und sie schluchzte los. John wartete, bis sie sich wieder beruhigt hatte.

„Vielleicht solltest du dir den Tag besser freinehmen?“, regte er dann an.

„Unsinn, ich bin okay. Außerdem bin *ich* nicht so wie gewisse Typen, die aus heiterem Himmel hier alles hinschmeißen und abhauen. Ich erfülle meine Pflichten. Konnte die Arschgeige dir denn wenigstens etwas über Dr. Macfarlane sagen?“, fragte sie übergangslos.

„Nichts Neues. Er bestätigte, dass Macfarlane nicht sehr gesprächig und fachlich sehr kompetent ist, sich aber immer etwas zu kurz gekommen fühlt unter all den Biologen, die das Museum relativ stark dominieren.“

„Hm. Na, vielleicht finde ich ja einen Weg, diesem alten Schotten, den keiner so richtig zu kennen scheint, auf den Zahn zu fühlen. Genau, das ist eine gute Idee. Bei dem Groll, den ich gerade gegen einen gewissen *jungen* Schotten hege, hat Macfarlane heute keine Chance, mich abzuwimmeln.“

John wünschte ihr viel Glück und verabschiedete sich leichteren Herzens. Alles in allem schien Renie die Sache mit Andy ja erstaunlich gut weggesteckt zu haben.

„Cut und im Kasten!“, rief Tommy einige Stunden später begeistert, nachdem sie den Futter-an-der-Schnur-Versuch mit Gworran wiederholt hatten und der Vogel die Aufgabe abermals mit Bravour gemeistert hatte.

„Passt auf. Jetzt gehen wir noch einen Schritt weiter.“, kündigte Mike an und holte ein Holzkästchen aus seinem Rucksack. „John, bring Gworran bitte nach draußen. Und Tommy, bitte filme jetzt, wie ich dieses Stück Fleisch in den Kasten lege.“

Mike zeigte das Kästchen in die Kamera, das an einer Seite mit einer kleinen Gittertür versehen war, deren Streben rund einen Zentimeter auseinanderstanden.

„Ich lege das Fleisch jetzt ganz nach hinten, so dass es rund zehn Zentimeter von der Öffnung und damit außerhalb der Schnabelreichweite eines Kolkraben ist.“ Mike stellte den Kasten auf den Boden und holte dann drei Holzstäbchen unterschiedlicher Länge heraus, die er in einigem Abstand deponierte. „So, und jetzt lassen wir unseren Raben herein.“

Tommy schwenkte auf Gworran, der auf der Stelle neugierig herbeihüpfte. Sofort erspähte er das Fleisch, das in dem Kasten ruhte. Versuchsweise streckte er einmal den Schnabel durch die Gitterstäbe, merkte aber schnell, dass er den Brocken auf diese Weise nicht erreichen konnte. Es dauerte nicht lange, bis er die Lösung für dieses Problem gefunden hatte: Er ergriff eines der Holzstäbchen mit dem

Schnabel, steckte es durch das Gitter und zog damit das Fleisch soweit heran, bis er es packen konnte. Unter Applaus schlang er es hinunter. Tommy schaltete die Kamera ab und blickte den Raben verblüfft an. „Er ist sofort darauf gekommen, dass er sich dieses Stäbchen zunutze machen kann. Wahnsinn. Ich dachte, den Gebrauch von Werkzeugen kann man nur bei Menschenaffen sehen."

Mike schüttelte lächelnd den Kopf. „Es gibt etliche Tiergattungen, die eine Art Werkzeug benutzen. Otter zum Beispiel knacken mit Steinen Muscheln, Elefanten reißen sich Äste von Bäumen ab und wedeln damit herum, um Fliegen zu vertreiben. Bei unseren gefiederten Freunden sind es die Krähenvögel, also die Verwandten von unserem Gworran hier, und einige Papageienarten, die am geschicktesten dabei sind, sich Gegenstände nutzbar zu machen."

Tommy grinste plötzlich. „Hey, wenn das nicht ein Superthema für ein Bio-Referat ist. Im nächsten Schuljahr habe ich wieder Mr. Collins in Biologie, dem werde ich das gleich mal vorschlagen. Und dann mache ich eine multimediale Präsentation dazu, dass er mit den Ohren schlackert."

Mike machte sich daran, seine Utensilien wieder einzupacken. „Ich denke, du hast genug Material für deine Schulklassenführungen, John."

John stimmte ihm zu. Einem spontanen Einfall folgend fragte er Mike, „Möchtest du zum Essen bleiben? Ich habe einen Riesentopf Panang Curry gemacht. Tommys Mutter und seine kleine Schwester Bella kommen auch."

Mike wackelte mit den Augenbrauen. „Ein schönes scharfes Curry? Da kann ich nicht nein sagen."

„Ich hoffe, das geht in Ordnung mit Sophie.", meinte John.

„Kein Problem. Ich esse dann später zu Hause nochmal." Er klopfte sich auf seinen Bauch, der heute in ein oranges Hemd mit Blumenmuster gehüllt war. „Mein Fassungsvermögen ist quasi unendlich. Also danke für die Einladung."

„Nichts zu danken. Im Gegenteil, ich danke dir für deine tolle Unterstützung."

Mike winkte ab. „Ich werde dich mal für eine unserer Sittichzählungen einspannen. Dann kannst du dich revanchieren."

„Was ist das, Sittichzählungen?", erkundigte Tommy sich interessiert.

„Bei der Royal Society for the Protection of Birds haben wir ein genaues Auge darauf, wie sich die Populationen der Halsband- und der Mönchssittiche in und um London entwickeln. Vor allem die Halsbandsittiche, die eigentlich aus Indien stammen, haben sich in den letzten Jahren explosionsartig vermehrt – "

Mikes Handy klingelte in den Tiefen seines Rucksacks und er entschuldigte sich, um den Anruf entgegenzunehmen. Während Mike hinausging, half John Tommy dabei, die technische Ausrüstung wieder zu verstauen. Gworran hüpfte in der Hoffnung auf einen weiteren Leckerbissen um sie herum, bis John ihn hinausscheuchte und die Volierentür schloss.

„Dieser Mike ist ja ein ziemlich cooler Typ.", merkte Tommy an. John nickte grinsend. „Finde ich auch." Da fiel ihm ein, dass Tommy noch nichts über das Ende der Beziehung zwischen Renie und Andy wusste. Sein Neffe hatte dem Punkrocker fast eine Art von Heldenverehrung entgegengebracht und war als Einziger der Familie begeistert darüber gewesen, dass seine Schwester ihren Freund aus Edinburgh mit nach London gebracht hatte.

Behutsam erklärte er Tommy, dass es zwischen den beiden aus war. Sein Neffe starrte ihn wütend an. „Wie bitte? Der hat ja wohl ein Rad ab. Läuft wieder zu seiner Alten über und sagt Renie keinen Pieps davon? Also, das ist ja wohl das Hinterallerletzte."

„Das sehe ich genauso.", gab John ihm recht. Tommy fuhr sich durch seinen Irokesenschnitt, der allmählich begann, herauszuwachsen und rang sichtlich um Fassung. Dann stieß er hervor, „Wie wärs, wenn ich schon mal in deine Wohnung rübergehe? Dann kann ich vor dem Abendessen noch das Material sichten."

„Gute Idee. Du könntest auch den Herd schon mal einschalten, damit unser Curry rechtzeitig warm wird."

„Alles klar."

John gab seinem Neffen den Wohnungsschlüssel. „Wir kommen gleich nach."

Er sah Tommy durch das Fenster des Rabenhauses davonstampfen. Mike telefonierte immer noch. Also machte John sich daran, das Fleisch für die Abendfütterung zu schneiden, dann brauchte George dies nachher nicht zu machen. Er war bereits fertig, als Mike ins Rabenhaus trat.

„John, ich muss dir etwas erzählen." Der sonst so gemütlich wirkende Mike war sichtlich aufgewühlt.

„Schieß los. Tommy ist schon in die Wohnung gegangen."

Mike schnaufte tief durch. „Pass auf. Ich hatte gerade einen Anruf aus einem Kloster bei Alajuela." John starrte ihn verständnislos an.

„Der Anruf kam von einer Schwester Maria Angelica, die dort bei irgendeinem progressiven Orden ist, die den Leuten in den armen Vierteln helfen."

„Mike, ich habe keine Ahnung, wovon du redest.", sagte John rundheraus.

„Ah, entschuldige." Mike schaute zerknirscht drein. „Sophie sagt auch manchmal, dass sie keinen Schimmer hat, worüber ich rede. Also nochmal von vorn: Diese Frau, Maria Angelica, war in jungen Jahren eine Freundin von Rosario Mendez. Sie sind gemeinsam aufgewachsen, sagte sie mir. Beide stammten aus sehr katholischen Elternhäusern und gingen auf die gleiche Mädchenschule. Obwohl sich danach ihre Wege trennten – Rosario studierte Biologie und Maria Angelica machte eine Ausbildung als Krankenschwester, bevor sie als Novizin ins Kloster ging – blieben sie eng miteinander verbunden." Mike holte Luft, während John gespannt darauf wartete, wie es weiterging.

„Nun hat Maria Angelica mitbekommen, dass ich mich über meinen Freund Jorge nach Rosario erkundigte und vor allem danach, wie sie gestorben ist. Daraufhin hat sie jetzt mit mir Kontakt aufgenommen, allerdings erst, nachdem sie mit ihrer Mutter Oberin darüber gesprochen hatte."

„Wieso das? Ist der Orden so streng, dass sie nicht einfach so telefonieren darf?"

„Ganz im Gegenteil, diese Nonnen sind recht lässig drauf, hatte ich den Eindruck. Nein, es ging darum, dass sie damit ein Versprechen brach, das sie vor bald zwanzig Jahren gegeben hatte. Sie hatte ihrer Freundin Rosario ihr Wort gegeben, dass sie niemals jemandem davon erzählen würde."

„Und worum ging es bei diesem Geheimnis?" John wurde schon ganz kribbelig.

„Um eine Schwangerschaft. Rosario erwartete ein Kind, als sie starb."

„Wer war der Vater? Gordon Farris?"

„Rosario hat den Namen des Mannes nicht verraten. Sie sagte ihrer Freundin nur, es wäre ein älterer Mann gewesen, ein Wissenschaftler, den sie bei der Expedition im August kennengelernt hätte."

„Ein älterer Mann? Damit ist Farris draußen. Damals war er dreißig. Wie alt war Rosario Mendez damals?“

„Ich schätze, Mitte bis Ende zwanzig. Du hast recht. Ihn hätte sie nicht als älteren Mann bezeichnet.“

John überlegte kurz und fluchte innerlich. Macfarlane und Clarke waren fast gleichaltrig. Beide waren zum Zeitpunkt der Mittelamerikaexpedition in etwa vierzig Jahre alt gewesen. Damit konnten sie keinen der beiden ausschließen.

„Was hatte Farris wohl mit der Sache zu tun?“, fragte er grübelnd.

„Maria Angelica sagte, sie hätte am 17. Oktober zum letzten Mal mit Rosario gesprochen. Damals erzählte ihr Rosario, dass ein Engländer mit einer Nachricht von ihrem Geliebten gekommen sei. Sie hatte ihm kurz zuvor einen Brief geschrieben, dass sie gemeinsam ein Kind erwarteten. Anstatt selbst zu ihr nach San José zu fliegen, hatte der Mann dann Gordon Farris geschickt. Mit einem Bündel Geld und der Nachricht, sie solle damit eine Abtreibung finanzieren und sich zukünftig von ihm fernhalten.“

Betroffen sah John Mike an. „Wie kaltherzig! Das muss für die junge Frau schrecklich gewesen sein.“

Mike schnaubte. „Vor allem, da sie aus einer erzkatholischen Familie stammte. Eine Abtreibung wäre undenkbar gewesen, ein uneheliches Kind wäre für Rosarios Eltern jedoch auch eine unvorstellbare Schande gewesen. Maria Angelica sagte, Rosario wäre untröstlich gewesen, da sie keinen Ausweg aus ihrer Situation sah. Maria sprach ihr Mut zu, das Kind zu bekommen. Aber diesen Mut hatte Rosario wohl nicht.“ In Mikes Augen standen Tränen.

„Maria musste ihr versprechen, niemandem etwas von der ganzen Sache zu erzählen. Da es auch keinen Abschiedsbrief gab, wurde Rosarios Tod von allen als Unfall angesehen. Rosario dachte wohl, dass dies für ihre Familie am besten wäre. Und Maria – der von Beginn an klar war, dass Rosario absichtlich aus dem Fenster gesprungen ist – hat bis heute geschwiegen, weil für sie das Versprechen, das sie ihrer Freundin gegeben hatte, heilig war.“

Sie schwiegen einen Moment.

„Warum hat sie sich nun doch dafür entschieden, dir die Wahrheit anzuvertrauen?“, fragte John dann leise.

„Sie hat offenbar ein wenig recherchiert, nachdem Jorge sie kontaktiert hatte. Im Internet ist sie auf die Meldung von Farris´ Tod gestoßen. Das hat sie auf die Idee gebracht, dass es einen

Zusammenhang zwischen beiden Todesfällen geben könnte. Falls der Mann, der damals Rosario zum Suizid getrieben hat, der gleiche ist, wie der, der jetzt Gordon Farris umgebracht hat, soll er zur Verantwortung gezogen werden. Das wäre auch eine Form später Gerechtigkeit für Rosario, sagte sie."

John nickte.

Plötzlich klärte Mikes Miene sich ein wenig auf. „Falls es da wirklich einen Zusammenhang gibt, ist dein Vater endgültig aus dem Schneider. Er war nicht in Costa Rica."

John sah den Amerikaner einen Moment gedankenverloren an. Zu gern hätte er Mike Nichols ins Vertrauen gezogen, aber er fühlte sich an das Versprechen gebunden, das er Simon gegeben hatte. So sagte er lediglich, „Die Polizei hat momentan ohnehin kein Interesse mehr an meinem Vater, wurde ihm heute gesagt. Scheinbar haben sich Verdachtsmomente gegen jemand anderen ergeben."

„Das ist ja fantastisch." Mike klopfte John begeistert auf die Schulter. „Das freut mich für den alten James. Aber wer ist der neue Verdächtige?"

„Keine Ahnung.", log John mit schlechtem Gewissen. „Außerdem ist ja nicht gesagt, dass die Polizei diesmal richtig liegt, nachdem sie schon einmal den Falschen im Visier hatte."

„Na, die werden sich schon nicht zweimal so einen kapitalen Bock leisten, was meinst du?" Mike schulterte seinen Rucksack. „Vertrauen wir mal darauf, dass Scotland Yard unseren Mordfall endlich löst. Vielleicht hat die alte Geschichte mit Rosario ja auch gar nichts damit zu tun. Komm, lass uns essen gehen."

Es wurde ein sehr vergnügliches Abendessen. Maggie war bester Stimmung. „Ich bin ja so froh, dass Renie die Geschichte mit Andy so gut wegsteckt. Wir haben heute Nachmittag zweimal telefoniert und sie schien sich nach dem ersten Schock doch schnell erholt zu haben. Nach der Arbeit wollte sie erst noch zu Freunden und sich dann mit Geoff in einem Lokal in Soho treffen.", erklärte sie John, während er allen Reis in ihre Schalen löffelte. „Natürlich tut Renie mir leid, dass sie ein so unrühmliches Beziehungsende verkraften muss, aber andererseits bin ich Andy eigentlich dankbar, dass er sich selbst aus unserem Leben gekickt hat."

Mike gewann sofort einen neuen Fan, als er Bella erzählte, dass er in seiner texanischen Heimat schon von Kindesbeinen an geritten sei.

„So richtig mit Rinderherden treiben und so?“, fragte sie mit leuchtenden Augen.

„Das volle Programm.“, antwortete Mike. „Ich war auch ein paarmal bei den Junior Rodeos dabei. Barrel Racing habe ich gerne gemacht.“

„Und bist du auch auf so einem bockenden Stier geritten, so wie man das immer im Fernsehen sieht?“, fragte Tommy.

Mike schüttelte den Kopf. „Das war nichts für mich. Eigentlich haben mir die Pferde und Rinder eher leidgetan, die für so etwas benutzt wurden. Schließlich springen die nicht aus Spaß so wild herum, sondern weil ihnen ihre – “

„Empfindlichen Teile“, warf Maggie ein.

„Genau. Ihre empfindlichen Teile mit Ledergurten eingezwängt werden. Mein Vater fand, ich wäre eine Memme. Für ihn waren Tiere nur gut, um auf dem Teller zu liegen, als Trophäe an der Wand zu hängen oder Geld mit ihnen zu verdienen.“

„Dann war dein Vater ein ganz schöner Idiot.“, platzte Bella heraus.

Maggie räusperte sich vernehmlich. „Das war sehr unhöflich, was du gerade gesagt hast, Bella.“

Mike winkte grinsend ab. „Die Kleine hat schon recht. Mein Vater – Gott hab ihn selig – war so ein richtiger Texaner vom alten Schlag, stramm republikanisch, von der Art, die auf ihren Autos den Aufkleber *„Don't mess with Texas“* haben und jede Menge Schusswaffen im Haus. Als ich zehn war, hat meine Mutter sich – Gott sei Dank, muss ich sagen – von ihm getrennt und ist mit mir nach Kalifornien gezogen. Hui, ich sage euch, das war wie eine ganz andere Welt für mich.“

Während er fortfuhr, von seinem Leben in Amerika zu erzählen, lauschten ihm die Kinder hingerissen.

„Und warum bist du dann nach England gekommen? So ein Leben in Kalifornien stelle ich mir viel toller vor als hier.“, kommentierte Bella.

Mike schmunzelte. „An der Uni ist mir eine Wahnsinnsfrau über den Weg gelaufen, eine Austauschstudentin aus England. Schön, klug und gleichzeitig ein echter Typ zum Pferdestehlen. Die konnte ich mir doch nicht durch die Lappen gehen lassen. Also bin ich ihr hierher gefolgt. Und nun sind wir seit, lass mich überlegen, fünfundzwanzig Jahren verheiratet.“

„Ooch, wie romantisch.“, hauchte Bella. Dann heftete sich ihr Blick auf John. „Und du fährst dieser rothaarigen Lehrerin nicht mal bis nach York nach, obwohl sie dir gefällt.“

Unter dem Gelächter seiner Verwandten lief John rot an und erhob sich eilig von seinem Stuhl, um den Tisch abzuräumen.

Kapitel 15

Der nächste Morgen startete mit einem Paukenschlag.

„Der Flüchtige Charles Willoughby, Alter siebenundzwanzig Jahre, hellhäutig, wird als untersetzt, mit mittelblondem Haar und glattrasiert beschrieben. Möglicherweise ist er mit einem metallicschwarzen Jaguar neuester Bauart unterwegs. Das Kennzeichen: …"

John fuhr aus dem Bett hoch, als sein Radiowecker kurz vor fünf losging und diese Meldung brachte. „Die Bevölkerung wird um sachdienliche Hinweise gebeten.", schloss der Sprecher von BBC 2.

Willoughby, der Hauptverdächtige im publicityträchtigen Museumsmord aus dem Polizeigewahrsam geflohen? Das klang nach einem Super-GAU für Scotland Yard.

Er überlegte, ob er Simon anrufen sollte, entschied sich angesichts der frühen Morgenstunde aber dagegen. Stattdessen machte er sich fertig, um die Raben zu versorgen. Während er wenig später mechanisch den Boden der Voliere fegte, drehten sich seine Gedanken im Karussell. Was hatte diese Flucht zu bedeuten? War Willoughby am Ende doch der Schuldige am Tod von Gordon Farris? Und wie um Himmels Willen war es dem Baron gelungen, abzutauchen?

Nach getaner Arbeit ging er zurück in seine Wohnung, um zu frühstücken. Heute begann sein Besucherdienst um elf, also hatte er massenhaft Zeit. Er sah beständig auf die Uhr, da er sich vorgenommen hatte, bis sieben zu warten, ehe er Simon anrief. Als es kurz vor sieben klingelte, fuhr er hoch. Der Anrufer war jedoch nicht sein Cousin, sondern Maggie.

„John! Hast du zufällig irgendetwas von Renie gehört?"

„Nein, warum fragst du?"

„Sie ist nicht zuhause. Und an ihr Handy geht sie auch nicht."

„Ist es möglich, dass sie bei irgendeiner Freundin übernachtet hat? Oder, äh, bei dem jungen Dr. Tomlinson?"

Maggie seufzte. „Ganz ausschließen kann ich das natürlich nicht, vor allem in ihrem momentan doch aufgewühlten Zustand. Aber es sieht ihr eigentlich nicht ähnlich."

„Hm. Vielleicht sollten wir versuchen, Dr. Tomlinson zu kontaktieren."

„Ich habe schon nach seiner Telefonnummer gesucht, aber er scheint keine Festnetznummer zu haben, wie so viele junge Leute."

„Und die Freundin, zu der Renie gestern noch wollte? Hast du es bei der schon probiert?"

„Sie war noch ziemlich schlaftrunken, als ich angerufen habe, aber sie konnte mir nur sagen, dass Renie am frühen Abend für eine Stunde da war und sich ordentlich über Andy ausgeschimpft hat. Danach wäre sie in relativ guter Stimmung weggegangen, sagte Phoebe, um sich mit diesem Geoff zu treffen. Sag mal, du hast den Mann doch schon einmal getroffen, oder nicht? Was hältst du von ihm?"

John überlegte. „Ich habe nur ein paar Minuten mit ihm gesprochen. Mir schien er wie der sprichwörtliche picklige Nerd, der für seinen Job lebt und wenig Sozialkompetenz besitzt."

„Sonderbar, dass Renie mit so jemandem ausgeht. Scheint mir eigentlich nicht gerade ihr Typ zu sein.", meinte Maggie skeptisch.

John gingen gerade Horrorvisionen eines sozial und emotional verarmten Triebtäters durch den Kopf, der tagein, tagaus nur mit sechs- bis achtbeinigen Gliederfüßern zu tun und nun auf einmal ein Date mit einem hübschen jungen Mädchen hatte. Vor seinem geistigen Auge sah er Geoff Tomlinson wie eine ausgehungerte Spinne im dämmrigen Untergeschoss des Museums sitzen und genussvoll ein rothaariges Beutetier einwickeln, das sich im Netz verfangen hatte. Er fuhr sich über die Stirn. Er musste wirklich seine Phantasie zügeln. Vor allem wollte er seiner Schwester nicht noch mehr Angst machen.

„Pass auf, Maggie. Ich habe heute erst später Dienst. Ich fahre ins Museum. Bestimmt sind die meisten Mitarbeiter heute wegen der Ausstellungseröffnung am Sonntag schon früh da. Ich werde Tomlinson finden, das verspreche ich dir. Und ich könnte auch mit Simon reden, ob er irgendwie nachforschen kann. Ich wollte sowieso gleich mit ihm telefonieren. Vielleicht hast du im Radio gehört, dass der neue Hauptverdächtige für den Mord im Museum geflohen ist?"

„Ja, das habe ich mitbekommen. War das nicht der Mann, den Simon für unschuldig hielt?"

„So ist es. Maggie, lass uns telefonieren, sobald einer von uns etwas erfahren hat, in Ordnung?"

Kaum hatte er aufgelegt, wählte er Simons Nummer. Die Art, wie Simon in den Hörer bellte, verhieß nichts Gutes. „Whittington"

„Simon, ich bin´s, John – " Weiter kam er nicht.

„Ich habe jetzt keine Zeit für dich. Bei uns ist Feuer unter dem Dach und wir suchen mit Mann und Maus nach diesem verdammten Willoughby. Dem Commissioner wäre fast eine Ader geplatzt, als er erfahren hat, was passiert ist. Und jetzt tigert er schon die halbe Nacht hier herum und macht uns allen die Hölle heiß."

„Wie konnte Willoughby eigentlich fliehen?"

Simon knirschte vernehmlich mit den Zähnen. „Der Untersuchungsrichter kam gestern Abend zum Schluss, dass Briarsons Beweise nicht ausreichten, um Willoughby hierzubehalten. Vor allem, nachdem der Techniker des Museums ausgesagt hatte, dass er den Baron vor einigen Wochen gegen ein bisschen Zigarettengeld nach Schließung des Museums in die Sauriergrube gelassen hat, weil Willoughby unbedingt den Dinosaurier streicheln wollte."

John entfuhr ein ungläubiges Lachen. „Donnerwetter. Ob so ein infantiles Gemüt tatsächlich in der Lage ist, einen Mord wie diesen zu planen und durchzuführen?"

Simon schnaubte. „Das hat sich der Untersuchungsrichter wohl auch gedacht. Auf jeden Fall wurde der Baron nach Hause entlassen, weil nach Ansicht des Richters keine Fluchtgefahr bestand. Natürlich sind mehrere Mann von uns die ganze Nacht vor dem Haus Wache gestanden. Dass das riesige Anwesen der Fairhalls noch einen Seitenausgang hat, hat jedoch niemand bedacht. Die Kollegen haben lediglich gegen drei Uhr einen dunklen Jaguar, der weiter vorn an der Straße geparkt war, mit überhöhter Geschwindigkeit davonfahren sehen. Eine Halterabfrage ergab, dass das Fahrzeug auf Willougbys Mutter zugelassen ist. Darauf gingen sie zur Nachschau ins Haus und entdeckten, dass das Vögelchen ausgeflogen war."

Erschöpft hielt er inne. „Wir werden von der Presse belagert, der Innenminister sitzt uns im Genick und die gesamte Stimmung hier ist mehr als gereizt. So, jetzt kennst du die ganze Misere. Ich muss jetzt weiterarbeiten."

„Moment noch, Simon", sagte John schnell. „Renie scheint verschwunden zu sein. Könntest du – "

Mit einem unwilligen Knurren schnitt sein Cousin ihm das Wort ab. „Renie ist volljährig und kann ihren Aufenthalt selbst bestimmen. Wie lange ist sie schon abgängig?"

„Äh, so zirka zwölf Stunden."

Simon stieß ein hohles Lachen aus. „Ruf die Vermisstenstelle an, wenn sie länger als zweiundsiebzig Stunden weg ist. Und selbst dann ist fraglich, ob wir offiziell nach ihrem Aufenthaltsort ermitteln können. Wahrscheinlich nicht, weil der Innenminister uns bis dahin schon alle auf die Hebriden hat strafversetzen lassen.“, fügte er düster hinzu und legte auf.

Eine Dreiviertelstunde später stand John am Mitarbeitereingang des Museums und bat den Sicherheitsbeamten, Ms. Evans anzurufen. Gott sei Dank war diese bereits an ihrem Arbeitsplatz und kam gleich herunter, um John abzuholen.

„Wir öffnen erst in einer Stunde. Was gibt es so Dringendes?“, erkundigte sie sich mit einem leicht gehetzten Blick. „Wir haben heute wahnsinnig viel zu tun, Sie wissen ja, die Eröffnung…“

„Ich weiß, Ms. Evans. Ich würde Sie auch nicht belästigen, wenn es nicht wichtig wäre. Aber meine Nichte Renie scheint verschwunden zu sein und ich wollte nachsehen, ob sie vielleicht hier ist. Telefonisch können wir sie nicht erreichen und ihre Mutter macht sich natürlich Sorgen, weil das Mädchen gestern nicht nach Hause gekommen ist.“

Damit hatte er Ms. Evans mütterliche Instinkte geweckt.

„Oje, oje. So ein nettes, fleißiges Kind ist das, Ihre Nichte. Das hört man allenthalben von den Abteilungen, in denen sie bisher gearbeitet hat.“ Sie eilte den Gang zu ihrem Büro entlang, John im Schlepptau. „Ich weiß, was wir machen. Anhand unserer elektronischen Datenerfassung an den Ein- und Ausgängen können wir gleich sehen, ob sie im Haus ist. Alle, die zum Personal gehören, müssen ihre Mitarbeiterausweise durch den Scanner ziehen, wenn sie kommen und gehen.“

Wenige Minuten später sagte sie stirnrunzelnd, „Nein, leider ist sie nicht hier. Seit sie gestern kurz vor sechs das Gebäude verlassen hat, wurde sie nicht mehr registriert. Es tut mir leid.“

„Sie war abends mit Dr. Tomlinson verabredet. Könnten Sie nachsehen, ob er bereits im Haus ist? Vielleicht weiß er, wo sie geblieben ist.“

Ms. Evans zog lächelnd die Augenbrauen nach oben. „Soso, eine Verabredung hatten die jungen Leute. Na, da haben wir ja wahrscheinlich schon die Antwort, wo Ihre Nichte stecken könnte.“

John sah sie zweifelnd an. „Hoffentlich haben Sie recht, dann wären wir alle beruhigt.“

„Lassen Sie mich nachsehen. Hm, Dr. Tomlinson … er ist hier. Schon seit 6.55 Uhr.“

John war bereits aus dem Sessel. „Danke vielmals, Ms. Evans. Ich werde sofort mit ihm sprechen.“ An der Tür hielt er noch einmal inne.

„Könnten Sie dafür sorgen, dass ich oder Renies Mutter sofort Bescheid bekommen, sobald Renie das Haus betritt?“

Ms. Evans nickte. „Das ist möglich. Ich gebe eine Warnung ins System ein, dass der Sicherheitsbeamte mich kontaktieren soll, sobald ihr Ausweis registriert wird.“

„Sie sind ein Schatz. Warten Sie, ich schreibe Ihnen unsere Handynummern auf.“

Sie reichte ihm einen Zettel und er kritzelte die Nummern hin.

„Ich hoffe, es ist alles in Ordnung.“, rief sie ihm noch nach, aber er war bereits durch die Tür. Er nahm den Lift, fuhr ganz nach unten und eilte zu Tomlinsons kleinem Zimmer. Ohne anzuklopfen, stürmte er hinein und sah sich dem jungen Wissenschaftler gegenüber, der mit Leichenbittermiene über einem geöffneten Ordner saß.

„Wir haben uns schon einmal getroffen, Dr. Tomlinson. Ich bin Renie Hughes´ Onkel. Wissen Sie, wo sie ist?“

Der junge Biologe schaute verdrossen auf. „Ich hätte gestern Abend schon gerne gewusst, wo sie ist. Wir waren um halb neun verabredet und ich saß wie ein Idiot eine Stunde lang allein in diesem Lokal und habe gewartet. Wer nicht kam, war sie. Aber eigentlich hätte ich mir das ja denken können, dass so ein Mädchen nicht wirklich mit mir ausgeht – “ Plötzlich unterbrach er seine Jammertirade und sah John zum ersten Mal richtig an. „Warum fragen Sie mich nach ihr?“

„Sie ist verschwunden. Wir wissen, dass sie gestern Abend um kurz nach acht die Wohnung einer Freundin verlassen hat, um sich mit Ihnen zu treffen. Seither – nichts mehr.“

„Sie wollte unsere Verabredung tatsächlich einhalten?“ Plötzlich erleuchtete ein Lächeln das Gesicht des jungen Mannes, das schnell von einem Ausdruck der Besorgnis abgelöst wurde. „Denken Sie, es ist ihr etwas passiert?“ Er sprang auf. „Sie wird sich doch nichts angetan haben? Wegen diesem treulosen Schuft, der sie so schmählich hat sitzenlassen? Ich habe das zufällig mitbekommen.“

„Renie sagte mir schon, dass Sie sich nach Andys Anruf sehr nett um sie gekümmert hätten.“

„Wirklich? Sie hat über mich gesprochen?“ Tomlinson riss sich dramatisch den Laborkittel herunter. „Wir müssen sie suchen. Auf der Stelle.“

John musste sich auf die Lippen beißen, um ein Lächeln zu unterdrücken. Der junge Biologe fühlte sich offensichtlich ganz wie ein Ritter in schimmernder Rüstung, der losreitet, um die holde Maid aus den Fängen des Drachen zu befreien.

Beschwichtigend streckte er die Hände aus. „Langsam, Dr. Tomlinson. Sinnloser Aktionismus bringt uns nicht weiter. Wir müssen systematisch vorgehen. Setzen Sie sich bitte."

„Nennen Sie mich Geoff."

„Gern. Ich bin John." Sie schüttelten sich die Hände, dann ließ Geoff sich auf seinen Bürostuhl fallen und John lehnte sich an den Schreibtisch.

„Also. Ich denke, wir können ausschließen, dass sie sich etwas angetan hat. Renie neigt zwar zu impulsiven Handlungen, aber so weit würde sie nicht gehen."

Geoff hing geradezu an Johns Lippen.

„Okay. Welche Möglichkeiten bleiben?" John zählte an den Fingern auf. „Sie könnte einen Unfall gehabt haben. Sie könnte eine andere Freundin getroffen und spontan mit ihr etwas unternommen haben. Danach war es vielleicht zu spät, um noch heimzufahren." Letzteres glaubte John im Grunde seines Herzens nicht. Dann durchzuckte ihn ein Gedanke. Renies Verschwinden konnte doch wohl nichts mit dem Mordfall im Museum zu tun haben? Er sog unwillkürlich die Luft ein. Renie hatte gestern mit Dr. Macfarlane reden wollen.

Ein helles Pfeifen ertönte. John sah sich einen Moment verwirrt um, bis er kapierte, dass das Geräusch aus seinem Kopf kam. Sein Tinnitus, den er geglaubt hatte, los zu sein, meldete sich mit Macht zurück. Er schloss kurz die Augen und atmete tief durch. Konzentrier dich, befahl er sich selbst. Renie ist seit zwölf Stunden verschwunden. Wir müssen jetzt schnell handeln.

Er bat Geoff um ein Stück Papier, schrieb ihm Maggies Telefonnummer auf und schärfte dem jungen Mann ein, was er ihr sagen sollte.

„Sie informieren meine Schwester, dass Renie seit gestern Abend achtzehn Uhr nicht hier im Museum war und auch Sie sie nicht gesehen haben. Dann lassen Sie sich von ihr einen Teil der Telefonnummern von Renies Freunden geben und telefonieren Sie sie in Absprache mit meiner Schwester alle durch. Sagen Sie ihr, ich gehe einstweilen einer anderen Spur nach und werde mich später bei ihr melden."

Geoff nickte eifrig und griff schon zum Telefonhörer.

John jagte den Gang entlang, zurück zu Ms. Evans. Sie telefonierte, winkte ihn aber herein. Ungeduldig wartete er, bis sie ihr Gespräch beendet hatte.

„Dr. Tomlinson weiß wohl auch nichts über den Verbleib Ihrer Nichte?“, fragte sie mit einem Blick in Johns Gesicht.

Er schüttelte den Kopf. „Sie ist gestern nicht zu der Verabredung aufgetaucht. Dürfte ich Sie nochmal um etwas bitten? Könnten Sie nachsehen, ob Dr. Macfarlane im Haus ist?“

Sie musterte ihn neugierig. „Ich nehme an, Sie haben einen Grund, das zu fragen. Bestimmt werden Sie es mir irgendwann erklären, aber momentan scheint Eile geboten zu sein.“

John nickte.

„Leider muss ich Ihnen sagen, dass Dr. Macfarlane gestern Nachmittag zu mir kam und wegen eines familiären Notfalls kurzfristig um einige freie Tage bat. Sir Edward hat ihm diesen sofort genehmigt.“

John ließ sich schwer in den Besucherstuhl fallen. „Wissen Sie, worum es bei dem Notfall ging?“, brachte er heraus.

„Er sagte, seine erwachsene Tochter, die in Wales lebt, wäre krank geworden und bräuchte dringend Hilfe auf ihrer Schaffarm.“

„Hätten Sie vielleicht eine Telefonnummer, unter der ich ihn oder seine Frau erreichen könnte?“

„Von seiner Frau ist er schon lange geschieden, soweit ich weiß. Und Privatnummern von Mitarbeitern darf ich eigentlich nicht herausgeben.“ Sie sah ihn unsicher an. In diesem Moment klopfte es und gleichzeitig läutete das Telefon. Sie fasste einen Entschluss. „Ich gebe sie Ihnen. Und nun muss ich wirklich weiterarbeiten.“

„Tausend Dank, Ms. Evans. Sie helfen mir wirklich sehr. Ich lade Sie und Ihre Enkel zu einer Sonderführung in den Tower ein, wenn Sie möchten.“

„Oh, das ist aber eine nette Idee, vielen Dank. Nun zischen Sie los und suchen Sie Ihre Nichte. Ich drücke die Daumen.“

Draußen auf dem Gang wählte John mit zittrigen Fingern die beiden Nummern, die sie ihm gegeben hatte. Nirgends meldete sich jemand. Er ließ einen gepfefferten Fluch los. Dann lief er wieder hinunter in den Keller. Geoff war am Telefon und gab John zu verstehen, dass er bisher nichts Neues erfahren hatte. John verharrte unschlüssig einen Moment in der Tür. Dann zog er sich zurück. Wild entschlossen rief er noch einmal bei Simon an. Der klang wenn möglich noch entnervter als zuvor.

„Ich habe dir doch schon gesagt, ich kann dir nicht helfen, John – "

„Hör mir zu, Simon. Es könnte sein, dass Renies Verschwinden etwas mit dem Mordfall zu tun hat."

Das ließ Simon innehalten. „Wie meinst du das?"

Schnell erklärte John, dass Renie gestern Nachmittag noch mit Dr. Macfarlane hatte sprechen wollen und seit ihrem Besuch bei ihrer Freundin wie vom Erdboden verschluckt war. Dann schilderte er Simon, was Mike ihm gestern erzählt hatte.

„Damit hätten Clarke und Macfarlane ein glasklares Motiv: Da wir schon wissen, dass Gordon Farris sich als Erpresser betätigt hat, ist es leicht vorstellbar, dass er seinen damaligen Auftraggeber, der ihn mit dem Geld nach Costa Rica schickte, seither mit diesem Wissen unter Druck setzte. Wenn das herausgekommen wäre, wäre die Karriere des betreffenden Mannes hier am Ende gewesen. Strafrechtlich wäre er zwar nicht zu belangen gewesen, aber ein derart schändliches Verhalten hätte sicher einen erheblichen Skandal gegeben.", schloss Simon messerscharf.

„Genau. Und die einzigen beiden, die vom Alter her für die Liaison mit Rosario Mendez in Frage kommen, sind Clarke und Macfarlane. Genau die zwei Männer, die noch auf unserer Verdächtigenliste für den Mord an Farris stehen. Was, wenn Gavin Macfarlane tatsächlich der Täter war, Simon? Was, wenn er das Gefühl hatte, dass Renie etwas über ihn wusste? Und nun ist auch er verschwunden, hat gestern kurzfristig um Urlaub gebeten und ist telefonisch nicht zu erreichen." John merkte, dass Panik in ihm hochstieg.

„Immer mit der Ruhe, John. Ich werde einen Weg finden, diesen Mann aufzutreiben." Simon fluchte. „Auf offiziellem Weg wird das nicht gehen. Alle Welt geht davon aus, dass Willoughby der Museumsmörder ist. Der Commissioner ist momentan schlecht auf mich zu sprechen, also werde ich ihn nicht davon überzeugen können, einen Fahndungsaufruf nach Macfarlane herauszugeben. Aber irgendwie finde ich ihn, John."

„Danke, Simon.", meinte John schwach. Er legte auf und sank an der Mauer des Gangs nach unten, bis er auf dem Boden saß.

Kapitel 16

Die nächsten Stunden waren ein Alptraum. So sehr sie sich die Finger wundtelefonierten, niemand aus Renies großem Bekanntenkreis hatte etwas von ihr gehört.

„Mir fällt nun wirklich niemand mehr ein, den ich noch anrufen könnte.“, sagte Maggie verzweifelt, als sie zum x-ten Mal an diesem Tag miteinander sprachen.

„Was ist mit dieser Li?“, fiel John ein. „Hast du es bei ihr schon probiert?“

„Sie ist nicht mehr in dieser WG. Tasha, das Mädchen, bei dem sie gewohnt hat, sagte mir, dass Li vor ein paar Tagen ihre Sachen gepackt hat und mit unbekanntem Ziel weggegangen ist.“

John fuhr sich durch seinen bereits reichlich zerrupften Schopf. „Zumindest hat Simons Anfrage bei allen Krankenhäusern in der Stadt nichts erbracht. Also ist unwahrscheinlich, dass Renie einen Unfall hatte.“

„Und wenn dieser Macfarlane sie nun doch irgendwohin verschleppt hat?“ Maggie, die normalerweise ein Fels in der Brandung war, klang zunehmend hysterisch.

„Simon wird ihn finden, davon bin ich überzeugt.“ John bemühte sich, Zuversicht in seine Worte zu legen.

Aus dem Hintergrund hörte er Tommys Stimme. „Und wenn sie doch nach Edinburgh gefahren ist, um Andy zur Rede zu stellen?“

„Tommy, das ist eine hervorragende Idee!“ Maggie klammerte sich sofort an diesen Strohhalm. „Ich werde diesen Bastard auf der Stelle anrufen.“

Aber auch diese Spur verlief im Sand. Andy hatte nichts von Renie gehört, klang aber immerhin sehr betroffen, wie Maggie hinterher ihrem Bruder schilderte.

„Er ist zwar ein Rabenaas, aber ich glaube ihm, dass er keinen Kontakt mit Renie hatte. Ich weiß jetzt wirklich nicht, was wir noch tun können.“, meinte sie dann.

John sah auf die Uhr. Halb elf. Sollte er sich kurzfristig eine Dienstbefreiung geben lassen? Schon wieder? Chief Mullins war ein großmütiger Mann, aber alles hatte seine Grenzen. Da er ohnehin keine Ahnung hatte, wie er momentan weiter bei der Suche helfen konnte, entschied er sich schweren Herzens, zurück in den Tower zu fahren. Renies neuer Verehrer nahm ihm das Versprechen ab, ihn sofort zu informieren, sobald er etwas erfahren hatte und blieb höchst besorgt in seinem Kellerkabuff zurück.

An diesem Tag steckte John sein Handy ein und ließ es gegen jede Vorschrift auf Empfang, während er die Touristen durch den Tower führte. Als das Telefon mehrfach klingelte, entschuldigte er sich jedesmal bei der jeweiligen Besuchergruppe und ging mit klopfendem Herzen ran. Dies brachte ihm einige böse Blicke und verständnislose Kommentare ein. Auch zwei seiner Kollegen, die vorbeigingen, runzelten die Stirn. Als Philip Dunders, der Offizier der Nachtwache, in Zivil vorbeikam und bemerkte, dass die Besucher ratlos um John herumstanden, der sich mit dem Handy am Ohr weggedreht hatte, warf er ihm einen entrüsteten Blick zu. John war klar, dass er sofort nach Dienstende bei Chief Mullins würde antreten müssen, um eine Erklärung abzugeben.

Leider gab es keine guten Nachrichten. Gavin Macfarlane war nicht aufzufinden. Simon hatte den Hof von Macfarlanes Tochter lokalisiert, der in einer abgelegenen Gegend im Snowdonia National Park lag. Handyempfang gab es dort nicht und am Festnetztelefon meldete sich niemand.

„Ich muss sehen, ob ich einen Beamten aus irgendeinem dieser unaussprechlichen Orte dort finden kann, der bereit ist, in diesen gottverlassenen Weiler zu fahren, John. Und das, obwohl es keinen offiziellen Grund für die Suche nach Macfarlane gibt. Keine Ahnung, wie ich das machen werde. Übrigens haben wir Willoughbys Wagen gefunden. In der Nähe eines kleinen Privatflugplatzes in Kent, von dem aus Ultraleichtflugzeuge starten.“ Das verhieß nichts Gutes.

„Dann kann er sich auf dem Luftweg abgesetzt haben?“

„Gottverdammt, ja. Wir haben festgestellt, dass er eine Fluglizenz für einen motorisierten Drachenflieger besitzt. Diese leichten Dinger bewegen sich meist in geringer Höhe, unterhalb des Radars. Mit so einem Ding hat er eine Reichweite von rund hundertachtzig Meilen, sagen die Fachleute. Wenn er nicht zufällig gesichtet wird, sehe ich keine Chance mehr für uns, ihn zu fassen. Ich sage dir, diese Geschichte wächst sich zum größten Fiasko in der jüngeren Geschichte des Yards aus.“

An jedem anderen Tag hätte John Mitleid mit seinem Cousin gehabt. Heute jedoch verdrängte die Sorge um Renie alles andere.

Seine Besorgnis steigerte sich noch, als Geoff sich am späten Nachmittag meldete.

„Renie ist gestern Abend nur zweihundert Yards vom Haus ihrer Freundin in ein dunkles Auto eingestiegen.“ Seine Stimme überschlug sich fast.

John stand, wie vom Donner gerührt. „Wie … woher wissen Sie das?“

„Ich habe mir von ihrer Mutter ein Foto von Renie mailen lassen und bin damit in der Straße von Haus zu Haus gegangen. Eine ältere Dame, die gerade ihre Katze reinließ, hat eine junge Frau mit kurzen roten Haaren in dieses Auto steigen sehen.“

„Geoff, das war ja ein fabelhafter Gedanke, auf diese Weise nach Renie zu suchen.“, zollte John dem jungen Mann überrascht Respekt. „Hat die Dame auch gesehen, wer noch mit in dem Auto saß?“

„Leider konnte sie das nicht erkennen, aber sie meinte, da wären zwei Leute gewesen.“, antwortete Geoff bedauernd. „Ich habe gleich Ihrer Schwester Bescheid gegeben und die wollte die Polizei darüber informieren.“

„Gut gemacht, Geoff. Wir bleiben in Verbindung.“

Während er die letzte Führung des Tages hinter sich brachte, überschlugen sich die Gedanken in seinem Kopf. Zwei Leute? Wieso zwei Leute? Und was hätte Renie dazu gebracht, zu Macfarlane ins Auto zu steigen? Hatte er sie mit einer Waffe bedroht? Er hoffte inständig, dass die Polizei eine brauchbare Beschreibung des Wagens von der Zeugin bekam, so dass die Suche gezielter erfolgen konnte.

Sofort nach Ende der Führung eilte er zurück in seine Wohnung. Als erstes rief er George an, um ihn zu bitten, den Abenddienst bei den Raben zu übernehmen. Dieser klang erst ein wenig verschnupft, schwenkte aber sofort um, als John ihm mit knappen Worten erklärte, was los war.

„Guter Gott! Hoffentlich ist dem Mädchen nichts zugestoßen.“, rief er aus. „Kein weiteres Wort, John. Geh und hilf bei der Suche. Marcia und ich drücken die Daumen.“

John zog sich eilends um, lief hinaus und schnappte sich ein Taxi. Zwanzig Minuten später stand er im Wohnzimmer der Hughes, wo die ganze Familie mit Ausnahme von Bella saß. John wusste, dass Maggie ihre jüngste Tochter sofort am Morgen zu einer Freundin gebracht hatte, wo sie auch übernachten sollte. Bella wusste von dem Drama um ihre große Schwester gar nichts. Aber Alan war da, der seine Geschäftsreise sofort abgebrochen hatte und nach Hause geflogen war.

Maggie sprach aufgeregt ins Telefon hinein.

„Was ist los, sag doch!“, wurde sie von allen Seiten bestürmt, nachdem sie aufgelegt hatte.

„Die Polizei ist auf diesem Hof in Wales eingetroffen. Dort ist niemand, aber Macfarlanes Vauxhall steht dort. Der Geländewagen seiner Tochter ist weg.“

„Welche Farbe hat sein Auto?“

„Dunkelgrün.“

John sank aufs Sofa. „Passt die Beschreibung der Zeugin auf den Wagen?“

„Sie konnte nur sagen, dass es wohl ein älteres Modell war mit dunkler Farbe und dass es kein SUV war.“

Alan gab ein Stöhnen von sich. „Solche Autos gibt es zu Zehntausenden in London. Es könnte genauso gut sein, dass das gestern gar nicht Macfarlanes Wagen war.“

„Nicht sein Wagen? Nicht sein Wagen? Was meinst du damit, Alan? Wer sollte es denn sonst auf unser Kind abgesehen haben?“ Maggie war den Tränen nahe.

„Ich weiß es doch auch nicht, Maggie. Ich bin schon total konfus, ich weiß überhaupt nicht mehr, was ich glauben soll.“ Alan heftete seinen Blick auf John. „Und ihr seid euch sicher, dass dieser Macfarlane der Museumsmörder ist? Obwohl die Polizei des gesamten Königreichs hinter diesem Willoughby herjagt?“

John schüttelte den Kopf. „Nein, wir wissen es nicht. Er ist einer von zwei Männern, die nach meiner und Simons Einschätzung für den Mord in Frage kommen. Aber er ist derjenige, mit dem Renie gestern sprechen wollte.“

Sie diskutierten noch eine Weile hin und her, ohne auch nur einen Schritt weiterzukommen. Da läutete es an der Tür. Tommy war wie ein geölter Blitz draußen im Flur. Die drei Erwachsenen drängten hinter ihm her. Tommy riss die Tür auf. Der plötzliche Hoffnungsschimmer zerplatzte und hinterließ einen bitteren Nachgeschmack in Johns Kehle.

„Guten Abend. Ein Päckchen für Mr. und Mrs. Hughes, Expresslieferung. Scheinbar haben Sie ja schon alle sehnlichst darauf gewartet.“

Der Paketfahrer lächelte in die Runde. Maggie schluchzte auf und wandte sich ab. Auch Alan rang um Fassung. Er quittierte wortlos, nahm das Paket entgegen und schloss die Tür vor dem sichtlich verwirrten Kurierfahrer.

Mit bleiernen Beinen schlichen alle zurück ins Wohnzimmer, wo Alan den Arm um seine Frau legte. John starrte mit zusammengekniffenen Augen das schuhkartongroße Paket an, das Alan achtlos auf den Tisch geworfen hatte.

„Was könnte das sein?“

„Das ist doch jetzt egal.“, schniefte Maggie. „Vielleicht ein Buch. Ich bestelle ständig etwas online.“

„Das ist mit der Hand adressiert und es steht kein Absender drauf. Das kommt definitiv nicht von einem Versandhändler.“

Nun sah auch Maggie auf. Einen Moment starrten alle vier gebannt auf das Päckchen, so als würde es gleich explodieren.

Dann griff Tommy danach und wollte es aufreißen.

„Stopp!“ John fiel seinem Neffen in den Arm. „Falls das irgendetwas mit Renies Verschwinden zu tun hat oder mit dem Mord, sollten wir keine Spuren zerstören.“

„Aber der Bote und ich hatten es nun sowieso schon in der Hand.“, wandte Alan ungeduldig ein.

„Egal. Wir werden die Spurenlage nicht noch zusätzlich erschweren. Tommy, hol mir Einmalhandschuhe aus der Küche. Und ein scharfes Messer.“ In Maggie hatte die rationale Staatsanwältin für den Augenblick wieder die Oberhand gewonnen.

Blitzschnell war Tommy wieder da und reichte die Sachen mit zitternden Fingern seiner Mutter.

„Sollten wir das Ding nicht lieber von der Polizei öffnen lassen? Vielleicht ist ja eine Bombe drin oder sowas.“, meinte er unsicher.

Maggie und Alan tauschten einen Blick.

„Wir wollen keine Zeit verlieren. Am besten geht ihr in die Küche, falls es doch etwas Explosives ist. Ich öffne es jetzt.“, entschied Maggie.

„Keinesfalls, Liebling. Lasst mich das machen und geht in Deckung.“ Alan griff nach den Handschuhen. Nach einer kurzen Zankerei übernahm John das Kommando. „Her mit dem Zeug. Und ab mit euch.“

Maggie gab ihrem Bruder einen schnellen Kuss und die drei Hughes verließen den Raum. John zog sich die Handschuhe an und zerschnitt vorsichtig die Klebebänder, mit denen die Kanten verschlossen waren. Dann hob er den Deckel. Obwohl er nicht glaubte, dass tatsächlich eine Bombe in der Schachtel war, hielt er unwillkürlich den Atem an. Als er sah, was darin lag, stieß er ihn wieder aus.

„Es ist ein Schuh!“, rief er. „Sieht mir aus, als könnte er Renie gehören.“

Schon stand Maggie neben ihm. Sie hatte sich in der Küche ebenfalls Gummihandschuhe übergestreift und griff nun mit einem leisen Wehlaut nach dem geschnürten Stoffschuh.

„Das ist einer von ihren neuen Chucks.“, stieß Tommy hervor.

John lugte in die Kiste und zog einen Zettel hervor. Mit dem Gefühl, als hätte ihm jemand eins mit dem Hammer übergezogen, las er, was darauf stand.

„2 Millionen Pfund. Morgen Mittag. Keine Polizei. Der Übergabeort wird bekannt gegeben. Sonst ist Ihre Tochter tot.“

Maggie sackte plötzlich in sich zusammen. Alan fing sie auf und ließ sie aufs Sofa gleiten. Dann nahm er ihre beiden Hände in seine.

„Maggie, Schatz. Renie ist am Leben. Unser Kind lebt. Das ist doch die Hauptsache. Vergiss das Geld.“

„Dad, kannst du zwei Millionen lockermachen?“ Tommy starrte seinen Vater mit großen Augen an.

„Wenn ich der Bank genügend Sicherheiten liefern kann, werden sie mir das Geld geben. Es wird nicht einfach, aber der Wert meiner Firma hat sich trotz der Finanzkrise so gut entwickelt, dass es funktionieren müsste.“

„Die willst die Firma an die Bank verpfänden?“, flüsterte Maggie. „Ohne jede Garantie, dass wir Renie tatsächlich wieder zurückbekommen?“

„Natürlich. Eine andere Chance haben wir nicht.“

Maggie nickte stumm.

„Was ist mit der Polizei?“, fragte John. „Sollten wir nicht auf der Stelle Simon anrufen? Und wie fügt sich eine Lösegeldforderung in unsere Theorie ein, dass Macfarlane Renie hat? Das passt doch alles nicht zusammen.“

„Mir ist es momentan egal, wer Renie gekidnappt hat. Wir versuchen jetzt, das Geld zusammenzukriegen. Ich gehe nach oben und rufe Gerald, den Banker meines Vertrauens zuhause an.“

Alan stand auf. Dabei fiel der Schuh, den Maggie auf dem Schoss gehabt hatte, zu Boden. Etwas kullerte heraus. John bückte sich und sah einige unterschiedlich aussehende, allesamt tote Käfer auf dem Teppich liegen. Vorsichtig hob er sie auf und hielt sie in der Hand. „Maggie, sieh mal nach, ob noch mehr davon im Schuh sind."

„Hier ist noch einer. Und zwei Fliegen. Was hat das zu bedeuten, John?"

Ihr Bruder musste tief durchatmen. Die Fliegen sahen genauso aus, wie die, die er im Museum gesehen hatte. Schmeißfliegen, die Leichen auf eine Entfernung von zehn Meilen riechen konnten. Er kämpfte gegen eine Woge der Übelkeit. Das Kreischen in seinem Kopf schwoll zu ohrenbetäubender Lautstärke an.

Renie ist noch nicht einmal vierundzwanzig Stunden fort, versuchte er sich selbst zu beruhigen. Wie schnell fangen diese Biester an, eine Leiche anzuknabbern? Doch nicht innerhalb eines Tages. Oder doch?

„Der hier sieht ja ganz hübsch aus." Tommys Stimme riss ihn aus seinen Gedanken. Sein Neffe beäugte einen kleinen Käfer, der ein feines gelb-schwarzes Muster trug. „Und der hier schillert total grün. Und der hat sowas wie Hörner. Komisch, die Viecher sind alle unterschiedlich."

Blitzartig wusste John, was die Insekten zu bedeuten hatten. Ihm wurde schwindlig vor Erleichterung.

„Das ist ein Zeichen von Renie. Hundertprozentig."

Die anderen starrten ihn verständnislos an.

„Die Idee muss ihr gekommen sein, als sie an Geoff dachte. Dr. Tomlinsons Job ist es, Insekten und sonstiges Krabbelzeug zu identifizieren, das ihm zugeschickt wird. Er kennt sich bestens mit diesen Tieren aus. Er weiß sicher nicht nur, welche Arten das sind, sondern auch, wo sie vorkommen. Damit wollte Renie uns gewiss einen Hinweis geben, wo sie gefangen gehalten wird."

„Kann das wahr sein?" Seine Schwester sah ihn flehentlich an.

„Ich bin mir sicher, Maggie. Ich rufe auf der Stelle Geoff an, damit er herkommt." Schon hatte er sein Telefon herausgezogen.

Dr. Tomlinson hob schon beim ersten Klingeln ab. Als John ihm von der Nachricht und den Käfern erzählte, unterbrach er ihn sofort. „Wir treffen uns im Museum, John. Dort haben wir die nötige Ausrüstung und unsere Datenbanken, auf die ich zugreifen kann, falls ich eine Spezies nicht sicher identifizieren kann. Bringen Sie die Exemplare mit. Ich bin in zwanzig Minuten spätestens da. Kommen Sie zum Mitarbeitereingang."

„Der Junge ist ganz schön fix im Kopf.“, meinte John, nachdem er aufgelegt hatte. „Er will mich im Museum treffen. Tommy, rufst du mir bitte ein Taxi? Maggie, eine Tüte oder eine Schachtel für unsere stummen, aber trotzdem beredten Zeugen hier. Ruf Simon an und sag ihm alles. Dann bleibt einer von euch in der Nähe des Telefons, für den Fall, dass die Entführer anrufen, um den Übergabeort anzukündigen. Alan, du versuchst in der Zwischenzeit, das mit der Bank zu regeln, für alle Fälle. Also, auf geht's.“

Ganz gegen seine Gewohnheit musste John sich zügeln, den Taxifahrer nicht zu rasanterer Fahrt aufzufordern. Ungeduldig rutschte er auf dem Rücksitz des Fahrzeugs hin und her. Als sie endlich am Museum eintrafen, wartete Geoff bereits auf ihn. Er entriss ihm förmlich die kleine Schachtel, in die Maggie die Insekten getan hatte. Der Nachtwächter ließ sie bereitwillig ein, nachdem Geoff seinen Ausweis gezeigt hatte. „Noch so spät am Werk, Dr. Tomlinson?“, brummte er gutmütig. „Wahrscheinlich wieder eine der Last Minute-Aktionen für die Ausstellungseröffnung. Ein paar Ihrer Kollegen sind auch noch da.“

Schon im Gehen öffnete Geoff die Schachtel. Halblaut murmelte er eine Reihe von lateinischen Namen vor sich hin. Als sie sein kleines Büro erreicht hatten, schaltete er sofort den Rechner ein und zog ein Mikroskop heran.

„Also passen Sie auf. Die hier können wir alle vergessen. Die kommen überall hier in der Gegend vor. Möglicherweise hilfreich sind eigentlich nur diese beiden Gesellen hier. Das hier ist die juvenile Form eines Hirschkäfers. Er gehört weltweit zu den bedrohten Arten, breitet sich aber seit mehreren Jahren interessanterweise in und um London aus, hauptsächlich südlich der Themse. Die größte Populationsdichte erreicht er in – Moment“, er tippte schnell etwas in den Computer ein, „Southwark, Lewisham und Richmond.“

„Das ist ja immer noch ein Riesengebiet.“, meinte John entmutigt. „Das würde ja eine Ewigkeit dauern und ein riesiges Polizeiaufgebot benötigen, um sie in so einem Bereich von Dutzenden Quadratmeilen zu finden.“

„Immer langsam. Vielleicht hilft uns dieser letzte Käfer. Der sieht vielversprechend aus.“

John starrte das unscheinbare bräunliche Tierchen an. „Ehrlich? Der sieht doch ganz gewöhnlich aus.“

„Ist er aber nicht. Er ähnelt einem in der Tat häufigen Käfer, unterscheidet sich aber von ihm in einigen Punkten. Sehen Sie her."

Er tippte wieder etwas ein und auf dem Bildschirm erschien die Nahaufnahme eines Käfers, der exakt so aussah, wie das tote Exemplar auf dem Tisch.

„Das ist er ja.", meinte John.

„Eben nicht. Das ist sein Verwandter."

John las den komplizierten lateinischen Namen.

„Und was für eine Art haben wir dann hier?"

„Das ist eben der Clou. Ich weiß es nicht. Ich weiß nur, zu welcher Familie er gehört. Nämlich zu den Curculionidae."

Bestürzt sah John den jungen Biologen an. „Aber – wenn wir das Tier nicht identifizieren können, finden wir doch auch nicht heraus, wo es lebt."

Geoff lächelte siegesgewiss. „Dass ich es nicht kenne, heißt, dass es ein sehr seltenes Exemplar sein muss. Nun brauchen wir nur noch einen Spezialisten für Rüsselkäfer. Und der beste, den man kriegen kann, ist mein Boss."

John schlug sich an die Stirn. „Natürlich, Professor Clarke. Er kennt sicher jede einzelne Unterart. Rufen wir ihn an."

„Erstmal mache ich ein paar Aufnahmen von unserem kleinen Freund hier. Dann kann ich ihm diese mailen, falls er zuhause ist oder sonst wie einen Rechner in Reichweite hat."

Dr. Tomlinson legte den Käfer sorgfältig auf eine Glasplatte mit einem Größenraster und fotografierte ihn aus verschiedenen Blickwinkeln. Währenddessen spielte John voller Anspannung mit einem herumliegenden Kugelschreiber, bis er ihn zerbrochen hatte. Endlich war alles bereit und Geoff griff nach einem Blick auf eine Telefonliste zum Hörer. Doch auf einmal zögerte er.

„Was wird er sagen, wenn ich ihn um diese Zeit störe? Ich habe ihn noch nie zuhause angerufen. Und wahrscheinlich hat er jede Menge um die Ohren, weil er übermorgen wieder zu einer Expedition aufbricht. Wenn er zornig wird, kann ich es mir abschminken, je aus diesem Loch herauszukommen. Ich werde mir sowieso etwas anhören können, wenn er erfährt, dass ich heute Nachmittag einfach meinen Arbeitsplatz verlassen habe, um nach Renie zu suchen. Gott sei Dank war er heute nicht im Haus, so dass er es nicht gleich mitbekommen hat."

John griff kurzerhand nach dem Hörer. „Wählen Sie schon. Ich spreche mit ihm.“ Glücklicherweise war Professor Clarke zuhause und bereit, sein Dinner zu unterbrechen. John schilderte ihm mit knappen Worten die Situation.

„Dr. Tomlinson war uns in dieser Notlage eine unschätzbare Hilfe, Professor. Sein Einsatz und sein Fachwissen haben uns schon ein gutes Stück weitergebracht. Aber nun ist auch er mit seinem Latein am Ende und da Sie schließlich landesweit der beste Fachmann sind, habe ich ihn gedrängt, Sie anzurufen.“, schloss er. Er lauschte kurz, gab dann Geoff das Daumen-hoch-Signal und legte auf.

„Sie sollen ihm das Fotomaterial auf der Stelle schicken. Er ruft so schnell wie möglich zurück, sobald er etwas herausgefunden hat, sagte er.“

Geoff hatte schon ein Mailprogramm geöffnet und drückte wenige Augenblicke später den Sendeknopf. Beide atmeten durch.

John lehnte sich an einen Schrank. „Braucht Professor Clarke nicht Zugang zur Datenbasis des Museums? Denken Sie, er kann das Tier allein auf Grund von Fotos identifizieren?“

Geoff lachte. „Clarke hat seine Datenbasis hier drin.“ Er tippte sich an die Stirn. „Er ist wirklich ein wandelndes Lexikon. Aber einige Minuten wird es sicher dauern, bis wir von ihm hören.“

Schon klingelte es. Überrascht hob Geoff ab. Er lauschte kurz und sagte dann, „Okay. Ich komme rauf und hole ihn ab.“ Er legte auf. „Das war einer unserer Sicherheitsleute. Jemand von Scotland Yard steht draußen und will mit uns sprechen.“

„Das muss mein Cousin sein, Superintendent Whittington. Ich hole ihn besser vom Eingang ab und Sie bleiben hier, falls Professor Clarke sich in den nächsten Minuten meldet.“

Während er im Lift nach oben fuhr, zerbrach John sich den Kopf, warum Simon hierherkam. Er wollte ihm doch wohl nicht persönlich eine schlechte Nachricht überbringen? Dass die Polizei Renie wohlauf gefunden hatte, wagte er nicht zu hoffen. Als er Simon im Halbdunkel des Eingangs stehen sah, setzte sein Herzschlag aus. So hatte er seinen Cousin noch nie gesehen. Üblicherweise sah Simon aus, als käme er geradewegs vom Haute Couture-Laufsteg herunterspaziert. Heute Abend sah er zerknittert und grau aus. Ein dunkler Bartschatten lag in seinem Gesicht. Seinen Gesichtsausdruck wusste John nicht zu deuten.

„Simon! Was ist los?“, fragte er ohne Umschweife.

„Wir haben Macfarlane gefunden.“

John hielt den Atem an.

„Im Krankenhaus in Llandudno. Er hatte seine Tochter mit deren Wagen dorthin gebracht, nachdem es ihr gesundheitlich schlechtging. In der Eile hatte er sein Handy in seinem Auto liegenlassen."

„Dann war seine Geschichte wahr und er hat Renie gar nicht entführt?"

Simon schüttelte den Kopf. „Macfarlane war verständlicherweise nicht begeistert, als er zurückkam und sah, dass die walisischen Kollegen die ganze Farm auf den Kopf gestellt hatten. Er hat Zeter und Mordio geschrien. Natürlich haben die Beamten vor Ort erklärt, dass der Einsatzbefehl aus London kam. Von mir nämlich."

Er fuhr sich müde über die Stirn. „Du kannst dir nicht vorstellen, was ich mir gerade anhören durfte. Eigenmächtigkeit, Verschwendung von Steuergeldern, unsaubere Ermittlungstaktik, unverhältnismäßiger Eingriff in Bürgerrechte... Und das sind nur die Punkte, die dem Commissioner innerhalb einer Minute eingefallen sind, nachdem er Wind von der Geschichte bekommen hatte. Er hat mir dann nahegelegt, auf der Stelle das Gebäude zu verlassen. Es hätte nicht viel gefehlt und er hätte mich suspendiert. Auf mich wartet ein fettes Disziplinarverfahren. Ich kann froh sein, wenn ich nicht ab nächster Woche in der Verkehrsüberwachung lande."

Betroffen sah John seinen Cousin an. „Ich kann gar nicht sagen, wie leid mir das tut, Simon. Aber der Verdacht gegen Macfarlane schien wirklich gerechtfertigt."

Simon winkte ab. „Ich habe es mir selbst zuzuschreiben, dass ich mich von dir auf eine völlig falsche Fährte habe setzen lassen. Das war ein unverzeihlicher Fehler. An der Stelle des Commissioners hätte ich genauso gehandelt. Ob man hier wohl eine Tasse Tee bekommen kann?", fragte er dann übergangslos.

„Ich bringe dich hinunter zu Dr. Tomlinson. Ich glaube, ich habe einen Wasserkocher in seinem Büro gesehen." John ging voran.

„Ach, übrigens haben wir Willoughby gefunden.", merkte Simon mit düsterer Stimme an.

„Tatsächlich? Aber das ist ja großartig, endlich ein Erfolg für die Polizei! Das dürfte die Gemüter beruhigen, oder nicht?"

„Pff. Es war pures Glück. Willoughby ist offensichtlich der Sprit ausgegangen und er ist östlich von Manchester im Gebiet des Peak District abgestürzt. Dort haben ihn Wanderer vor einer Stunde gefunden."

„Hat er den Absturz überlebt?“

„Ja, er hatte eine Menge Glück. Wir müssen noch den Befund der Ärzte abwarten, aber nach dem ersten Eindruck schien er nur mittelschwer verletzt zu sein. Wir hoffen, ihn morgen vernehmen zu können.“

Sie hatten das Untergeschoss erreicht. John sah seinen Cousin von der Seite an. „Durch seine Flucht wird man nun allgemein davon ausgehen, dass er der Täter ist, nicht wahr? Warum hätte er sich sonst absetzen sollen?“

„Er dürfte es auf jeden Fall schwer haben, seine Unschuld zu beweisen. Briarson wird ihn in seine Einzelteile zerlegen, das steht fest. Aber nun müssen wir erstmal sehen, was mit Renie ist.“

Sie betraten Tomlinsons Büro. John stellte die Männer einander vor.

„Simon, das ist Dr. Geoffrey Tomlinson. Geoff, das mein Cousin, Superintendent Whittington vom New Scotland Yard.“

Die beiden schüttelten sich die Hände.

„Dr. Tomlinson ist ein hervorragender Entomologe – “, begann John, als Geoff ihn schon begeistert unterbrach. „Der jetzt weiß, zu welcher Spezies unser mysteriöser Käfer gehört. Und auch, dass er hier bei uns nur ein minimales Verbreitungsgebiet hat. Mein Boss hat gerade angerufen.“

Er zeigte auf den Computerbildschirm, auf dem eine Karte Londons zu sehen war. „Die wenigen bisher gesichteten Exemplare kamen genau von hier.“

„Lewisham.“, murmelte Simon. „Über dreißig Quadratkilometer Fläche und gut eine Viertelmillion Einwohner. Das hilft uns nicht viel.“

„Wir können es noch wesentlich genauer eingrenzen, Sir.“ Geoff vergrößerte den Kartenausschnitt und tippte mit dem Finger auf eine grün gekennzeichnete Fläche.

„Blackheath“, sagte er triumphierend. „Rund achtzig Hektar Parkland, durchschnitten von der A 2. Professor Clarke hat dort vor einigen Jahren eine ökologische Studie durchgeführt und genau diesen Käfer dort registriert. Er wurde noch an einer anderen Stelle im Umkreis Londons gesichtet, aber dort kommt wiederum der Hirschkäfer so gut wie nicht vor. Die einzige Schnittstelle, die auf alle Insekten passt, ist exakt hier.“

Simon hob die Augenbrauen. „Gut, gehen wir nach der Theorie, dass Renie diese kleinen Viecher in dem Versteck eingesammelt hat, wo sie gefangen gehalten wird.“ Er hörte sich wieder deutlich munterer an. „Es kann kein Wohnhaus sein, oder wenn überhaupt, nur ein verlassenes und leicht verfallenes, in dem die Natur sich allmählich breitmacht. Wahrscheinlicher handelt es sich um eine Art Gartenhaus oder einen Schuppen, irgendwo am Rande des Parks.“

„Das müsste doch zu finden sein.“, rief John begeistert aus. „Sollen wir deine Kollegen benachrichtigen?“

Simon sah unschlüssig aus. „Durch den Erpresserbrief ist aus Renies Verschwinden offiziell ein Entführungsfall geworden. Maggie hatte mich allerdings gebeten, die Geschichte vorerst unter der Decke zu halten und auch nicht zu ihr und Alan ins Haus zu kommen, falls die Entführer es beobachten. Wenn sie nun ihr ganzes Gewicht als Staatsanwältin in die Waagschale wirft und sich sofort mit der zuständigen Abteilung in Verbindung setzt, kann es durchaus sein, dass eine konzertierte Suchaktion noch heute Nacht laufen kann. Andererseits könnte es die Entführer auch alarmieren, wenn Horden von Polizisten das Gebiet durchkämmen.“

„Wir rufen Maggie und Alan an und überlassen ihnen die Entscheidung.“, schlug John vor. Er zog sein Handy heraus und bat Geoff, „Könnten Sie bitte einen Tee für uns machen? Ich glaube, wir haben eine lange Nacht vor uns.“

Tomlinson sprang eilfertig auf. Während John telefonierte, lehnte Simon sich gegen den Schrank, legte den Kopf in den Nacken und schloss die Augen.

Als John auflegte, reichte Geoff Simon gerade eine Tasse mit dampfendem Tee. Dann blickte er suchend im Zimmer herum und fand schließlich ein angeschlagenes Trinkglas, in das er einen Teebeutel tat. „Etwas anderes habe ich leider nicht.“, murmelte er verlegen und schüttete heißes Wasser hinein. „Ich bekomme hier sonst selten Besuch.“

John verbrannte sich prompt die Finger, als Geoff ihm das Glas reichte, bemühte sich aber um ein Lächeln. „Vielen Dank. Also, nun zum weiteren Vorgehen: Maggie möchte noch damit warten, die Polizei zu alarmieren. Sie bittet uns beide, die Gegend erst einmal zu sondieren. Wärst du dazu bereit, Simon?“

Sein Cousin nickte. „Welches Fahrzeug nehmen wir? Mein Auto ist nicht gerade unauffällig.“ Simon und Patricia besaßen beide je einen Jaguar. Simons Wagen war silberfarben, Patricias rot.

„Wir nehmen mein Auto. Ich habe einen alten Hyundai. Er steht gleich draußen vor der Tür.“ Dr. Tomlinson zog schon seine Autoschlüssel aus der Hosentasche.

Simon warf ihm einen scharfen Blick zu. „Wollen Sie wirklich mitkommen, junger Mann? Ich kann keinerlei Verantwortung für Sie übernehmen. Entführung ist ein Kapitalverbrechen. Solche Leute sind erfahrungsgemäß auch zur Waffengewalt bereit.“

Geoff schluckte, nickte aber. „Für Renie und mit Ihnen beiden an meiner Seite bin ich bereit, das Risiko einzugehen.“ Dann hellte sich sein Gesicht auf. „Das ist wie bei den drei Musketieren. Einer für alle, alle für einen.“ Feierlich streckte er die Hand nach vorn. „Athos.“

John und Simon wechselten einen Blick. Dann legte John seine Hand auf die von Geoff. „Porthos.“

Nach kurzem Zögern folgte Simon.

„Aramis“. Dann zischte er John zu, „Wenn du jemals einer Menschenseele hiervon erzählst, bist du ein toter Mann.“

Und sie zogen los.

Kapitel 17

„Lassen Sie mich fahren.“ Simon nahm die Autoschlüssel, die Geoff ihm bereitwillig entgegenstreckte. John nahm auf dem Rücksitz Platz.

„Schade, dass wir uns nicht so ein Blaulicht aufs Dach pflanzen und mit hundert Sachen durch die Stadt donnern können.“ Geoffs Augen leuchteten, als er sich anschnallte.

Simon rollte mit den Augen. „Darf ich fragen, wie alt Sie sind, Dr. Tomlinson?“

„Achtundzwanzig. Im November werde ich neunundzwanzig.“

Simon warf ihm einen kritischen Seitenblick zu, während sie die stille Cromwell Road entlangfuhren. „Erstaunlich.“, brummte er dann.

„Was meinen Sie? Wieso ist das erstaunlich?“ Geoff sah den Superintendenten verwirrt an.

John warf seinem Cousin im Rückspiegel einen strengen Blick zu und räusperte sich. „Der Superintendent meint sicher, dass man angesichts Ihres Doktortitels erwarten könnte, dass Sie schon älter sind.“

„Ach so.“, meinte Geoff. „So ungewöhnlich ist das gar nicht. Ich habe mein Studium ziemlich straff durchgezogen. Studentenpartys und solche Zeitverschwendungen, das war nichts für mich.“

Das glaubte John aufs Wort.

„Verflixt, da vorn ist eine Umleitung.“, murrte Simon. „Diese Schrottkarre hat wohl kein Navigationssystem?“

„Das brauchen wir nicht. Ich habe eine App auf meinem Handy, die führt uns hin.“ Geoff ließ die Finger über sein Handy flitzen und lotste Simon effizient über die zehn Meilen nach Lewisham. Dennoch dauerte es über eine halbe Stunde, bis sie am Rand der riesigen Parkfläche anlangten. Mittlerweile war es dunkel geworden. Simon fuhr langsam entlang der Ringstraße um den Park.

„Diesen Abschnitt hier können wir vergessen.“, meinte er nach einigen Minuten. „Die Villen, die hier stehen, sind mit Sicherheit nicht von Käfern infiltriert. Aber da vorn, hinter diesem Teich, da stehen ältere Häuser mit großen, gut eingewachsenen Grundstücken. Das sehen wir uns näher an.“ Er parkte den Wagen. Einen Moment blieben alle drei still sitzen.

„Haben Sie eine Taschenlampe im Wagen?“, fragte Simon.

„Natürlich. Sogar zwei. Auch eine Lupe. Wer nachtaktive Insekten studiert, hat immer so etwas an Bord.“

„Die Lupe werden wir eher nicht brauchen, aber die Lampen sind hilfreich. Wir werden sie allerdings nur im Notfall benutzen.“

„Haben Sie eigentlich eine Waffe?“ Geoff flüsterte unwillkürlich.

Simon schüttelte den Kopf. „Als Kriminalbeamter trage ich nicht immer eine. Außerdem käme ich in Teufels Küche, wenn ich bei einem nicht offiziellen Einsatz herumballern würde.“

„Okaaay“, antwortete Geoff gedehnt. Scheinbar wurde ihm nun doch etwas mulmig.

Simon drehte sich in seinem Sitz um und sah seine beiden Gefährten eindringlich an. „Wir machen Folgendes: Dr. Tomlinson, Sie gehen mit John in diese Richtung, ich gehe in die entgegengesetzte. Entfernt euch nicht mehr als zweihundert Yards. Handys auf Vibrationsalarm. Ihr wisst, wonach wir suchen: Geräteschuppen, Gartenlauben, verlassene Häuser. Höchstwahrscheinlich abseits stehend, da die Nachbarn sonst etwas mitbekommen würden. Wer etwas Verdächtiges wahrnimmt, meldet es sofort. Keiner macht einen Alleingang. Alles klar? Dann steigen wir aus.“

Als sie die Taschenlampen aus dem Kofferraum holten, griff Geoff noch schnell nach einem scharfkantigen Klappspaten. Offensichtlich fühlte er sich damit besser. „Wenn mich jemand damit sieht, tue ich einfach so, als wäre ich ein Guerilla-Gärtner.“, verteidigte er sich.

John musste grinsen und sogar Simon verzog den Mund zu einem halben Lächeln. „Also, auf geht´s, Leute.“

Nach zwanzig Minuten trafen sie sich wieder beim Auto.

„Wir haben nichts entdeckt, was wie ein Versteck aussieht.“, meldete Geoff enttäuscht. „John hat mich einige Male sogar hochgehoben, damit ich über eine Mauer sehen konnte, aber da war nichts.“

„Ich habe auch nichts Aussichtsreiches gesehen. Aber so schnell geben wir nicht auf.“ Simon stieg wieder ins Auto. Ein paar hundert Meter weiter hielten sie abermals an und wiederholten das gleiche Spiel. Wieder nichts. Simon blieb gelassen.

„Dort vorn, auf der Südseite des Parks, haben sich ein paar Betriebe mit Lagerhallen angesiedelt. Das ist unser nächstes Ziel.“

Wiederum trennten sie sich und John ging mit Geoff Tomlinson langsam an der Straßenfront eines Holzverarbeitungsbetriebs vorbei und lugte immer wieder durch den Gitterzaun, der das Unternehmensgelände umgab. Auf einmal blieb Geoff stehen. „Hier sind wir völlig falsch, glaube ich. Unser Käfer bewohnt Grasland. Soweit ich das erkennen kann, ist hier die gesamte Fläche geteert. Dort würde er nicht hinwandern.“, sagte er überzeugt.

„Leuchten wir zur Sicherheit einmal mit der Taschenlampe hinein. Hier scheint sowieso niemand zu sein. Eine Flutlichtanlage, die das Gelände in der Nacht erleuchten würde, gibt es offenbar auch nicht.“

John ließ den Schein der Lampe über die Fläche zwischen den Hallen wandern. „Tatsächlich. Alles geteert.“ Da spürte er, wie sein Handy ruckelte.

„Ja? Simon, was gibt´s?“

„Kommt her. Ich bin etwa zweihundert Yards vom Auto entfernt.“ John bedeutete Geoff, ihm zu folgen und setzte sich eilig in Bewegung.

„Haben Sie die Räuberhöhle entdeckt, Superintendent?“, wisperte Geoff, als sie bei Simon eintrafen.

Wortlos deutete Simon auf eine kleine Lagerhalle aus Wellblech, die selbst in der Finsternis ziemlich verlottert aussah und von einem verbogenen Maschendrahtzaun umgeben war. Lediglich über der Eingangstür brannte eine schwache Leuchte. Verdutzt sah John seinen Cousin an. „Wieso findest du diesen Schuppen verdächtig?“

Simon wies auf den Schriftzug über dem Eingang. Dort waren verwitterte chinesische Schriftzeichen zu erkennen, darunter stand „Im- und Export“.

„Tut mir leid, Simon, ich verstehe immer noch nicht.“

„Überleg doch, John: Wer sind denn die einzigen Menschen, die in letzter Zeit Drohungen gegen Renie geäußert haben?“

Endlich fiel der Groschen. „Die Chans! Natürlich!“ John schlug sich an die Stirn. „Dass wir nicht früher daran gedacht haben.“

„Was haben diese Chans gegen Renie?“, fragte Geoff.

„Das erkläre ich Ihnen hinterher. Wie gehen wir jetzt vor, Simon?“

„Wir machen uns auf die Suche nach einem Hintereingang in das Gelände. Folgt mir.“

Nebenan befand sich eine stillgelegte Tankstelle, hinter der die Ruine einer Werkstatt aufragte. Die ehemals geteerte Fläche davor war in weiten Teilen überwuchert. Sommerflieder wuchs in ausladenden Büschen. Geoff nickte und murmelte, „Hier könnten wir in der richtigen Gegend sein. Zumindest für unseren Käfer.“

Sie schlichen im Gänsemarsch nach hinten. Zwischen dem verfallenen Werkstattgebäude, durch dessen zerborstene Fenster man noch eine Autohebebühne erahnen konnte und dem Zaun gab es einen schmalen Grünstreifen, der vollkommen überwuchert war. Man konnte so gut wie nichts erkennen, da das Gebüsch kaum Mondlicht durchließ.

John hatte das Gefühl, dass sie einen Lärm machten wie eine ganze Elefantenhorde, die durch den Dschungel brach. Außerdem bekam er überall Kratzer ab. Ein besonders hartnäckiger Akaziendorn blieb in seinem Handrücken stecken und er biss sich auf die Lippen, um nicht aufzuschreien. Gleichzeitig hatte er das Gefühl, dass sich alles mögliche Krabbelgetier an ihn heftete. Endlich brachen sie aus dem Dickicht. Sie hatten das Ende der Werkstatt erreicht. Im hellen Mondlicht konnten sie aufeinandergestapelte Skelette ausgeschlachteter Autos sehen, die hier vor sich hin rosteten. Simon verzog das Gesicht. „Hier muss ich wirklich mal die Kollegen vom Umweltschutz herschicken."

„Fantastisch!", kam es da plötzlich von Geoff. „Eine besonders schöne Acleris logiana."

„Psst!" Simon warf dem Biologen einen mahnenden Blick zu.

„Verzeihung! Aber diese Falterart habe ich ewig nicht gesehen.", flüsterte Geoff.

Simon schloss für einen Moment die Augen. Fast unhörbar stieß er aus, „Zivilisten!"

„Jetzt bitte volle Konzentration. Wir schleichen uns an diesem Autofriedhof vorbei und schauen, ob wir im Zaun zum Nachbargrundstück eine Lücke finden können.", kommandierte er dann.

Nachdem sie sich ein Stück weit vorgearbeitet hatten, blieb Simon abrupt stehen. John konnte gerade noch verhindern, in ihn hinein zu prallen. Dann stieß er ein unterdrücktes „Uff" aus. Geoff, der ganz hinten ging, war ungebremst auf ihn aufgeprallt. Etwas knackte.

„Oh Gott, ich glaube, ich habe mir die Nase gebrochen.", jaulte Geoff auf.

„Grundgütiger, ich habe das Gefühl, ich gehe mit Dick und Doof auf Verbrecherjagd.", seufzte Simon ungnädig. „Nun seid gefälligst mal still. Wir lauschen, ob sich etwas rührt."

Sie hielten sich stockstill. Nichts war zu hören außer entferntem Verkehrslärm, der von der A 2 kam.

„Ich glaube, hier ist ein Loch im Zaun." Simon legte eine Hand über die Taschenlampe und leuchtete auf den Drahtzaun.

„Tatsächlich. Nicht groß, aber wir können durchschlüpfen. Ich gehe vor." Er löschte das Licht wieder. Nacheinander wanden sie sich mühselig durch das rostige Geflecht. Wahrscheinlich konnten sie alle drei hinterher ihre Kleidung nur noch wegwerfen, ging es John durch den Kopf. Er selbst konnte das verschmerzen, aber Simon trug wahrscheinlich Tuch im Wert von etlichen hundert Pfund am Körper. Er fuhr zusammen, als Simon ihn am Arm packte.

„Da vorn! Seht ihr das?", raunte er fast unhörbar. Eine Wolke war vor den Mond gezogen. John starrte mit zusammengekniffenen Augen in die Finsternis. Tatsächlich! In einiger Entfernung war ein schwacher Lichtschein auszumachen, der aus einem kleineren Gebäude zu kommen schien, das im Schatten der Wellblechhalle auf dem weitläufigen Gelände stand. Auch Tomlinson hatte es erspäht.

„Wir gehen weiter ran." Simon setzte sich wieder an die Spitze. Als sie näher kamen, konnten sie erkennen, dass das Licht durch vereinzelte Ritzen des Gebäudes kam, das wie ein Geräteschuppen aussah. Fenster gab es nicht. Dann konnten sie leise Musik vernehmen. Sie verharrten einige Minuten stockstill. Dann, gerade als Simon das Zeichen zum Rückzug gab, meinte John eine helle weibliche Stimme zu hören. Renie! Unwillkürlich machte er einen Schritt nach vorn. Simon riss ihn zurück und schob seine beiden Begleiter unsanft in Richtung Nachbargrundstück. Erst, als sie im Gebüsch sicher in Deckung waren, blieb er stehen.

„Wir wissen nicht, ob Renie allein dort drin ist. Wir könnten sie und uns in Gefahr bringen, wenn wir unüberlegt handeln. Jetzt ist der Zeitpunkt, das Sondereinsatzkommando zu alarmieren – " Simon unterbrach sich und griff in seine Hosentasche. Er zog sein Handy heraus. Maggies Nummer leuchtete im Display. Simon runzelte die Stirn. Dann meldete er sich kaum hörbar hinter vorgehaltener Hand. Er lauschte eine Weile stumm, dann gab er Maggie knappe Anweisungen und legte auf.

„Die Entführer haben sich gemeldet. Alan hat mit ihnen gesprochen und einen Übergabeort vereinbart. Ich habe ihr aufgetragen, den Yard zu alarmieren und ihnen unseren Standort durchzugeben."

„Was machen wir jetzt?", fragte Geoff.

„Wir warten.", beschied ihm Simon.

„Aber können wir ihr nicht ein Zeichen geben? Damit sie weiß, dass Hilfe naht? Wahrscheinlich sitzt sie seit gestern Abend in dieser Hütte, hungrig und verängstigt – “, wandte Geoff ein.

„Dr. Tomlinson, bei allem Respekt, Sie wissen offensichtlich noch sehr wenig über Renie. Sie ist hart im Nehmen, glauben Sie mir. Außerdem kann die Rettungsaktion in weniger als einer Stunde über die Bühne gehen. Bis dahin muss sie noch aushalten.“ Dann fiel Simon noch etwas ein.

„Die Kollegen sollten auch Lokal und Wohnhaus der Chans überwachen. Ich werde selbst mit dem Yard telefonieren, um die ganze Sache zu koordinieren.“ Er zog sich noch ein Stück weiter zu der verfallenen Werkstatt zurück und wählte eine Nummer.

„Entschuldigen Sie mich einen Moment. Die ganze Aufregung drückt mir auf die Blase.“ Geoff lehnte seinen Spaten an einen kleinen Baum und verschwand im Gebüsch.

Als Simon zurückkam, fragte er misstrauisch, „Wo ist Tomlinson?“

„Er ist mal kurz beiseite gegangen, um einem menschlichen Bedürfnis nachzukommen.“, antwortete John.

„Hm. Ich möchte ihn aus der Schusslinie haben, bevor die Kollegen hier eintreffen. Der Commissioner macht Hackfleisch aus mir, wenn ich einen Zivilisten in Gefahr bringe.“

„Soso. Um meine Sicherheit als Zivilist machst du dir wohl keine Sorgen.“, merkte John amüsiert an.

„Da du genauso wie ich im Dienst Ihrer Majestät stehst, hast du keinen Zivilistenstatus. Außerdem sind deine Einmischungen in unsere Polizeiarbeit auch bei meinen Vorgesetzten hinlänglich bekannt. Deine Anwesenheit hier wird mir keiner ankreiden können. – Ah, da sind Sie ja.“, wandte er sich an Geoff, der wieder zu ihnen trat.

„Die Kavallerie ist auf dem Weg. Ich wäre Ihnen dankbar, wenn Sie zum Auto zurückkehren könnten. Dort warten Sie. Ich selbst möchte die Lage hier noch ein wenig sondieren und brauche Sie dort vorn, um den Kollegen den Weg über dieses Grundstück hier zum Zielobjekt anzuzeigen. Schaffen Sie das?“

„Natürlich, Superintendent.“

„Gut, dann nehmen Sie die Autoschlüssel an sich und gehen Sie. Melden Sie sich zwischendurch per Handy. Alles klar?“

„Jawohl, Sir.“ Geoff entfernte sich.

Simon wartete, bis er außer Hörweite war. „Ich hoffe wirklich stark, dass wir richtig liegen und Renie dort drin in der Gewalt der Chinesen ist. Ein weiterer Fehlschlag und meine Laufbahn ist endgültig im Eimer."

Typisch, dachte John. Nun denkt Simon schon wieder in erster Linie an sich und seine gottverdammte Karriere.

Dann dachte er daran, dass sein Cousin heute wohl den schlimmsten Tag seines Polizistenlebens gehabt hatte und er selbst einen nicht unerheblichen Anteil daran trug, dass Simon sich so viel Ärger eingehandelt hatte. Er beschloss, für heute über Simons Selbstsucht hinwegzusehen.

„Ich hoffe, der Zugriff geht gut über die Bühne und niemand wird verletzt.", sagte er lediglich.

Simon nickte. „Wenn wirklich die Chans hinter der Entführung stecken, muss Renie befreit sein, bevor die Lösegeldübergabe erfolgt. Danach ist sie für sie wertlos und da sie die Leute ja kennt, wäre sie eine Gefahr für sie."

John schluckte. Dann spürte er, wie sein Handy sich bewegte.

„Geoff, was gibt's? Sind Sie im Auto?"

„Mayday, Mayday: Die Chinesen sind im Anmarsch! Eben ist ein Auto vorgefahren und zwei Männer sind ausgestiegen. Sie laden gerade eine große Styroporbox aus dem Kofferraum aus."

Johns Herzschlag setzte kurz aus. Dann gab er die Meldung eilends an Simon weiter.

„Verdammt, das klingt, als wollten sie sie woanders hinbringen.", fluchte sein Cousin und entriss ihm das Handy. „Tomlinson, hören Sie mir zu: Sie müssen die Leute aufhalten, egal wie. Denken Sie sich was aus." Er legte auf. „Wir müssen handeln, John. Sofort. Verdammt, und wir haben nicht einmal eine Waffe."

Ersatzweise griff John schnell nach dem Spaten, den Geoff vergessen hatte und sie liefen los.

Zwanzig Yards von dem Schuppen entfernt, verlangsamten sie und schlichen behutsam heran. Nun erkannten sie, dass das Gebäude aus roh behauenem Holz bestand. Auf einer Seite gab es eine Tür, jedoch keine Fenster. Offensichtlich hatte drinnen jemand ein Radio laufen. Die Stimme eines Moderators drang heraus, gleich darauf sang Dionne Warwick, *„I say a little prayer for you."*

John und sein Cousin warfen sich einen Blick zu. Ausnahmsweise dachten beide das gleiche. Ein kurzes Gebet konnte jetzt nicht schaden. Gleich darauf mussten beide unwillkürlich grinsen, als eine weitere Stimme durch das Holz drang. Eine unverkennbar männliche

Stimme, die in schrägen Falsett-Tönen den Refrain mitjaulte. *„Together, forever, you stay in my heart ...“*

Simon bedeutete John, ihm den Spaten zu geben. Dann postierte er sich neben der Tür. John klopfte sachte an die Tür und brummte, „Nihao.“ Drinnen verstummte die Musik schlagartig und sie hörten, wie sich jemand der Tür näherte. Beide hielten den Atem an. Dann knirschte ein Schlüssel im Schloss.

„Thien, ich dachte schon, ihr kommt nie. Habt ihr etwas zu essen mitge-?“ Der junge Chinese, der den Kopf durch die Tür gestreckt hatte, verstummte jäh und sank zu Boden, als Simon ihm mit der flachen Seite der Schaufel eins über den Schädel gab. John riss die Tür auf und stürmte hinein.

„Renie!“ Seine Nichte saß auf dem nackten Boden in einer Ecke des Schuppens, an Händen und Füßen gefesselt, aber ansonsten unversehrt.

„John! Simon! Ihr habt mich tatsächlich gefunden! Mein Trick mit den Käfern hat funktioniert! Stellt euch vor, diese Chans – “

„Wir haben keine Zeit zu verlieren. Wir müssen weg, bevor sie kommen.“, befahl Simon und griff nach der Pistole, die auf einer Werkzeugbank lag. „Raus hier.“

John warf seine Nichte, die glücklicherweise zierlich war, kurzerhand über seine Schulter. Simon warf probeweise einen Blick nach draußen. „Auf geht's. Wir gehen denselben Weg zurück. Los, los, ich gebe euch Rückendeckung, falls nötig.“

John spurtete los. Simon riskierte es, kurz seine Taschenlampe einzuschalten, so dass sie das Loch im Zaun schnell wiederfanden. Sie zerrten Renie hindurch und schleppten sie durch das Dickicht in Richtung Straße. Dort stoppten sie und Simon signalisierte, dass er allein vorangehen würde. Während er versuchte, den Knoten an Renies Fußfesseln zu lösen, erklärte John seiner Nichte im Flüsterton, wie sie es geschafft hatten, sie zu finden.

„Hah, ich sagte dir doch, dass Geoff voll was auf dem Kasten hat, oder nicht?“, kommentierte sie triumphierend.

Bevor John fragen konnte, wie es ihr in den letzten vierundzwanzig Stunden ergangen war, kam Simon zurück.

„Auf der Straße ist niemand. Ein grauer Lieferwagen steht da, daneben liegt eine mannshohe Transportbox. Von Tomlinson oder den Chinesen keine Spur. Gehen wir. Ich habe schon mit dem Hauptquartier telefoniert, die Kollegen müssten gleich eintreffen.“

Mit einem letzten Griff löste John die Fessel. Nun konnte Renie allein laufen. Alle drei krochen aus der Deckung und gingen gebückt an der Mauer entlang, die das Tankstellengelände vom Nachbargrundstück trennte.

„Da vorn kommen sie.“, wisperte Renie plötzlich. „Zwei Männer. Ich glaube, das sind Thien und Hiro Chan.“

John und Simon lugten vorsichtig über den Rand der Mauer. Tatsächlich, dort näherten sich zwei Asiaten, die den Styroporbehälter aufnahmen, das Gittertor vor der Lagerhalle aufsperrten und auf dem Gelände verschwanden.

„Los, wir laufen in den Park.“, kommandierte Simon. Die drei sprinteten los, quer über die Straße und die angrenzende Rasenfläche. Hier hüllte völlige Dunkelheit sie ein. In einiger Entfernung sahen sie die Lichter der Autos auf der A 2 vorbeizischen. Sie verlangsamten ihr Tempo. John Herzschlag beruhigte sich allmählich. Da spürte er, dass sein Telefon vibrierte.

„Geoff! Wo sind Sie? Wir haben´s geschafft, mein Freund, Renie ist frei.“

„Phantastisch! Wo sind Sie alle? Ich komme Sie abholen.“

John sah sich ratlos um. „Wir sind im Park, keine Ahnung, wo. Am besten bleiben wir alle einstweilen in Deckung, bis die Polizei eintrifft. Danach treffen wir uns wieder.“

„Bitte grüßen Sie einstweilen Renie von mir. Ich … bin sehr froh, dass es ihr gut geht.“

„Das sagen Sie ihr nachher am besten selbst, Geoff. Bis später.“

Er reichte sein Handy an seine Nichte weiter.

„Hier. Ruf deine Eltern an. Sie müssen wissen, dass mit dir alles in Ordnung ist. Alles andere ist momentan egal.“

Kurz vor Mitternacht brachte Alan den fünften Toast auf das „heldenhafte Trio“ aus, wie er es nannte. Allerdings waren nur zwei Drittel des Trios anwesend, da Simon es sich nicht hatte nehmen lassen, die Vernehmung der drei Verhafteten – auch der junge Mann, den er niedergeschlagen hatte, hatte keine größeren Blessuren davongetragen – persönlich zu führen und war sofort in den Yard zurückgekehrt.

„Hoffentlich schafft Simon es, genügend Beweise zu finden, dass die ganze Familie Chan für Jahre hinter Schloss und Riegel verschwindet.“, meinte Maggie grollend und nahm einen Schluck Champagner.

„Mit Ausnahme von Li natürlich.“ Renie schaufelte sich noch eine Portion Apple Crumble auf ihren Teller. „Ihr Vater und ihre Brüder konnten es scheinbar echt nicht ertragen, dass Li einfach ihr Leben führt und nicht wie vorher ständig unter ihrer Fuchtel steht. Sie wollten auf Teufel komm raus erfahren, wo sie ist, um sie wieder zurückzuholen, als wäre sie eine entlaufene Sklavin. Und das im einundzwanzigsten Jahrhundert, mitten in England.“, empörte sich Renie.

„Und du warst tatsächlich so stur, dass du ihnen den Aufenthaltsort des Mädchens nicht gesagt hast. Obwohl sie dich verschleppt und mit einer Pistole bedroht haben. Du bist wirklich unglaublich.“ Alan sah seine Tochter mit einer Mischung aus Stolz und Fassungslosigkeit an.

„Ach, Dad. Du wirst doch nicht glauben, dass die mich einfach hätten laufenlassen, wenn ich es ihnen gesagt hätte. Das hätten die sich doch gar nicht leisten können, sonst hätten sie ja fürchten müssen, dass ich auf der Stelle zur Polizei renne, sobald ich frei bin. Mir war klar, dass sie nie die Absicht hatten, mich wieder gehen zu lassen.“

Renie sagte dies so sachlich, als würden sie sich über die Zutaten zu einem Kochrezept unterhalten. „Letzten Endes hätte ich ihnen auch gar nichts über Li sagen können, selbst wenn ich es gewollt hätte. Nachdem ich vor ein paar Tagen mit ihr telefoniert und ihr erzählt habe, dass zwei ihrer Brüder hier waren, sagte sie, dass es ihr unerträglich wäre, wenn ich wegen ihr zu Schaden käme. Sie wollte ihre Sachen packen und mit dem Geld, das sie bis jetzt verdient hat, irgendwohin, weit weg. Sobald sie sich sicher fühlte, wollte sie ihre Familie anrufen und ihnen sagen, dass sie die Suche aufgeben sollten.“

„Gott, ich bin so froh, dass sie dir wenigstens nichts angetan haben, um etwas aus dir herauszupressen.“, sagte Maggie inbrünstig.

„Sie brauchten mich ja noch, nachdem sie mich wenigstens als Unterpfand für zwei Millionen Pfund nutzen wollten. Übrigens gut zu wissen, Dad, dass du das Geld tatsächlich hättest aufbringen können. Dann kannst dir mir ja so einen knuffigen Mini Cooper zu meinem nächsten Geburtstag schenken. In knallrot, bitte.“

John schüttelte den Kopf. Dieses Mädchen war wirklich … unbeschreiblich.

Maggie brachte einen neuen Eisbeutel für Geoff, dessen Nase stark geschwollen war, nach Aussage des Arztes aber glücklicherweise nicht gebrochen. John war mit ihm nach einer ersten kurzen Befragung durch die Polizei ins Krankenhaus gefahren, hatte den jungen Biologen aber nach einer gründlichen Untersuchung und mit Schmerzmitteln versehen wieder mitnehmen dürfen. Jetzt saß Geoff mit einem seligen Lächeln neben Renie auf dem Wohnzimmersofa der Hughes.

„Deine Idee, die Käfer einzufangen, die in dem Schuppen herumgekrochen sind, war wirklich genial.“, sagte er mit schmelzendem Blick zu ihr.

„Ja, nicht schlecht, was? Die Schwierigkeit war dann noch, sie auch zu euch zu schmuggeln. Aber ich habe diesen Typen – die echt nicht die hellsten Lichter am Baum sind, muss ich sagen – aufgeschwatzt, dass sie etwas von mir mitschicken müssten, damit sie auch glaubhaft sind. Der Schuh war das Einzige, was als Versteck für die Tierchen geeignet war, also habe ich ihnen den gegeben. Und ihr wart so schlau, den Hinweis zu verstehen und die Käfer auch noch blitzschnell zu identifizieren.“

„Ohne Professor Clarke wäre uns das nicht gelungen.“, schränkte Geoff ein.

„Ein Hoch auf Professor Clarke!“ Alan hob sein Glas.

John blinzelte schläfrig und murmelte, „Er lebe hoch!“

„Aber auch du hast tolle Arbeit geleistet, Geoff. Es war wirklich super, wie du die Chinesen aufgehalten hast, um John und Simon Zeit zu verschaffen.“, lobte Renie Dr. Tomlinson.

Geoff lächelte geschmeichelt, meinte aber bescheiden, „Das war wirklich ganz einfach. Ich konnte gerade noch die Zündkerzenstecker lockern, bevor sie näher kamen. Die haben mir das voll abgenommen, dass ich so ein vertrottelter Wissenschaftler bin, der hilflos ist, weil sein Auto nicht mehr anspringt. Gut, dass ich meine ganze Ausrüstung im Kofferraum hatte. Ich habe denen gleich mal erklärt, wie man mit einem aufgespannten Bettlaken und einer starken Lampe nachtaktive Insekten fängt. Es gibt allerdings auch noch andere Techniken, je nachdem, auf welche Spezies man aus ist. Draußen in den Eichenwäldern in Bookham Common gehen wir folgendermaßen vor, wenn wir unsere jährliche Erhebung machen …“

John übermannte der Schlaf.

Kapitel 18

„Fahndungserfolg für Scotland Yard: Verdächtiger im Museumsmord wieder gefasst!" James Mackenzie wedelte fröhlich mit der Times, als er in das Wohnzimmer der Hughes trat. „Und dabei ist das noch gar nicht die wichtigste Meldung des Tages – das ist die hier: *Spektakuläre Befreiungsaktion: Entführte Tochter einer Londoner Staatsanwältin wieder frei!"*

James und Emmeline umarmten Renie und den Rest der Familie, der sich bei den Hughes versammelt hatte. Maggie und Alan hatten die Zusammenkunft kurzfristig organisiert, um zu feiern, dass sie ihre Tochter unversehrt wieder zurückbekommen hatten. Alle Mackenzies wollten gemeinsam zur Eröffnungsfeier ins Naturhistorische Museum und hinterher zum Essen. Mit einem „Heute hauen wir so richtig auf den Putz.", hatte Alan einen großen Tisch in einem der besten Lokale der Hauptstadt reserviert. Dementsprechend hatten sich alle in Schale geworfen.

David und Annie, die den kleinen Christopher bei Annies Eltern untergebracht hatten, waren aus Cambridge gekommen und würden bei den Hughes im Gästezimmer übernachten. Auch Simon und Patricia waren eingeladen und würden nachher im Museum zu ihnen stoßen. Tommy überraschte alle mit einem neuen Haarschnitt. Verschwunden war der Irokesenschnitt, genauso wie der Nasenring.

„Wow, Tommy, schick! Nicht so cool natürlich wie die Jungs von One Direction, aber auch nicht schlecht.", bemerkte Bella großzügig.

„Woher kommt dieser neue Look plötzlich?", erkundigte sich David.

„In den nächsten Ferien mache ich ein Praktikum in einer Werbefirma. Da kann ich schließlich nicht völlig abgewrackt auftauchen. Außerdem ist Punk out.", erklärte Tommy ihm.

Maggie blinzelte John zu und raunte ihm ins Ohr, „Ich glaube, ich schicke Andy eine Dankeskarte. Wenn er sich nicht so fies verhalten hätte, wäre Tommy immer noch auf der Punkerwelle."

„Und Geoff Tomlinson hätte sich nicht als Tröster erweisen können.", John nickte zu dem jungen Mann hinüber, der etwas verloren dastand und an seiner Krawatte nestelte. Renie hatte darauf bestanden, dass auch er eingeladen wurde.

„Also, ob er auf Dauer etwas für unser Mädchen ist, weiß ich nicht, aber mir ist auf jeden Fall lieber, sie verbringt Zeit mit einem vernünftigen jungen Mann wie ihm als mit einem Typen wie Andy.“

John nickte. „Er ist zielstrebig und ein heller Kopf, wenn auch in manchen Dingen noch ein wenig unbedarft. Und er würde für Renie über glühende Kohlen gehen. Ich glaube, die beiden könnten einander guttun.“

Maggie neigte sich zu ihrem Bruder und raunte ihm zu, „Er hat mir vorhin anvertraut, dass er heute noch eine Überraschung für Renie hat. Was es ist, wollte er mir nicht sagen.“

„Eine Überraschung? Na, da bin ich gespannt, was er sich hat einfallen lassen.“ John nahm sich noch eines der köstlichen Häppchen, die Maggie bereitgestellt hatte. „Ich gehe mal rüber zu ihm.“

„Hi, Geoff. Haben Sie schon alle kennengelernt?“

„Äh, ja. Renie hat mich allen vorgestellt, aber es ist ein bisschen viel auf einmal.“

John klopfte ihm auf die Schulter. „Keine Sorge, junger Mann. Unsere Familie kann einen schon überwältigen, aber wenn man sie näher kennenlernt, sind sie alle ganz in Ordnung. Sie waren heute nochmal beim Yard, habe ich gehört?“

„Ja, Superintendent Whittington hatte mich und Professor Clarke zu einem Pressegespräch eingeladen. Morgen erscheint ein weiterer Artikel über unsere Aktion gestern. Ich war verwundert, dass Sie nicht da waren.“

„Simon hatte mich auch eingeladen, aber ich hatte Dienst bis fünf.“

Und Chief Mullins wäre mit Sicherheit nicht geneigt gewesen, ihm schon wieder eine Dienstbefreiung zu geben, dachte John. Die Standpauke, die der Kommandant ihm heute Morgen gehalten hatte, hatte es in sich gehabt: „Bei allem Verständnis für Ihre familiäre Notlage, Mackenzie: Wir sind hier schließlich eine Wachtruppe Ihrer Majestät. Wenn ich es jedem durchgehen lassen würde, dass er nach Gutdünken unsere Regeln verletzt, bricht hier das Chaos aus. Haben Sie mich verstanden?“

„Ja, Sir.“

„Hmpf. In Zukunft kommen Sie rechtzeitig zu mir, wenn Sie nicht in der Lage sind, Ihre Pflichten hundertprozentig zu erfüllen. Dann werden wir eine Lösung finden. Aber ich erwarte von Ihnen, dass Sie sich ab sofort einzig und allein Ihrer Pflichterfüllung widmen, wenn Sie im Dienst sind.“

„Ja, Sir."
Mullins atmete tief durch. „Damit will ich es vorerst bewenden lassen. Wann bekomme ich das Konzept für unsere Schulklassenführungen vorgelegt?"
„Ich könnte es bis Ende nächster Woche fertigstellen, Sir."
„Gut, gut. Dann holen Sie sich bei Bonnie einen Termin und wir besprechen das. Wegtreten."

John war nicht böse darüber gewesen, dass er nicht zu dem Pressegespräch konnte. Derart in der Öffentlichkeit zu stehen, war ihm unangenehm. Und so hatte er sich mit Simon darauf geeinigt, dass dieser den Zeitungsleuten lediglich sagte, ein Mitglied der königlichen Wachtruppe habe entscheidende Hinweise geliefert, die zur Ergreifung der Entführer geführt hätten.

„Professor Clarke hat sich richtig im Blitzlichtgewitter gesonnt, kann ich Ihnen sagen. Mir war das ziemlich peinlich, vor allem, weil ich mit meiner Kartoffelnase momentan wie ein angeschlagener Boxer aussehe." Geoff fasste sich unwillkürlich an seine geschwollene und blau verfärbte Nase.
„Ach was, Geoff, das sind einfach die Spuren deines heldenhaften Einsatzes.", mischte Renie sich ein, die mit einem Garnelenspieß in der Hand zu ihnen trat. „Während Professor Clarke gestern Abend gemütlich in seinem Arbeitszimmer saß, hast du dich in Lebensgefahr begeben, um mich zu retten."
Dr. Tomlinson platzte fast vor Stolz über ihre Worte.
„Professor Clarke hat mich vor der Presse als einen seiner fähigsten Mitarbeiter gelobt. Dabei kannte er bis jetzt kaum meinen Namen. Er will sich sogar dafür einsetzen, dass ich ein Büro oben im dritten Stock bekomme, sobald er wieder aus Neuguinea zurück ist."
„Neuguinea? Der Mann kommt ja ganz schön herum.", kommentierte John.
„Ja, das bringt unser Beruf so mit sich. Er und noch ein paar Kollegen aus der Abteilung brechen morgen auf. Diesmal ist es ein Joint Venture mit den Universitäten von Jakarta und Auckland – "
Alan klatschte in die Hände.
„Unsere Taxis sind da. Alles einsteigen."

Festlich erleuchtet prangte das Museum in der Dämmerung, als sie in der Cromwell Road ausstiegen. Während der Fahrt hatte ein kräftiger Regen eingesetzt und alle hielten sich ihre Regenjacken über die Abendgarderobe. Sie mussten sich in Acht nehmen, um nicht von einer der vorfahrenden Limousinen nassgespritzt zu werden.

Auf dem Bürgersteig vor dem Tor hatten sich zahlreiche Reporter positioniert, die auf das Auftauchen der königlichen Entourage warteten und Fotos prominenter Gäste schossen. An John und seiner Familie hatten sie kein Interesse. Hätten sie gewusst, dass soeben das Opfer der gestrigen Entführung, dessen spektakuläre Rettung es heute auf die Titelseiten geschafft hatte, an ihnen vorbeiging, hätten sie sich mit Sicherheit auf sie gestürzt. Aber Maggie hatte es zusammen mit Simon geschafft, dass keine Fotos von Renie in die Medien gelangten. So passierten sie unbehelligt die Sicherheitskontrolle und eilten mit James und Emmeline an der Spitze die Freitreppe zum Eingang nach oben.

Die Eingangshalle war bereits gut gefüllt. Festlich gekleidete Besucher flanierten zwischen den Sauriern oder ließen sich mit Dippy fotografieren. Einige hatten schon in den Stuhlreihen ganz vorne Platz genommen. Die Sitzplätze waren den Ehrengästen und wichtigen Mitarbeitern des Naturhistorischen Museums vorbehalten.

Auf der Marmortreppe in den ersten Stock, von deren Absatz eine Statue von Charles Darwin auf die illustre Gästeschar herabsah, war eine kleine Rednertribüne aufgebaut. Nicht nur die Eröffnung der Doppelausstellung zu Saurierfunden und neu entdeckten Arten, sondern auch das Eintreffen der königlichen Abordnung wurde mit Spannung erwartet.

„James und ich müssen gleich nach vorne. Sir Edward hat zwei Plätze für uns reservieren lassen. Eine große Ehre, wenn du mich fragst, vor allem, da James ja gar nicht mehr offiziell zum Personal gehört.“ Emmeline war ein wenig aufgeregt und zupfte an ihrem Seidenkostüm. „John, könntest du unsere Jacken abgeben?“, bat sie.

„Natürlich, Mum.“ Er gab ihr einen Kuss. „Du siehst toll aus. Amüsier dich gut. Wir treffen uns dann später.“

John sammelte einen Berg Kleidungsstücke ein und machte sich auf den Weg. Wegen des Herbstwetters hatten jedoch fast alle Gäste feuchte Regenkleidung, die sie loswerden wollten. Vor der Garderobe standen Dutzende Leute an. Kurzerhand beschloss er, die Sachen nach unten zu bringen und in die Spinde dort zu sperren. Er schob sich mit seinem unhandlichen Gepäck zum Aufzug und fuhr nach unten. Als er im Untergeschoss heraustrat, rannte er fast einen in einen Smoking gekleideten älteren Herrn um, der die Treppe herabkam.

„Professor Clarke! Verzeihung, ich hatte Sie gar nicht gesehen." John ließ die nassen Sachen auf einen der Tische fallen und streckte Clarke die Hand hin.

„Ich möchte Ihnen auch persönlich noch einmal herzlich danken für Ihre Unterstützung gestern Nacht. Ohne Ihren Hinweis hätten wir meine Nichte nicht so schnell finden können."

Clarke sah ihn einen Augenblick verwirrt an, dann klärte sich seine Miene auf. „Ach ja, natürlich. Mr. Mackenzie, nicht wahr? Es war mir eine Freude, helfen zu können. Können Sie sich erinnern, wie ich Ihnen bei unserem letzten Treffen sagte, welch unterschätzte, aber wichtige Rolle Insekten spielen und wie viel die Menschen profitieren können, wenn sie sie studieren? Die letzte Nacht war ein gutes Beispiel dafür."

Da konnte John nur aus ganzem Herzen zustimmen.

„Ich wünsche Ihnen alles Gute für Ihre neue Expedition, Professor."

„Ich danke Ihnen. So, nun muss ich aber hinauf. Die königlichen Herrschaften werden sicher gleich eintreffen. Wir sehen uns vielleicht später noch."

Clarke ging nach oben und John verstaute seine Last in vier nebeneinanderliegenden Spinden. Bis auf einen ganz leicht modrigen Geruch hatten die Reinigungstrupps des Museums es offenbar geschafft, alle Spuren des Wasserrohrbruchs in diesem Teil des Kellers zu beseitigen. Als er wieder zu seiner Familie stieß, ging ein Raunen durch die Reihen und alle streckten die Hälse. Sicherheitsbeamte sorgten dafür, dass der Mittelgang freiwurde. Gleich darauf betrat ein strahlendes junges Paar das Museum und winkte freundlich in die Menge.

„Dad, heb mich hoch, bitte. Ich kann gar nichts sehen.", bettelte Bella.

„Ich bin am Fotografieren, Bella, das geht jetzt nicht."

Also stemmte John seine Nichte leicht ächzend nach oben. Gleich darauf quietschte sie begeistert, als sie einen der Enkel der Queen mit seiner Frau erblickte.

„Ist sie nicht wunderschön? So tolle Haare hätte ich auch gern.", sagte sie hingerissen. Tommy frönte schon wieder seinem neuen Hobby und filmte, was das Zeug hielt.

Am Fuß der Treppe wurde das Herzogspaar von Sir Edward und einigen anderen hochrangigen Museumsmitarbeitern in Empfang genommen. Dann schritt Sir Edward zum Rednerpult und die offizielle Begrüßung begann. Er dankte als erstes den königlichen Hoheiten wortreich für ihr Kommen und nannte dann eine ganze Reihe weiterer Honoratioren, die diese Feier mit ihrer Anwesenheit beehrten. Offensichtlich war die gesamte High Society des Vereinigten Königreichs hier versammelt, da allein die namentliche Begrüßung eine Viertelstunde dauerte. Dann ging Sir Edward dazu über, die Bedeutung der heute eröffneten Ausstellungen ausführlich herauszustellen.

„Unser wunderbares Haus trägt den Beinamen Museum des Lebens. Die mannigfaltigen Facetten der Natur zu erforschen, den Menschen nahezubringen und für die Zukunft zu bewahren, ist unser Auftrag. Unsere beiden neuen Ausstellungen gewähren uns einen neuen Einblick in die unendliche Vielfalt des Lebens auf der Erde…“

Johns Aufmerksamkeit ließ nach und er ließ seinen Blick durch die Halle wandern. Er erkannte so manches Gesicht wieder, das er in den letzten Tagen hier im Museum gesehen hatte. Ms. Evans, die mit Tränen in den Augen der wohl letzten großen Ansprache ihres Chefs lauschte. Steve, der Techniker, der seinen Overall mit einem dunklen Anzug vertauscht hatte und recht präsentabel aussah. Jean und Gerald Masters, die Primatenforscher. Und natürlich Mike, der sich als Zugeständnis an diesen besonderen Anlass in einen schwarzen Anzug geworfen hatte – wahrscheinlich denselben, den er sonst auf der Bühne trug. Dazu trug er eine Fliege und ein knall-lilafarbenes Hemd. John musste sich auf die Lippen beißen, um nicht in Lachen auszubrechen. Dieser Mike!

Er schreckte auf, als Bella an seinem Ärmel zupfte. „Ich muss mal aufs Klo. Du kennst dich hier besser aus als Mummy.“

Er beugte sich zu ihr hinunter. „Okay, ich bringe dich hin. Am besten gehen wir ins Untergeschoss, dann brauchen wir uns nicht durch die Leute zu drängen.“ Mit Bella an der Hand arbeitete er sich zum rückwärtigen Teil der Halle durch. Dort herrschte kein Gedränge, so dass sie leicht zur Treppe gelangten.

Als sie wieder nach oben kamen, sah John Professor Clarke, der ebenfalls auf die Treppe zusteuerte, aber offenbar von einem Bekannten aufgehalten wurde. Hm. Was wollte der Professor dauernd da unten?

Gleich darauf stießen sie auf Mike, der sie freudig begrüßte. „Hey, schön, euch zu sehen. Endlich jemand, mit dem man ein Schwätzchen halten kann. Ich schlafe sonst vor Langeweile im Stehen ein."

Bella kicherte. „Im Stehen schlafen geht gar nicht. Sowas können Pferde, aber wir doch nicht."

„Du bist ja todschick, Kleines. Ein tolles Kleid."

„Danke, Mike. Ihr Hemd ist auch sehr schön."

Mike grinste. „Ja, nicht wahr? Ich musste diesen ollen Anzug doch ein bisschen aufpeppen."

„Bella, findest du allein zu den anderen zurück?", fragte John seine Nichte. „Ich möchte mich ein bisschen mit Mike unterhalten."

„Klar, John. Bis später. Hoffentlich labern die hier nicht noch ewig rum, ich habe schon Hunger."

„Die Kleine spricht mir aus der Seele. Ich könnte auch allmählich einen Happen vertragen.", grinste Mike.

„Wo ist Sophie? Ist sie nicht hier?"

„Sie wollte sich den offiziellen Teil ersparen und kommt später nach. Aber nun erzähl mal von der Aktion gestern Nacht. Ich weiß nur das, was in den Zeitungen stand und das, was die Gerüchteküche hier im Museum sagt."

Also erzählte John, wie sie es geschafft hatten, Renie zu befreien. Mike lauschte staunend. „Mensch, das war ja ein echt gefährliches Abenteuer. Also, du und deine Familie, ihr seid schon eine coole Truppe, muss ich sagen. Wie ihr es ohne mit der Wimper zu zucken mit bewaffneten Schwerverbrechern aufnehmt – toll."

„Von wegen ohne mit der Wimper zu zucken! Mir haben die Knie ganz schön geschlottert, als ich da vor der Tür des Schuppens stand. Es war unser Glück, dass die Chinesen nur einen Mann als Wache dagelassen hatten, sonst hätten wir keine Chance gehabt. Und Profiverbrecher sind die Chans auch nicht gerade. Sie wären wohl besser dabei geblieben, ihr Geld mit Ente Kanton-Art und Sauerscharf-Suppe zu verdienen."

„Das kannst du laut sagen, John. Eine solche Bande von Stümpern habe ich noch selten erlebt."

John fuhr herum. Hinter ihm stand sein Cousin, heute wieder ganz der Alte, in einem maßgeschneiderten Smoking und mit einem sardonischen Lächeln im Gesicht.

„Simon! Guten Abend. Wo ist Patricia?"

Simon wies mit einem Kopfnicken in Richtung Rednertribüne. „Natürlich bei den Ehrengästen. Ich habe mich nur kurz entschuldigt, um mich in die Niederungen der billigen Plätze herab zu begeben, wo ich wusste, dass ich dich finden würde.“

John war fast erleichtert, dass sein Cousin zu seiner gewohnten Form zurückgefunden hatte. Simon beäugte Mikes Outfit mit kaum verhohlener Abscheu. John räusperte sich.

„Äh, hast du Dr. Nichols schon kennengelernt? Er ist Papageienforscher hier im Museum.“

„Nein, wir hatten noch nicht das Vergnügen. Gestatten, Superintendent Simon Whittington, New Scotland Yard.”

„Howdy.“ Mike ergriff Simons Hand und drückte sie herzhaft. „Schniekes Stöffchen haben Sie da an.“ John bemerkte, dass Mike seinen amerikanischen Akzent besonders dick auftrug und er musste ein Grinsen unterdrücken, als sein Cousin schmerzhaft das Gesicht verzog. Ob es an Mikes Händedruck lag oder daran, dass er Simons tausend Pfund-Smoking als schniekes Stöffchen titulierte, war unklar.

„Dr. Nichols, ich hoffe, Sie entschuldigen uns. Ich möchte ein paar Worte mit meinem Cousin wechseln.“

„Alles klar. John, wir sehen uns sicher später noch. Mr. Whittington – Gratulation zum Fang der Drachenbande.“ Mike ging gemächlich davon.

Drachenbande war der griffige Name, den die Presse für die Chans gefunden hatte, da die Familie das Lokal „Laughing Dragon“ führte.

Simon sah Mike einen Augenblick missbilligend nach. „Mit diesem amerikanischen Barbaren hast du dich angefreundet? Merkwürdig. Aber lassen wir das. Die Chans sitzen in Untersuchungshaft und werden wohl für einige Jahre ihre Talente in der Gefängnisküche ausleben müssen. Die Beweise gegen sie sind erdrückend.“

„Ist die ganze Sippe in Haft?“

„Der Vater und die drei Söhne. Mrs. Chan hat offensichtlich von dem Plan mit der Entführung nichts gewusst. Ihr hatten sie nur gesagt, sie wollten Renie ein wenig Angst machen, damit sie den Aufenthaltsort von Li Chan preisgibt.“

„Konntet ihr herausfinden, wo Li jetzt ist? Selbst Renie weiß es nicht.“

„Nein. Vielleicht meldet sie sich, wenn sie die Nachrichten über ihre Familie hört. Ansonsten ist es vielleicht auch besser für sie, wenn sie woanders ganz neu anfängt. Na, wie dem auch sei, der erfolgreiche

Schlag gegen die Chans hat den Commissioner diese unselige Geschichte um Dr. Macfarlane vergessen lassen. Das bringt uns jede Menge positives Medienecho.“ Er nickte zu Sir Edward hinüber. „Auch das Museum profitiert davon. Morgen werden zwei große Artikel erscheinen, in denen der unschätzbare Beitrag speziell der Entomologen bei der Aufklärung von Verbrechen beleuchtet wird.“

„Das ist schön. Das Museum hat es verdient, die traurigen Schlagzeilen der letzten Tage hinter sich zu lassen.“

Beide beobachteten, wie die königlichen Hoheiten und Sir Edward gefolgt vom Tross der Museumsmitarbeiter zum Eingang des Traktes schritten, wo die neuen Ausstellungen untergebracht waren. Dort wurde unter großem Applaus das rote Band durchschnitten. John sah selbst auf die Entfernung, dass auf dem Gesicht seines Vaters ein glückseliges Lächeln lag.

„Heute ist wirklich ein großer Tag für das Museum und die Menschen, die so lange dafür gearbeitet haben, dass diese Ausstellung stattfinden kann.“, meinte er.

„Und niemand verschwendet einen Gedanken darauf, ob der wirkliche Mörder gefasst ist oder nicht.“, entgegnete Simon.

John sah seinen Cousin von der Seite an. „Du glaubst immer noch nicht, dass Willoughby es war?“

„Nein. Briarson geht zwar fest davon aus, dass es nur eine Frage der Zeit ist, bis er dem Baron den Mord zweifelsfrei nachweisen kann oder bis Willoughby von sich aus gesteht. Aber ich denke, er ist auf dem Holzweg.“

„Damit blieben nach wie vor Clarke oder Macfarlane.“, stellte John nachdenklich fest. „Nur, weil Macfarlane nicht an Renies Entführung beteiligt war, wie wir zuerst dachten, heißt es ja noch nicht, dass er den Mord nicht begangen hat.“

„So ist es. Er ist immer noch bei seiner Tochter, also können wir ihn auch nicht näher befragen. Außerdem würde mich der Commissioner wahrscheinlich vierteilen, wenn ich Macfarlane nochmal belästigen würde, ohne etwas Stichhaltiges in der Hand zu haben.“ Simon erspähte seine Frau, die ihm winkte.

„John, ich muss zu Patricia. Die Ehrengäste dürfen jetzt schon mal einen ersten Blick auf die Ausstellung werfen, bevor der Rest hineindarf. Wir sehen uns beim Essen.“

John blieb grübelnd zurück. Dann stieg er langsam die Treppe ins Untergeschoss hinunter.

Kapitel 19

Oben in der Halle stieg der Lautstärkepegel an, nun da die offiziellen Reden vorüber waren und die Leute darauf warteten, ebenfalls die Ausstellungen besichtigen zu dürfen.

Hier unten im Keller war es erstaunlich ruhig. Ziellos wanderte John zwischen den Tischen umher, an denen zahllose Schüler ihre Pausenbrote gegessen hatten, wenn sie zum Naturkundeunterricht hier unten gewesen waren. Flüchtig dachte er daran, wie er Charlie in einem der Unterrichtsräume ertappt hatte. War das wirklich erst zehn Tage her? Er schüttelte lächelnd den Kopf. Charles Hetherington III, dieser kleine Satansbraten. Der hatte ihm auch noch eine Geschichte von einem Geist erzählt, den er angeblich gesehen hatte.

Hm. Ein Geist. John spürte plötzlich, wie er eine Gänsehaut bekam. Wo war der Geist noch mal gewesen? Neben den Spinden, soweit er sich erinnern konnte. Einem unbestimmten Gefühl folgend ging John nach hinten zur Wand und schritt die Reihe der Metallschränke entlang. So gut wie alle waren offen. Der letzte war verschlossen. Regungslos starrte John die orange lackierte Tür an. Plötzlich ahnte er, was dort drin war. Und wer Dr. Farris getötet hatte.

„Geoff, ich muss Sie dringend sprechen – "

„Jetzt nicht, John, Geoff möchte uns in seinem Zimmer etwas zeigen. Er sagt, es ist eine Überraschung." Renie strahlte den jungen Biologen an und zog ihn zu dem Aufzug, der in den Teil des Untergeschosses führte, wo Dr. Tomlinson sein Büro hatte.

„Wir sollen alle mitkommen, sagt er." Maggie blinzelte ihrem Bruder zu. Dann flüsterte sie, „Ich hoffe, er will ihr nicht gleich einen Verlobungsring anstecken." Sie hängte sich bei John ein. „Komm, Bruderherz. Gehen wir. Es dauert sowieso noch eine Weile, bis wir in die Ausstellung eingelassen werden."

Und so drängte sich die ganze Familie, mit Ausnahme von Renies Großeltern, die im Gefolge der königlichen Gäste bereits in den Genuss der Ausstellung kamen, in den Lift und fuhr nach unten. Als sie ausstiegen, blieb Bella stehen und schauderte.

„Hier ist es ja gruslig. So dunkel und der Putz fällt schon von der Wand."

David blickte sich um. „Sagt mal, das sieht hier genauso aus wie einer der Gänge, in denen wir uns damals so verlaufen haben."

Maggie stimmte ihm zu. „Du hast recht. Die nette Ms. Evans hat uns damals gerettet. Donnerwetter, seitdem ist hier scheinbar nicht viel gemacht worden."

„Und in diesem Rattenloch musste der arme Geoff bisher ausharren.", empörte Renie sich. „Aber jetzt bekommt er bald ein richtiges Büro, oben im dritten Stock."

Sie hatten die Eingangstür erreicht. Geoff blieb zögernd davor stehen. „Also, bei mir ist es etwas beengt und es ist auch nicht richtig aufgeräumt…"

Alan klopfte ihm auf die Schulter. „Junger Mann, da hätten Sie mein erstes Büro mal sehen sollen."

„Ein totales Chaos. Computer über Computer, dazwischen leere Kaffeetassen, Pizzaschachteln, alles einfach grässlich.", fiel Maggie augenrollend ein. „Also lassen Sie uns schon einen Blick in Ihr Reich werfen, Dr. Tomlinson. Wir fallen schon nicht vom Stuhl."

John warf dem jungen Wissenschaftler einen aufmunternden Blick zu.

„Also gut." Geoff atmete tief ein und sperrte auf. John, der wusste, wie wenig Platz in dem Zimmer war, ließ seinen Verwandten den Vortritt. So hörte er lediglich, wie Geoff sagte, „Das ist ein kleines Geschenk für dich, Renie. Ich hoffe, es gefällt dir."

Dann herrschte einen Moment gespanntes Schweigen, bevor seine Nichte einen Begeisterungsschrei ausstieß. John stellte sich auf die Zehenspitzen, um über David hinwegzusehen. So wurde er Zeuge, wie Renie ein kleines Schächtelchen, das sie in der Hand gehalten hatte, sorgfältig auf den Tisch stellte, Geoff um den Hals flog und ihm einen Kuss gab.

Der Rest der Familie stand mit einem Gesichtsausdruck herum, den man wohl als belämmert bezeichnen konnte. Herrje, hatte Maggie mit ihrer Idee vom Verlobungsring am Ende recht gehabt? Schließlich räusperte sich Alan.

„Offensichtlich ist das ein ganz tolles Geschenk. Dürften wir es auch sehen?"

„Aber natürlich! Seht her!"

Renie löste sich von Geoff, der offensichtlich überwältigt war und hielt die Schachtel in die Höhe. „Mein eigener Schmetterling! Argynnis renie!"

Bella schielte auf den rötlichen Falter, der ein hübsches schwarzes Muster trug. „Wieso heißt der so wie du?“

„Weil ich ihn so getauft habe.“, verkündete Geoff feierlich. „Ein heimischer Tagfalter aus der Familie der Nymphaliden, ein Verwandter des Kaisermantels. Ich habe ihn als erster beschrieben und damit habe ich das Recht an der Namensgebung. Heute habe ich ihn im Artenkatalog eintragen lassen.“

„Argynnis renie“, wiederholte Annie andächtig. „Mein Gott, ist das romantisch.“ Auch Maggies Gesicht trug einen verklärten Ausdruck. Alan beugte sich zu Tommy und raunte ihm zu, „Da siehst du´s, Sohn: Mit solchen Ideen kriegt man die Frauen herum.“ Tommy grinste. „Das merk ich mir, Dad.“

John fand Dr. Tomlinsons Idee ebenfalls ganz reizend. Er hasste es, den jungen Mann aus dieser beseelten Stimmung reißen zu müssen. Dennoch schob er sich zu ihm durch und meinte halblaut, „Dürfte ich Sie einen Moment sprechen?“

Tomlinson sah ihn einen Moment mit glasigem Blick an. Dann sagte er, „Am besten gehen wir wieder hinauf. Die Ausstellung dürfte jetzt für alle offen sein.“

Nachdem sie aus dem Lift gestiegen waren, sagte John zu den anderen, „Ich muss unseren guten Geoff kurz entführen. Geht doch schon mal vor. Wir kommen nach.“

„Wo geht ihr hin? Ich will mitkommen.“ Renie blieb stehen und verschränkte die Arme.

John zog sie beiseite. „Ich brauche dich da drin.“ Er sprach einige Momente leise mit ihr. Schließlich nickte sie. John wartete, bis seine Familie sich dem Strom an Menschen angeschlossen hatte, der sich nun in die Ausstellungen ergoss. Dann wandte er sich an Geoff.

„Haben Sie einen Schlüssel zum forensischen Labor oben im Turm?“

„Äh, ja, natürlich. Alle Entomologen haben einen.“ Geoff sah ihn verwirrt an.

„Würden Sie mit mir hinaufgehen? Ich erkläre Ihnen währenddessen, worum es geht.“

„Nun gut.“ Geoff ging voraus zum Aufzug. Vom dritten Stock aus gingen sie zu Fuß die Treppe in die Turmkammer hinauf. John wurde schon vor der Tür wieder ein wenig flau. Geoff sah ihm sein Unwohlsein offenbar an, denn er grinste und meinte, „Unser

Insektarium schlägt Ihnen wohl auf den Magen? Keine Sorge, wenn alle Schränke zu sind, ist der Geruch nicht weiter schlimm."

John musste ihm zustimmen, als er eintrat. „Sie haben recht, es ist gar nicht so unangenehm. Beeilen wir uns trotzdem. Wo sind die Tatort-Anzüge?"

„Hier, in diesem Hochschrank. Alle natürlich steril verpackt, bis sie dann irgendwann zu ihrem einzigen Einsatz kommen, wenn einer von den Forensikern zu einem Leichenfund gerufen wird."

Geoff zog den Schrank auf. Wie John erwartet hatte, hing dort eine Bestandsliste. Und dort entdeckte John das Datum des vergangenen Freitags. Des Tages, bevor Dr. Farris gestorben war. Ein Anzug war herausgenommen worden. Daneben fein säuberlich das Kürzel des Entnehmers: *Cl.*

Während sie wieder nach unten eilten, zog John sein Handy aus der Sakkotasche. Er hoffte, dass Simon seines ebenfalls bei sich trug. Glücklicherweise war sein Cousin gleich darauf am Apparat.

„Simon, bist du noch in der Ausstellung?"

„Ja. Wir sehen uns gerade die Saurierfunde an."

„Kannst du dich da unauffällig entschuldigen? Ich müsste dich sprechen. Dringend."

„Wir treffen uns bei Dippy.", erwiderte Simon knapp und legte auf.

John atmete tief durch.

„Geoff, Sie gehen zu den anderen. Sorgen Sie dafür, dass die ganze Familie in der Ausstellung bleibt. Und haben Sie unauffällig ein Auge auf Professor Clarke. Geben Sie mir sofort Bescheid, sobald er die Ausstellung verlässt."

„In Ordnung." Geoff eilte davon.

Gleich darauf stand Simon vor John.

„Was ist los? Ich hoffe, es ist wichtig. Wir haben gerade sehr angenehm mit dem Parlamentsabgeordneten Sanders und dem Viscount von Allingham geplaudert."

John verschränkte die Arme und lächelte seinen Cousin an. „Möchtest du den Mörder von Dr. Farris fangen? Dann wäre jetzt die Gelegenheit dafür. Aber falls du zu beschäftigt bist, kann ich auch Chief Superintendent Briarson anrufen."

Simon funkelte ihn an. „Sei nicht albern." Er sah sich in der Eingangshalle um. Niemand war in der Nähe. „Woher weißt du, wer es war? Und wie wir ihn überführen können?"

In diesem Moment ruckelte Johns Telefon.

„John, er kommt! Zwei Männer sind bei ihm: Professor Andrews von der Universität Oxford und noch einer, den ich nicht kenne."

„Danke, Geoff. Wir hören uns später."

Er zog den Superintendenten hinter eine Säule und lugte zum Eingang der Ausstellung. Tatsächlich, dort kam Professor Clarke heraus, begleitet von zwei Herren, die vorhin unter den Ehrengästen gesessen hatten. Die drei bestiegen den Lift und fuhren nach oben.

„Könntest du mir bitte erklären, was wir hier tun, John?"

„Wir gehen jetzt in den Keller und warten. Komm, solange uns niemand sieht." Er startete los in Richtung Treppe, widerwillig gefolgt von seinem zeternden Cousin.

„Was soll das heißen? Was sollen wir dort? Du wirst doch nicht von mir erwarten, dass ich diesen hochrangigen geselligen Anlass in einem spinnwebverseuchten Keller verbringe? Die Leute werden sich wundern, wo ich bleibe."

Unten angekommen, blieb John stehen und blickte Simon unschlüssig an. Sein Cousin hatte recht, es würde auffallen, wenn die Ehrenwerte Patricia Whittington-Armsworth ohne ihren Gatten durch die Ausstellung wandelte. Möglicherweise würde Clarke Verdacht schöpfen, sobald er wieder zurück kam und bemerkte, dass der Superintendent verschwunden war. Erneut vibrierte sein Telefon. Es war noch einmal Geoff.

„Ich habe mich ein wenig umgehört. Die beiden Männer, die mit Clarke weggegangen sind, sind hochrangige Mitglieder der Britischen Entomologischen Gesellschaft. Man munkelt, sie wollen ihm die Kandidatur für den Präsidentschaftsposten der Gesellschaft antragen."

„Ah, wahrscheinlich haben sie sich deshalb in Clarkes Büro zurückgezogen. Danke, Geoff. Halt weiter die Augen offen."

Als John auflegte, stierte Simon ihn misstrauisch an.

„Offensichtlich denkst du, dass Professor Clarke der Täter ist. Wie kommst du darauf? Ich werde mich von dir nicht wieder auf eine fruchtlose Fährte setzen lassen. Und schon gar nicht möchte ich irgendwelche Peinlichkeiten riskieren."

John seufzte. „Das möchte ich auch nicht. Pass auf: Kannst du dich an den kleinen Charlie Hetherington erinnern? Er ist in der Nacht, die wir mit den Kindern im Museum verbracht haben, ausgebüchst und hier herunter gewandert. Ich bin ihm gefolgt und habe ihn hier unten gefunden. Er hatte sich gerade mächtig erschrocken, weil er meinte, einen Geist gesehen zu haben. Und zwar hier hinten, bei den Schließfächern.“ Er führte Simon zu dem verschlossenen Schrank.

„Und weiter?“

„Was, wenn Charlie tatsächlich etwas, oder vielmehr jemanden gesehen hat? Den Mörder nämlich, der nach der Tat – die Uhrzeit würde passen – etwas hier versteckte.“

„Was sollte er hier verstecken wollen?“

„Den Schutzanzug, den er trug, um keine Spuren am Tatort zu hinterlassen. Mit Sicherheit hat er Blutspritzer des Opfers abbekommen, da er ja direkt hinter Dr. Farris gestanden haben muss.“

„Wieso sollte er ihn ausgerechnet hier verstecken?“

„Clarke konnte ihn nicht in der fraglichen Nacht aus dem Gebäude schaffen, weil es wegen der elektronischen Sicherung aufgefallen wäre, wenn er das Haus kurz verlassen hätte. In seinem eigenen Büro hätte er das verräterische Ding mit Sicherheit nicht deponiert. Hier unten konnte er es bequem herausholen und wegbringen, sobald die Polizei wieder abgezogen war. Dass die Spinde hier unten durchsucht würden, war unwahrscheinlich, da die Waffe ja am Tatort aufgefunden wurde.“

„Und warum denkst du, der Anzug ist noch hier drin?“

„Erstens habe ich Clarke vorhin zweimal auf dem Weg nach hier unten gesehen. Beim ersten Mal habe ich ihn unabsichtlich vertrieben, als ich hier unsere Jacken deponiert habe. Beim zweiten Mal ist er von einem Bekannten aufgehalten worden. Und dann denke ich, ist heute seine erste Chance, den Anzug zu holen: Dieser Bereich hier war einige Tage wegen eines Wasserrohrbruchs nicht zugänglich. Zuvor war Clarke zwei Tage weg, weil er als Sachverständiger zu einem Mordfall in Liverpool angefordert wurde. Gestern schließlich war er nicht im Haus, weil er Vorbereitungen für seine Abreise treffen musste. Er startet morgen zu einer neuen Expedition. Daher denke ich, er will dieses letzte Beweisstück, das ihm gefährlich werden könnte, noch heute Nacht wegbringen.“

„Hm. Das kommt mir doch alles sehr spekulativ vor. Andererseits…“

Wieder zeigte Johns Handy einen Anruf an.

„Geoff? Was gibt´s?“

„Clarke ist wieder da – und er sieht sehr glücklich aus. Offensichtlich haben die Gerüchte gestimmt. Jetzt drängen sich jede

Menge Leute um ihn, um ihm zu gratulieren. Ich glaube nicht, dass er hier so schnell unbeobachtet wegkommt."

„Gute Arbeit, Geoff." John überlegte kurz, dann sagte er, „Wir kommen zu euch. Bis gleich." Er schilderte Simon, was Dr. Tomlinson gesagt hatte.

„Es bringt wohl nichts, wenn wir hier warten. Clarke wird jetzt kaum eine Gelegenheit finden, hier herunter zu schleichen."

Sie machten sich auf den Weg nach oben. In der Eingangshalle blieb John stehen. „Was, wenn wir den Schrank einfach aufbrechen? Es würde doch reichen, wenn wir den Schutzanzug finden. Anhand der DNA-Spuren wäre Clarke auf jeden Fall überführt."

Simon schüttelte bedauernd den Kopf. „Die Indizienkette muss lückenlos geschlossen sein, gerade gegen einen Verdächtigen wie Clarke. Er wird alles auffahren, was man mit Geld und gutem Namen an Verteidigung bekommen kann. Der Schrank müsste im Rahmen einer polizeilichen Aktion geöffnet werden. Dazu bräuchte ich aber einen Durchsuchungsbefehl. Bei der derzeitigen Sachlage werde ich höchstens ausgelacht, wenn ich so einen beantrage. Und schon gar nicht finde ich heute Abend noch einen Staatsanwalt, der mir einen unterzeichnet. Nein, ich fürchte, wir müssten Clarke in flagranti ertappen."

Die beiden sahen sich an.

„Denkst, er wird es heute Nacht noch versuchen, sobald es ruhiger geworden ist?"

John atmete tief durch. „Ich weiß es nicht, aber mein Gefühl sagt mir: Ja."

„Okay. Dann gehen wir jetzt da rein, sehen uns noch ein wenig um und werden dann mit der ganzen Familie das Museum verlassen. James soll uns hinterher mit seinem Ausweis über den Personaleingang wieder einschmuggeln. Dann verstecken wir uns im Keller. Und hoffen. Denn wenn ich auf das vorzügliche Essen, das Alan spendiert, für nichts und wieder nichts verzichten sollte, dann…"

Zwei Stunden später streckte John seinen schmerzenden Rücken, der das zusammengekauerte Sitzen auf dem harten Boden nicht vertrug. Simon klagte zum wiederholten Mal, dass sein Smoking in der modrigen Ecke hinter einem Stapel von Stühlen, die das einzige notdürftige Versteck in der Nähe der Spinde bot, irreparable Schäden erleiden würde. „Dabei habe ich gestern Nacht bei unserer Rettungsaktion schon einen Kaschmir-Blazer und meine Lieblingshose von Cerrutti eingebüßt.“, moserte er.

Da sie im Dunklen saßen, sah Simon Johns Augenrollen nicht.

„Gibt es bei der Polizei nicht einen Fond, der notleidenden Polizisten ihre im Dienst für die öffentliche Sicherheit geopferten Kleidungsstücke ersetzt?“

Sein Cousin überhörte Johns Sarkasmus völlig. „Wenn ich eine Uniform getragen hätte, bekäme ich selbstverständlich Ersatz. Aber ich würde nie im Leben in so etwas herumlaufen. Gott bewahre.“ Simon schüttelte sich.

John seufzte unhörbar und beide verfielen wieder in Schweigen. Oben in der Halle war es still geworden. Die Eröffnungsfeierlichkeiten waren vorbei. Die ersten Putztrupps würden bald eintreffen, um die Spuren des geselligen Beisammenseins zu beseitigen.

Plötzlich hörten beide ein Geräusch von oben. John spürte, wie sein Cousin sich geräuschlos erhob und er rappelte sich ebenfalls auf. Im selben Moment ging ein Teil der Lichter im Untergeschoss an und sie hörten Schritte. John hoffte inständig, dass Clarke sie nicht entdecken würde, bevor der den Schrank öffnete. Beide standen regungslos und wagten kaum zu atmen, während die Schritte näherkamen. Dann hörten sie, wie ein Schlüssel ins Schloss gesteckt und gedreht wurde. In diesem Augenblick trat Simon nach vorn.

„Guten Abend, Professor Clarke. Zeigen Sie mir bitte, was in diesem Beutel ist – “

Bevor der Superintendent eine Chance hatte, zu reagieren, hatte Clarke sich umgewandt und war davongelaufen. Für einen sechzigjährigen war er erstaunlich flink. Simon fluchte und schrie, „John, bleib ihm auf den Fersen. Ich alarmiere die Kollegen. Die Nachtwachen an den Eingängen sollen ihn festhalten.“

John jagte hinter dem Flüchtigen her die Treppe hinauf, rutschte oben aber auf dem glatten Marmorboden aus und schlug der Länge nach hin. Im Dunkel der Eingangshalle hörte er, wie sich hastige Schritte entfernten. Dann klappte eine Tür. Clarke hatte den Vorteil, dass er das Museum kannte wie seine Westentasche und mit seinem elektronischen Ausweis überall hineinkonnte.

John stöhnte und suchte nach einem Lichtschalter. Die Halle wurde hell, aber von Clarke keine Spur. „Was ist? Wo ist er hin?“

Simon war die Treppe heraufgekommen, das Mobiltelefon in der Hand.

„Er ist durch irgendeine Tür. Warte, ich glaube, hier."

Die Tür gab jedoch nicht nach. „Verdammt, die führt in einen Trakt, der für die Öffentlichkeit nicht zugänglich ist. Da kommt man nur mit dem elektronischen Ausweis hinein." Frustriert sah John auf das unscheinbare Kästchen neben der Tür, vor das man den Ausweis halten musste. „Wir brauchen jemanden, der da Zugang hat."

„Gibt es da hinten einen Ausgang?", fragte Simon.

„Bestimmt gibt es von dort einen Weg zum Personaleingang."

„Ich weiß nicht, wie schnell die Alarmkette funktioniert und ob die Nachtwache dort schon Bescheid weiß. Schnell, wir müssen da hin."

In stummem Einverständnis rannten beide los. John, der den Weg besser kannte, lief voran. Schnaufend kamen sie am Personaleingang an.

„Ist Professor Clarke gerade vorbeigekommen?"

Der Sicherheitsmann sah sie erstaunt an. „Nein. Wieso? Er ist vor vielleicht einer Viertelstunde hineingegangen, weil er noch etwas für seine Expedition holen musste, sagte er." In diesem Moment knackte sein Funkgerät und die Anweisung seiner Zentrale kam, jeden festzuhalten, der das Museum verlassen wollte.

Simon zog seinen Polizeiausweis heraus und hielt ihn dem Mann unter die Nase. „Professor Clarke ist unter allen Umständen am Verlassen des Gebäudes zu hindern. Sie melden sofort, wenn Sie ihn sehen. Geben Sie das auch an Ihren Kollegen am Haupteingang weiter.", schärfte er dem verdatterten Nachtwächter ein. „Haben Sie einen Zugangsausweis, damit wir in die nicht öffentlichen Bereiche des Museums hineinkönnen?" Der Mann nickte und reichte ihm eine Plastikkarte.

„Okay. Gehen wir, John. Vielleicht finden wir ihn ja." Sie gingen zurück in die Eingangshalle. Dort zückte Simon noch einmal sein Telefon, sprach kurz und legte wieder auf.

„Die Kollegen sind gleich hier und sichern draußen das Gelände. Er kann uns nicht entkommen.", sagte er zufrieden. Doch dann trübte seine Miene sich. „Was, wenn er den Anzug irgendwie vernichtet? Dann haben wir nichts gegen ihn in der Hand und ich mache mich wieder zur Lachnummer."

Sie sahen sich einen Moment an und liefen dann los, zu der Tür, durch die Clarke verschwunden war. Dahinter lag ein Gang, von dem etliche Türen abgingen. Sie rissen eine nach der anderen auf, spähten hinein, liefen weiter.

„So bringt das nichts.“, japste John. „Ebenso gut könnten wir die berühmte Nadel im Heuhaufen suchen.“ Sie kamen um eine Ecke. Wieder lag ein langer Gang vor ihnen. Sie rannten weiter. Seitlich ging eine Glastür ab, die in den Garten des Museums hinausführte. John bremste scharf. Er hatte aus dem Augenwinkel einen schwachen Lichtschein draußen gesehen.

„Stopp! Hier durch! Er versucht, den Anzug draußen zu verbrennen!“

Sie stürmten durch die Tür und auf die schattenhafte Figur zu, die dabei war, ein Feuerzeug an etwas Weißes zu halten. John versuchte, das flatternde Etwas zu greifen, Simon rannte geduckt mit voller Wucht in Professor Clarke hinein. Gerade, als ein Ärmel des Anzugs anfing, zu kokeln, konnte John ihn erhaschen, riss ihn weg und trampelte darauf herum, bis die Glut erlosch. Dann wandte er sich um, um Simon beizustehen. Aber dies war nicht nötig. Professor Clarke lag auf dem Boden und rang nach Luft.

„Dieser Bastard.“, stieß er aus. „Farris. Er wollte immer mehr, immer mehr. Es ging einfach nicht mehr. Er hätte mir alles kaputtgemacht.“ Er keuchte.

Simon sprach in sein Telefon. „Hinten im Garten. Lasst euch von einem der Sicherheitsleute den Weg zeigen.“

John sah den am Boden liegenden Mann kalt an.

„Was für ein Irrsinn. Sie haben einen Mann getötet, um Ihren Ruf zu schützen. Aber in Wirklichkeit haben Sie zwei Menschen auf dem Gewissen. Vor zwanzig Jahren haben Sie Rosario Mendez kaltherzig in ihrer Notlage alleingelassen, nachdem Sie sie geschwängert hatten. Sie wählten den feigen Ausweg und schickten Gordon Farris zu ihr, um ihr Geld für eine Abtreibung zu geben. Dabei muss Ihnen klar gewesen sein, dass sie als überzeugte Katholikin diesen Weg nicht gehen würde. Stattdessen hat sie sich umgebracht, um ihrer Familie die Schande zu ersparen.“

Clarke warf ihm in dem spärlichen Licht, das aus dem Museum fiel, einen erstaunten Blick zu. „Woher wissen Sie das? Na, ist ja auch egal. Sie brauchen sich gar nicht so aufzuspielen, junger Mann. Denken Sie lieber darüber nach, welch unersetzlichen Verlust die Wissenschaft erleidet, wenn ich nun eingesperrt werde. Ohne mich und meine Forschungen wären viele Verbrechen ungesühnt geblieben.“ Er richtete sich auf und feuerte einen letzten Pfeil ab. „Was wäre denn aus Ihrer Nichte gestern Nacht geworden, wenn ich nicht gewesen wäre und Ihnen geholfen hätte? Hm? Was? Da sind Sie wohl sprachlos?“

John schluckte.

Simon hatte sein Telefonat beendet. „Offensichtlich müssen wir dem guten Chief Superintendent Briarson nun sogar dankbar sein, dass er die Ermittlungen so hanebüchen geführt hat. Hätte ich die Morduntersuchung geleitet, wäre ich Ihnen schon viel eher auf die Schliche gekommen und wir hätten gestern nicht mehr von Ihrem Wissensschatz profitieren können.“ Er lächelte fröhlich. „Das wird Briarson ein kleiner Trost sein, wenn ich ihn morgen höchstpersönlich in den Zug nach Edinburgh setzen werde.“

Es war kurz vor Mitternacht, als John zurück in seine Wohnung kam. Der Anrufbeantworter blinkte, dazu zeigte er eine unbekannte Nummer an. Er schwankte kurz, ob er die Nachricht abhören oder gleich ins Bett gehen sollte. Dann drückte er doch den Knopf.

„Hallo John. Hier ist Pauline. Es tut mir leid, dass ich mich so lange nicht gemeldet habe. Hier war in den letzten Tagen ein einziges Chaos, sage ich dir. Dass mein Handy beim Abladen der Möbel in den Kanal gefallen ist, der direkt vor meiner Wohnung fließt, war dabei noch das Geringste. Na, egal, mittlerweile habe ich alles einigermaßen im Griff. Ich würde mich über einen Anruf von dir freuen, unter dieser Nummer. Heute Abend bin ich die ganze Zeit daheim. Also, hoffentlich bis später, John.“

Ein Lächeln breitete sich auf seinem Gesicht aus. Er nahm das Telefon und ging damit zum Sofa. Sie hatten sich viel zu erzählen. Er streifte die Schuhe ab und machte es sich bequem.

2882387R00141

Printed in Germany
by Amazon Distribution
GmbH, Leipzig